KB186912

전라 문학의 관점으로 본
한국 문학

저자 전일환全壹煥

전북 장수 장계 출생. 전주대학교 인문대학 한국어문학과 명예교수. 수필가. 문학박사. 대학신문사 주간, 중앙도서관장, 인문대학장, 입학처장, 교무처장, 부총장 등을 역임했다.
1981년부터 『전북문학』에 수필을 쓰기 시작, 1993년 『한국수필』에 '그 말 한마디'로 등단하여 신인상을 받았고, 1998년 베이징어언문화대학 한국어과 초빙교수, 베이징한글학교장직을 수행하면서 한족과 재외국민 2세들의 국어교육에 헌신하였다.
국어문학회, 한국언어문학회장을 역임하고 현재 국어문학회, 한국언어문학회 평의원과 고시가연구회, 한국가사문학 학술 진흥회 이사, 석정문학기념사업회 이사를 맡고 있다. 저서로 『조선가사문학론』(1990), 『고전시가선독』(1996), 『난세를 다스리는 정치철학 맹자』(1998), 『고전시가 엮어읽기』(2003, 공저), 『우리 옛 가사문학의 이해』(2008), 『옛시 옛노래의 이해』(2008), 『옛 수필문학 산책』(2010), 수필집 『그 말 한마디』(2008), 『예전엔 정말 왜 몰랐을까』(2010) 등이 있다.

전라 문학의 관점으로 본 한국 문학

초판 1판 발행 2015년 03월 17일
초판 2판 발행 2018년 01월 05일

저 자 전일환
발행인 윤석현
발행처 박문사
등 록 제2009-11호

주소 서울시 도봉구 우이천로 353 성주빌딩 3F
전화 (02) 992－3253 (대)
전송 (02) 991－1285
전자우편 bakmunsa@daum.net
홈페이지 http://www.jncbms.co.kr
편 집 최현아
책임편집 김선은

ISBN 978 - 89 - 98468 - 56 - 9 93810 정가 19,000원

이 책에 수록된 사진과 삽화는 저자 촬영 외 전북일보에서 제공받았음을 밝힙니다.

전라 문학의 관점으로 본
한국 문학

전일환 저

박문사

전라 문학의 관점으로 본 한국 문학

생각해 보면 우리 인간의 삶 자체도 이미 신이 정해 놓은 길을 걸어가야 하는 공통적인 그 어떤 요소, 즉 운명에 의해 이어 가는 것 같다. 국문학을 좋아하게 된 나를 돌이켜 보면 이미 국민학교(초등학교) 시절부터 시작된 것으로 생각된다. 우린 4, 5학년 때 국어책에 나와 있는 정철의 훈민가 '아버님 날 낳으시고 어머님 날 기르시니…'나 양사언의 '태산이 높다 하되 하늘 아래 뫼이로다…' 등, 그들 시조에 담긴 의미도 제대로 모른 채 마냥 좋아서 즐겨 줄줄 외었다.

대학에 들어가선 불우헌 정극인의 「상춘곡」과 서포 김만중이 동방의 이소離騷요, 우리나라의 진문장眞文章은 다만 이 세 편뿐이라 극찬했던 송강 정철의 「관동별곡」과 「양미인곡」에 매료되어 고시가를 전공하게 되었고, 학위논문도 가사 장르를 택하여 마침내 책으로도 첫 출간을 하였다. 이래 수십 년간 이 작업에 매달려 몇 권의 저서와 논문을 써 오다가 정년을 맞이하게 되었고, 이제는 기울어가는 삶에 떠밀려 어디론가 흐르는 물처럼 속절없이 흘러가는가 보다 했다.

그런데 2013년 가을엔 어쩌다 한국문인협회지도자 전국대회에서 '한국 문학 속의 전북 지역 문학의 역할'에 대해 이야기할 기회가 있었고, 이를 바탕으로 반년에 걸쳐 전북일보에 연재도 하였다. 그러다가 '한국문학의 원천'의 제하에 책으로 엮어 출간하기에 이르니 이야말로 어쩌다 늦둥이 하나를 자의 반 타의 반 낳는 셈이 되었다. 기쁘기도 하지만 혹여 견강牽强하고 부회附會하는 일이 되지나 않을지 공연히 걱정도 앞선다.

그러나 우리 한국 문학의 태두인 가람 이병기 선생이 최초로 우리 국문학을 시가와 산문의 2분법으로 나누어 갈래를 놓았으니 이런 분류로 본다면 별 문제가 없다고 자위를 해 본다. 왜냐하면 전북을 중심으로 한 전라 지역이 「정읍사」를 위시로 「지리산가」, 「선운산가」, 「방등산가」, 「무등산가」 등 백제오가와 향가 「서동요」의 요람이 되면서 가사 「상춘곡」, 「면앙정가」, 「송강가사」, 「산중신곡」, 「산중속신곡」, 「어부사시사」, 「유민탄」, 「고산별곡」, 「사미인가」, 「상사별곡」, 「치산가」, 「홍규권장가」, 「이산구곡가」 등의 시가를 생성하였고, 「만복사저포기」, 「최척전」, 「홍길동전」, 「춘향전」, 「흥부전」, 「콩쥐팥쥐전」 등 산문문학과 「흥보가」, 「춘향가」 등 판소리 문학의 본원이 되었기 때문이다.

하지만 그 무엇보다 실용적인 각종 기구를 창안해 내고, 『훈민정음운해』, 『시칙詩則』, 『산수경山水經』 등 여러 방면을 두루 정리하며 더 나은 백성의 삶을 통해 부강한 나라를 꿈꾸었던 여암 신경준을 위시로 하여, 왕과 지배 계층의 무능으로 왜란을 겪고 백성들을 도탄에 빠뜨리게 한 이들을 신랄하게 비판한 가사 「유민탄流民嘆」의 현곡 조위한과, 유의유식遊衣遊食하는 선비들이 없어야 하고 흉년에 고리高利의 환곡還穀 제도를 빌미로 민중의 피를 빨아먹는 탐관오리들을 척결해야 한다는 「구폐소救弊疏」를 왕에게 올린 옥경헌 장복겸 등 백성들을 사랑했던 대쪽 같은 조선의 선비들을 발견하게 된 것은 새삼 보람 있는 일이 아닐 수 없었다. 그리고 나라가 위태로울 때는 사랑하는 여인도 버려둔 채 전쟁터로 달려간 촌은 유희경 같은 사대부나, 매국노 이완용 등의 을사오적을 처단해야 한다는 「청토오적소請討五賊疏」를 올리고 의병 봉기에 앞장선 후산 이도복 같은 선비들이 있어 오늘의 우리나라가 건재할 수 있었다는 깨달음에 이른 것도 이런 작업의 결과였다.

하지만 너무 작고 모자란 생각에 갇혀, 더 많은 자료와 사실들을 모으지도 못하고 올바로 이해하지도 못했다는 생각에 아쉽고 안타까운 일이 한둘이 아니다. 앞으로 더 찾아보고 노력하여 속편을 준비해야겠다는 마음으로 이 부끄러움을 스스로 달래며 소략하게나마 졸저의 실마리로 삼으려 한다.

끝으로 어느 때보다 어려운 출판계의 사정을 뒤로 한 채, 쾌히 아름다운 책으로 세상의 빛을 보게 펴내 주신 박문사 윤석현 사장님과 김선은 과장에게 깊은 감사를 드린다. 그리고 일제 강점기의 암울한 시대, 한국동란 등 온갖 세상풍파의 파고를 넘어 힘 부치게 살아오다 이제는 요양병원에서 말문까지 닫으신 채, 외롭고 쓸쓸하게 구순의 여생을 보내고 있는 불쌍한 나의 어머니께 새삼 낳아 주고 가르쳐 주신 큰 은혜에 감사드리며 보잘것없는 이 책을 올리려 한다.

2015년 2월

全州 萬德山房에서

著者 識

차례

들어가며

전라도는 지리적으로 옛 백제권역이었고, 전주는 후백제의 수도였을 뿐만 아니라, 조선조에 이르기까지 전남북과 제주를 관할하는 전라감영이 있었던 곳이다. 이 지역은 동부 산악의 임산물권과 광활한 서부 호남평야의 농산물권, 서해안의 해산물권의 3요소가 어우러진 풍성하고도 완전한 삶터였다.

그러므로 지명도 사람이 살아가는 데 거의 완전한 조건을 갖춘 곳이라 하여 '온다라', '온드르'(온들의 옛음)라 불러오다가 신라 경덕왕 때 지명을 한자로 바꾸면서 완산完山, 전주全州라 이름하였다. 그리하여 이 지역은 예로부터 삼국 가운데 가장 찬란한 백제문화를 창달해 왔고, 문학과 예술 면에서도 우리나라 문화의 원천을 이루었다.

『고려사』 악지 권 24 백제 조에는 「선운산」, 「방등산」, 「정읍」, 「지리산」 등 백제오가百濟五歌가 노래의 내용만을 담은 채, 고즈넉이 자리하고 있다. 이 중에서 전북의 문학 작품으로 정읍의 「정읍사」, 고창의 「선운산가」와 남원권 접경인 전남 구례의 「지리산가」가 있고, 기타 정읍권역에 전남 장성의 「방등산가」도 백제문학권의 시가에 포함이 된다.

「정읍사」와 더불어 「선운산가」나 「지리산가」, 「방등산가」 등은 모두 망부가望夫歌류로 아름다운 여성의 정절을 주제로 형상화된 작품들이다. 이 중 「정읍」은 유일하게 연행演行형식과 더불어 그 가사가 『악학궤범』에 전해져서 백제가요의 원형을 볼 수 있게 된 것은 큰 다행이 아닐 수 없다.

이들 대부분이 사랑하는 임을 그리워하고 기다리는 정조情調를 바탕으로 여성의 정절을 주제로 삼고 있는데, 남원을 배경으로 한 판소리계 소설인 「춘향전」을 낳은 철학적 배경이 되었다. 세조 대엔 고려조 가전체 소설을 이어받은 김시습의 「만복사저포기」 같은 몽유록계 산문문학이 남원에서 배태되면서 남원 인월면과 아영면을 배경으로 한 「흥부전」과 만복사 동쪽에 살았다는 최척을 주인공으로 한 조위한의 한문 소설 「최척전」과 가사 「유민탄」, 전북 완주 이서면이 배경이 된 「콩쥐팥쥐전」 같은 산문문학이 전해 오고 있다. 고려 고종조 이규보는 32세 때 전주목에 부임한 후 전주의 속현들을 둘러보며 「남행월일기」라는 기행적 수필을 남겼고, 전북의 경물을 읊은 60여 수의 유려한 작품이 『동국이상국집』과 『백운소설』에 전한다.

조선 성종조 정극인은 정읍 칠보를 배경으로 한 가사의 효시작 「상춘곡」, 단가 「불우헌가」, 경기체가 「불우헌곡」을 창작하였다. 「상춘곡」은 인간과 자연이 하나가 된 물아일체物我一體의 미학 속에 조선조 사대부들의 유교적 스토이시즘stoicism의 풍류를 엿볼 수가 있고, 단가형의 「불우헌가」에는 돈독한 군신 간의 윤리와 철학이 담겨 있다. 경기체가형의

「불우헌곡」은 전원생활의 흥취와 후진 교육의 즐거움, 벼슬 세계에서 자신의 진퇴와 성은聖恩 등을 읊었는데, 이 둘의 장단가가 한데 어우러진 작자의 철학과 풍류가 「상춘곡」에서 종합되어 드러난다.

이들 작품은 정극인을 흠모하고 사숙私塾했던 면앙정 송순에게 이어져 가사 「면앙정가」를 낳는 계기가 되었고, 다시 송강 정철의 「성산별곡」으로 이어짐으로써 '호남가단'을 이루어 조선 가사 문학의 원천이 되었다. 이후 장수 출신 장현경은 정조 20년에 삼례역승으로 좌천되자, 정철의 「사미인곡」과 같은 임금을 그리워하는 연군류의 가사 「사미인가」를 창작하였다. 그리고 완주 봉동의 규방 가사 「홍규권장가」와 「상사별곡」, 고창군 대산면의 「치산가」로 이어지면서 고종조 진안 마령의 이도복이 마이산 구곡의 절경을 노래한 「이산구곡가」에 이르렀다.

선조 대에 부안에서 태어난 매창은 황진이와 더불어 조선에서 쌍벽을 이룰 만큼 시재詩才가 출중한 여류시인으로 많은 시조와 한시 작품을 남겼다. 고산 윤선도는 전남 해남과 보길도에서 연시조의 양식에 담아 「산중신곡」과 「산중속신곡」, 「어부사시사」 등의 주옥같은 시조작품의 꽃을 피웠다. 광해조에 임실군 지사면에서 태어난 장복겸은 영천을 배경으로 한 연시조 10수의 「고산별곡」을 창작하였다.

신말주의 11대손 신경준은 영조년간 『산수경』, 『훈민정음운해』 등 많은 저술을 하였고, 정격의 한시 작법에서 벗어난 『시칙詩則』의 시론에 입각하여 65수의 작품을 남겼다. 영조 대 동년 월일에 남원에서 태어나 18세에 결혼한 담락당 하립과 김삼의당이 10년의 이별과 해후 속에 남긴 『김삼의당시문집』 200여 수의 한시는 「춘향전」과 더불어 전라 여성의 아름다운 정절의 정화精華가 아닐 수 없다. 또한 전북 고창의 신재효는 판소리 12마당을 6마당으로 개작하여 판소리의 새로운 장을 열었고, 가람 이병기가 현대시조는 전통적인 틀에 구속되지 않아야 한다는 시조 혁신론을 제기하여 현대시조시의 위상을 정립하여 오늘에 이르고 있다.

이와 같은 문학적 현실을 바탕으로 전라 문학의 문학적 공과功課를 조명해 봄으로써 전라 문학이 한국 문학의 원천이요, 남상濫觴이었음을 밝히려 한다. 미래 사회엔 물질보다 인간 중심의 정신문화가 주도해 나갈 것이라는 지금 이 시대에, 갈수록 소외되고 저열감이 짙어져 가는 우리 인간들에게 문화적 자존감을 불러일으키고 정신적 풍요로움을 회복하는 데 도움이 되었으면 하는 일말의 바람으로 이 담론을 시작코자 한다.

제1장

백제의 남은 노래

1. 『고려사』에 담긴 백제오가百濟五歌

백제는 예로부터 여인들의 곧고 고운 정절이 여러 작품 속에 아름답게 형상화되어 우리들의 가슴을 적신 노래들이 많았다. 불행히도 그 가사가 전해 오지 않지만, 『고려사』 악지 권 24 백제조엔 「선운산」, 「무등산」, 「방등산」, 「정읍」, 「지리산」 등 백제오가가 노래의 내용만을 담은 채 전해지고 있다. 다만 이 가운데 「정읍사」만이 연행형식演行形式과 더불어 그 가사가 아래와 같이 『악학궤범』에 전해지므로 백제 노래에 담긴 배경이나 내용을 상고할 수 있는 것은 다행한 일이다.

악사樂師가 악공樂工 16인을 거느리고 북받침대를 받들고 동편 기둥으로부터 들어와 새 날개를 펼치듯 대전大殿 안에 놓는데 – 먼저 북쪽에, 다음에 서쪽, 다음에 동쪽, 다음에 남쪽에 두고 – 나아가며 악사는 북을 안고 16번을 친다. 다시 동편 기둥에서 들어와 북을 놓고 남쪽으로 나가며 – 북마다 2번 치면 – 여러 기생들이 일제히 정읍사井邑詞를 노래한다.

> 전강前腔 달하 노피곰 도다샤/ 어긔야 머리곰 비취오시라/ 어긔야 어강됴리/ 소엽小葉 아으 다롱디리/ 후강後腔 全저재 녀러신고요/ 어긔야 즌데를 드대욜세라/ 어긔야 어강됴리/ 과편過篇 어느이다 노코시라/ 금선조金善調 어긔야 내가논대 졈그랄세라/ 어긔야 어강됴리/ 소엽小葉 아으 다롱디리[1]

1 『樂學軌範』, 樂師帥樂工十六人 奉鼓臺具 由東楹入 置於殿中 先置北 次置西 次置東 次置南 而出樂師 抱鼓槌十六箇 由東楹入置鼓 南而出 每鼓槌二 諸妓唱井邑詞

「무등산」을 제외한 백제오가 대부분이 사랑하는 임을 그리워하고 기다리는 연가풍戀歌風으로, 이 고장 여인들의 아름다운 정절을 노래하는 공통소共通素를 지니고 있다. 이들 노래 속엔 여인들의 한恨이나 원怨이 조금도 서리지 아니하고 오로지 임만을 걱정하고 고대하는 기다림의 미학이 주조를 이루고 있어 여느 속요나 향가와도 다른 특성이 있다. 백제가요 가운데 유일하게 가사가 전해지는 「정읍사」를 보면 장을 보러나간 남편의 무사귀환을 떠오르는 달을 보고 기원하면서 기다리는 아내의 아름다운 정조情調가 작품 전반에 흘러넘쳐 유려하기가 이를 데 없다.

「지리산」은 백제 구례현에 살고 있는 한 여인이 자색姿色이 아름다웠는데, 비록 가난하게 살아도 부도婦道를 다한 여인으로서 이름이 높았으므로 백제왕이 이 소문을 듣고 자신의 첩으로 삼으려 하자, 죽기를 각오하고 절대 왕명을 따르지 않겠노라고 맹세한 노래다. 이 노래 역시 다른 백제오가와 더불어 여인의 정절을 테마로 한 것으로서 백제 개로왕 때의 도미설화와도 그 맥을 같이 한다. 이는 아마도 하나의 설화 원형이 오랜 세월을 거치며 구구전승口口傳承하는 동안 변이Variation되는 과정에서 파생된 결과로 생각된다.

도미설화[2]는 음탕한 왕이 아름다운 유부녀를 탈취하려다 결국 실패하고만 우의寓意적인 이야기다. 그러나 설화치고는 상당히 드라마틱한 구

2 金富軾, 『三國史記』 卷四十八, 列傳 「都彌之妻條」.

성으로 흥미를 자아내기에 충분하다. 왕의 복장으로 가장한 신하가 도미의 아내인줄 알고 드디어 동침에 성공했지만, 일이 끝난 이후 알고 보니 도미의 처로 가장한 몸종이었다는 데서 해학諧謔과 풍유諷諭성이 넘쳐난다. 뒤늦게 이러한 사실을 알게 된 왕이 분노를 참지 못하고 도미의 두 눈을 뽑아 내고 배에 태워 바다에 띄웠다. 그러나 남편은 바다를 표류하다가 기적적으로 아내를 만나 재회하는데, 이러한 극적 구성이 돋보이는 흥미로운 설화다. 사건의 구성이나 진전이 극히 자연스럽게 짜여 있어 하나의 단편이나 희곡으로도 손색이 없는 이야기 구조를 보이고 있다. 그래서 박종화朴鍾和는 이 설화를 소재로 삼아 단편 「아랑의 정조」를 창작하기도 했다.

「방등산」 조條에는 방등산은 나주의 속현인 장성 성내에 있는데, 신라 말에 도적이 크게 일어나 방등산을 근거지로 하여 양가집 부녀자들을 잡아갔다고 기록되어 전한다. 장성현의 한 여인이 잡힌 사람 중의 한 사람이었는데, 오랜 시간이 흘러도 남편이 자신을 구원하지 않자, 이를 슬퍼하고 원망하면서 노래한 것이 「방등산가」라 했다. 이로 보면 「방등산가」 역시 오로지 사랑하는 남편을 기다리는 나머지, 도적의 소굴 속에서 자신을 구하지 못하는 남편의 무능함을 원망하는 망부가望夫歌라 할 수가 있다.

「선운산」도 전북 고창 선운산을 배경으로 한 망부의 노래다. 장사현長沙縣(지금의 전북 무장면)에 사는 한 남자가 전쟁에 나가서 오래도록 돌아오지 않자, 그의 아내가 날마다 선운산 마루에 올라가 사랑하는 남편이 하루빨리 돌아오기를 고대하며 이 노래를 불렀다고 전해진다.

이 역시 오로지 남편만을 사랑하고 기다리는 망부가였음을 『고려사』 악지의 짧은 기록 속에서 엿볼 수가 있다. 하지만 「공무도하가公無渡河歌」나 「황조가黃鳥歌」, 「구지가龜旨歌」처럼 한시로라도 번역되어 문헌에 실려 전해 왔다면, 「정읍사」와 더불어 백제오가만이라도 이 고장 백제 여인네들의 아름다운 정조情調를 엿볼 수 있었을 것이라는 안타까움을 금할 길 없다.

「정읍」은 전주의 속현屬縣인 정읍 사람이 행상을 나가 오래도록 돌아오지 않자, 그 아내가 달 밝은 밤에 산마루에 올라가 남편을 기다리면서 혹시나 밤길에 도적이나 당하지 않을까 염려한 끝에 이를 진흙탕물에 의탁하여 무사귀환을 노래했다고 하였다. 그리고 세상에 전하기는 행상인의 아내가 고갯마루에 올라 남편을 기다리다가 망부석望夫石[3]이 되었다고 『고려사』 악지조에 기록되어 전해 온다.

조선 성종조에 성현 등이 왕명에 의해 『악학궤범』, 『악장가사』, 『시용향악보』 등의 악가집을 편찬하면서 「정읍사」가 백제의 노래이지만, 『악학궤범』에 실린 까닭은 이 노래만큼 조선의 건국이념에 부합된 노래가 없었기 때문일 것으로 보인다. 패망한 나라엔 역사나 문화, 예술 등 그

3 『高麗史』 卷七十一, 樂志.

어느 것도 향유할 수 있는 권리나 자유가 주어지지 않는다는 사실은 우리나라의 역사가 잘 말해 주고 있다.

백제 문화는 중국이 찬탄할 만큼 삼국 가운데 가장 찬란하였고, 그 문화가 일본에 전해졌다는 사실은 문화사가들에 의해 밝혀진 지 이미 오래다. 부위부강夫爲婦綱, 부부유별夫婦有別의 윤리를 바탕으로 하면서 여필종부女必從夫의 유교 이념이 이토록 아름답게 승화된 노래가 「정읍사」에 견줄만한 게 없다.

『고려사』의 기록이 그대로 믿기지 않을지라도 전주나 정읍이라는 실제적 지명으로 보거나, 정읍사 전반에 흐르는 백제 여인의 고운 정절을 보더라도 이 노래가 백제의 노래임을 부정할 길이 없다. 달을 매체로 하여 외간 남정네와 질탕跌宕하게 놀아난 처용 아내의 부정不貞을 테마로 한 신라 「처용가」와는 너무나 대조적이기 때문이다. 『삼국유사』를 찬撰한 일연一然은 불도를 닦는 승려답게 처용가의 배경설화에서 병을 일으키는 역신疫神이 처용의 아내가 무척이나 아름다운 나머지 사람으로 둔갑하여 범한 것이라고 하여, 짐짓 처용의 아내를 불륜으로 내몰지 않고 윤리적 해석으로 아름답게 형상화하였다.

그러나 이렇게 아름다운 정읍 여인의 망부가인 「정읍사」도 정치적인 와류渦流에 휩쓸리며 음사淫詞로 내몰리면서 국가의례에서 제외되는 위기를 맞기도 했다. 『중종실록』 권 32에 남곤南衮은 「정읍사」를 남녀 간 음사淫詞로 단정하고 이 노래 대신 고려 때부터 궁중의례에 사용되었던 「오관산五冠山」을 불러야 한다는 상소를 했는데, 이러한 시원적 기록에 따라 이 노래를 남녀 간의 육정肉情적인 노래로 간주하려는 사람들이 많았다.

지금까지 양주동, 지헌영, 이상섭, 박병채 등 국문학자들은 별다른 아무런 근거도 없이 '즌데'를 여성의 은밀한 부분으로 해석하여 – 밤길에 도적에게 범해를 당할까 두려워하여 흙탕물의 더러움에 의탁했다는 『고려사』 악지의 기록을 무시하고 – 정읍사를 음탕한 노래로 규정하였다. 그뿐만 아니라, '어느이다 노코시라'는 사랑하는 임이 밤길을 서둘러 오다가 도적에게 위해危害를 당할까 두려운 나머지 '아무 곳이나 짐을 벗어 놓고 쉬고 오시라'라는 믿음을 바탕으로 한 남편에 대한 아내의 지순至純한 사랑을 간파하지 못하고, 짐짓 '다른 어떤 여성에게 정을 주고 있는가'로 간주하여 「정읍사」가 의부증疑夫症적인 치정성痴情性을 벗어나지 못한 보잘것없는 작품으로 비하해 버리기도 했다.

백제오가 가운데 유일하게 「무등산가」만이 여타 다른 노래와 그 주제나 정조情調를 달리하고 있다. 무등산 조條엔 무등산은 광주의 진산鎭山이며, 광주는 전라도에 있는 큰 고을이라 했다. 무등산에 성을 쌓았는데 백성들은 그 덕에 편안하게 살 수 있으므로 이를 즐거워하여 노래하였다고 하였으니, 「무등산가」만이 일종의 태평가적 성격을 띤 노래였음을 짐작케 한다.

이외에도 이 고장에는 이러한 여성의 아름다운 정조가 서려 있는 설화나 소설, 또는 역사적인 사실들도 많다. 『삼국사기』 열전에 전해진 음탕한 개로왕과 열녀인 도미의 아내에 얽힌 슬픈 이야기나, 나당연합군에 의해 망국의 비운을 맞게 된 백제 의자왕 때, 적군에게 몸을 더럽히느니 차라리 백마강 낙화암에 몸을 던져 여인의 정절을 지키고 산화散華한 3

천 궁녀들의 애달픈 이야기 등이 그렇다.

도미설화는 「지리산가」, 「정읍사」, 「선운산가」, 「방등산가」와 더불어 여인들의 정절을 주제로 한 열녀소설 「춘향전」의 원형이 된 노래요, 설화라 할 수 있다. 『고려사』에 한 조각 이야기나 노래로 남겨진 이들 백제오가와 『삼국사기』에 담긴 도미설화는 고대소설 「춘향전」과 여성의 아름다운 정절이라는 주제로 맥을 같이 한 고전문학이다. 춘향은 전라도 여인들의 정절의 표상일 뿐만 아니라, 한국 여성의 정절의 상징이 되어 세계 여성 문화사를 장식하고 있다. 백제 여인들의 치열한 정절의 관념은 도미설화나 「지리산가」와 더불어 백제오가를 거쳐 「춘향전」에서 그 절정을 이루어서 더욱 영롱하게 형상화된 셈이다.

2. 달아 높이 좀 돋으샤

달님이어
높이 좀 돋으시어
어기야 멀리 좀 비춰오시라
어기야 어강도리
아으 다롱디리

전주 시장에서 오고 계신지요
어기야 즌데를 디딜까 두려워라
어기야 어강도리

◀ 정읍시 시기동 정읍사공원에 있는 망부상

어디든 짐을 벗어놓고 쉬시어라
어기야 내님 가는 길 저물까 두려워라
어기야 어강도리
아으 다롱디리

'어기야', '어기야 어강도리', '아으 다롱디리'는 모두 음악적 효과나 율동미를 높이기 위해 삽입된 여음餘音이다. 이 여음을 제외한다면 「정읍사」는 6구체 향가형이다. 시가사詩歌史적인 측면에서 보면 향가는 민요형인 4구체 원형을 시작으로 4구체에 기본형 2구가 더해진 6구체, 4구체의 배구倍句인 8구체, 8구체에 기본형 2구를 합친 10구체가로 발전해 왔다.

그러나 현존하는 향가에는 6구체가 존재하지 않는다. 그런 의미에서 백제오가 중 가사가 현존하는 「정읍사」는 국문학사적으로 대단히 중요한 자료가 된다. 왜냐하면 다른 「지리산가」나 「방등산가」, 「무등산가」, 「선운산가」도 향가계일 수 있으므로 백제 시대에도 향가체의 고시가를 창작 향유했을 것으로 추론할 수 있기 때문이다.

「정읍사」는 다른 백제가요와 마찬가지로 인고忍苦와 인종忍從을 바탕으로 한 기다림의 미학이 절정을 이룬 노래다. 이러한 정서는 고려조 속요나 조선조 시가에 면면히 이어져 내려오면서 우리 민족 고유의 정서를 이루었고, 우리 문학의 주요한 맥을 형성하여 오늘에 이르고 있다. 정병욱, 조동일 등은 시조 장르의 원형이나 시원을 「정읍사」나 향가에서 3행 형식의 외형적 율조를 찾아내어 그 기원起源을 삼기도 했다.

『균여전』이나 『삼국유사』에 전하는 향가에는 민요형의 4구체, 8구체,

10구체가가 전해 오는데 시가사적으로 반드시 있어야 할 6구체가 전해 오지 않는다. 이는 선덕여왕 때 위홍이 대구 화상에게 명하여 향가를 수록한 향가집 『삼대목』이 전해오지 않은 까닭이겠지만, 백제오가 중 유일하게 『악학궤범』에 그 가사가 실려 전해 내려온 「정읍사」에서 그 잔영이나마 찾아볼 수 있는 건 다행이 아닐 수 없다.

「정읍사」는 감탄사와 후렴구인 '어기야', '어기야 어강도리', '아으 다롱디리' 같은 조흥구助興句를 제외한다면 완벽한 6구체의 향가다. 이로 보면 백제에도 신라와 마찬가지로 향가체와 같은 백제오가인 「지리산가」나 「선운산가」, 「방등산가」, 「무등산가」 역시 향가계의 노래였음을 미루어 짐작할 수가 있다.

『고려사』 악지조의 기록을 보면 전주의 속현인 정읍井邑에 살고 있는 한 행상인의 아내가 밤늦도록 돌아오지 않는 남편이 행여 도적들에게 범해를 입을까 두려워하여 '진데를 디딜까 두려워라'라는 상징적 은유법 symbolic metaphor을 써서 노래했음을 알 수가 있다. 우리네는 무섭거나 억울한 일을 당할 때에는 으레 이러한 수사를 항용 관례적으로 써왔다.

예컨대 집안에 도둑이 들었을 때도 '도둑이야!'라고 직설적으로 말하지 않고, '대들보 위의 군자'라는 뜻으로 '양상군자梁上君子'라 일러왔다. 아니면 '밤손님'이라는 미화법을 쓰거나 짐짓 "불이야!" 하는 식으로 주의를 환기시키기도 했다. 그리고 억울한 일을 당하거나 부당한 처지에 빠졌을 때도 '흙탕물 튀겼다'라는 은유적 수사修辭를 항용 써왔다. 내레이터인 「정읍사」의 여인도 이와 같은 지혜를 발휘하여 다정하고도 유정

幽情한 남편의 위해危害를 걱정한 나머지, '즌데'를 디딜까 두렵다는 조심스럽고도 섬세한 아름다운 발성을 토해냈다.

'즌데'는 두말할 필요조차 없이 '진 곳'을 의미하는 '진흙탕길'이다. 이것이 여성의 성性과 관련되었다거나 '화류항花柳巷'이라거나 '색주항色酒巷'이라는 해석이 가능한 전거典據를 그 어디서도 찾아볼 수 없다. 아무런 근거도 없이 조선 중종 때 남곤南袞이 「정읍사」는 음사淫詞이므로 궁중의례에 사용해서는 안 된다고 상소한 것을 그대로 따르거나, 양주동이나 지헌영, 박병채, 등이 주장한 주관적 해석을 맹목적으로 좇아서도 안 된다. 우리는 그러한 연유를 『고려사』의 악지의 기록에서 분명히 찾아볼 수 있기 때문이다.

즉 정읍사의 내레이터인 행상인의 아내는 남편이 밤길에 도적들에게 해를 입을까 두려운 나머지 '흙탕물의 더러움에 의탁했다'[4]는 기록이 고려사 악지조에 선명하게 남아있다는 말이다. '이수지오泥水之汚'는 '흙탕물의 더러움'이요, 정읍사 노래 속의 '즌데'는 즉 현대어 '진 곳'과 일치된 것으로 '이수지오'라는 것이다. 밤늦도록 돌아오지 않는 남편을 기다리는 여인의 마음이란 우선 남편의 신변에 무슨 위험이나 있지 않을까 하는 일차적인 걱정에서 출발하기 마련이다. 그 다음 단계에 가서야 술집이나 다른 여인의 유혹에 빠져서 헤어나지 못하는 게 아닐까라는 이차적 단계에 이르게 되는 것이 보편적인 일이라는 것이다.

그러므로 정읍사가 음사淫詞라고 보는 단초인 '즌데'란 이런 양면적인

4 『高麗史』 卷七十一, 樂志條, 恐其夫 夜行犯害 托泥水之汚

인간본성의 이중구조로 파악하는 게 온당하다. 단순한 음행淫行으로 국한하거나, 선뜻 주색에 탐닉耽溺된 것으로 풀이하는 것도 옳지 못하다. 다시 말하면 임을 기다리는 심정이란 먼저 임의 신변상의 위해가 으뜸일 것이요, 다음으로 애태움과 초조함 속에서 다른 여인에게 빠져버린 게 아닌가 하는 의구심으로 전이되어 불안한 심리상태에 놓이게 되는 게 보편적인 현상이라는 것이다.

「정읍사」의 여인이 위험한 밤길을 걸으며 귀가하는 남편의 안전을 달에게 비는 모습은 미르체아 엘리아데Mircea Eliade(1907~1986)가 말한 달과 물, 여인의 3자에 의한 생생력환대生生力環帶를 이루게 되는 신이한 써클의 도식과도 일치된다. 달은 원시시대부터 신비스런 신앙의 대상이었다. 위험한 밤길에 귀환하는 임의 안전을 정읍사의 여인이 달에게 비는 모습은 달과 물, 여인이란 엘리아데의 생생력환대를 바탕으로 한 민속신앙의 기원祈願행위로 표출되어 나타난 것이라고 할 수가 있다.

3. 기다림의 미학

루마니아 민속학자 미르체아 엘리아데는 달은 일정한 주기에 의해 탄생과 성장, 소멸의 과정을 반복하는 재생의 상징으로 보았다. 초승에서 보름, 그믐달로 이어지는 운행에 따라서 달의 인력으로 인해 조수 간만干滿의 차이가 생기게 되는데, 이는 여성의 생리주기 28일 혹은 29일과도 일치한다. 신은 여성에게 생명을 잉태케 하는 놀라운 능력을 준 셈이다.

실제로 우리나라는 서해 바다가 동해나 남해보다 달의 인력에 의해 밀물과 썰물의 차가 심하기 때문에 각종 어패류들도 달의 생성과 소멸의 과정을 거친 그믐달 이후에야 충실한 것이 많은 것과도 일치한다.

홍용희도 『창조신화의 세계』에서 논밭과 같은 대지는 씨種子를 뿌리면 이를 받아들여 싹을 틔우고 열매를 맺게 하는 풍요 다산多産과 상관되는 자연현상으로 일치된다고도 하였다. 인간도 이와 같은 자연 현상과 마찬가지라고 생각하기 때문에 정월 대보름 밤, 동산에 떠오르는 달을 보고 아들, 딸 낳기를 기원했고, 달의 모양을 보며 한 해 농사의 풍, 흉년을 예언한다고도 하였다. 이런 현상학現象學(phenomenlogy)적 견지에서 보면, 정읍사의 여인이 행상 나간 남편의 밤길의 위해危害를 흙탕물에 비유하여 달에게 무사안녕을 기원한 것은 민속신앙 그 이상 차원으로 해석할 수 있을 것으로 보인다.

그러므로 밤길에 어떤 범해를 당할까 염려하는 「정읍사」 여인의 기우杞憂도 「정읍사」에선 용납되질 않는다. 정읍사의 기구起句 '달하'는 일체의 부정不淨이 끼어들 여지를 허락하지 않는 선언이요, 외경畏敬적 기원이기 때문이다. 호격 조사 '하'는 '아'의 중세어로서 신격神格에만 사용되는 '극존칭 호격 조사'다. 자연 만물의 생성과 소멸이 달과 물과 여인이란 3자의 요소에 의해 이루어지는 것처럼 「정읍사」 여인이 남편의 무사귀환을 비는, 이와 같은 종교적 기원 의례는 지금까지도 이어져 왔고, 실제로 우리가 사는 현실 세계에서도 왕왕히 그런 민속 신앙의 모습들을 찾아볼 수도 있다.

이렇듯 달은 물과 여자와 더불어 생생력환대生生力環帶를 이루어 그 속에서 달이 풍양豊穰, 산아産兒, 건강健康 등에 관련된 생생력 상징으로 인간에 의해 숭앙되었다는 사실은 김열규에 의해서도 지적된 바 있다. 그러기 때문에 정화수井華水를 떠 놓고 손자나 아들의 과거 급제를 기원하거나 무사함을 달님에게 비는 우리네 할머니나 어머니들의 기원 의례가 지금까지도 전해질 뿐만 아니라, 그러한 아름다운 성정이 남편의 무사안녕을 비는 행상인의 아내의 마음속에 그대로 투영되어 나타나고 있다고도 할 수가 있다.

그러므로 목욕재계沐浴齋戒한 정읍사의 여인이 하늘에 덩실 떠 있는 달을 보며 돌아오지 않는 남편을 애타게 기다리는 경건한 아내의 모습에서 차원이 낮은 일상인들의 의부증이나 부정이 일체 끼어들 여지가 전혀 없다. 그러므로 '즌데'를 터무니없는 육정肉情적인 해석이나 퇴폐적인 의미로 풀이함으로써 백제 여인의 아름다운 정절을 폄훼貶毁하는 우愚를 범해서도 안 된다.

『고려사』 악지의 기록대로 혹여 행상 나간 남편이 밤길에 어떤 범해를 입지나 않을까 노심초사하는 여심이 '즌데'를 디딜까 두려운 마음에서 비유된 것으로 보아야 옳다. 아무런 전거나 근거도 없이 자기 나름의 주관적인 인상印象이나 속단에 의지하여 정읍사를 터무니없이 음사라고 규정을 하고 여인의 성性과 관련시켜 엉뚱한 해석을 해서도 아니 된다.

조선이 개국한 이후 궁중악의 취택取擇 과정에서 고려조의 속요들이 대부분 남녀상열지사男女相悅之詞나 음사淫詞로 낙인 찍혀져 사리부재詞俚不載되었다. 그런 가운데 남녀 간의 노골적인 사랑을 노래한 「쌍화점雙花

店」이나 「동동動動」, 「만전춘별사滿殿春別詞」, 「이상곡履霜曲」 같은 육정적인 고려조 속요들을 조선 성종조의 『악학궤범』이나 『시용향악보』, 『악장가사』에 왜 실어 놓았는지 그 까닭을 알 길이 없다. 그것은 두말할 필요도 없이 면면히 이어 온 궁중악을 하루아침에 바꾸기가 어려웠을 것이요, 또 바꾸었다 하더라도 지금까지 익숙하게 불러왔던 노래보다 그만한 흥취나 즐거움을 느낄 수 없었기 때문이었을 것으로 보인다.

그런데 조선 중종조에 이르러서야 뒤늦게 「정읍사」가 음사라는 상소가 왜 이어졌는지 모른다. 굳이 그러한 까닭을 찾는다면 신라를 계승한 고려의 집권층이 조선조에도 그대로 기득권층으로 이어진 결과가 아닐까 한다. 하지만 지금까지도 「정읍사」가 왜 음사로 논의되고 있는지 알 수가 없다. 사실 「정읍사」는 백제 가요이지만 이 노래에 담긴 정서가 그처럼 아름다울 수 없다. 그리고 내면에 면면히 흐르는 여필종부의 미덕이 조선의 건국이념인 유교 철학에 이만큼 부합되는 노래가 없었기 때문에 유일하게 조선조의 악장에 그 노래 가사가 실려 오늘날까지 전해진게 아닌가 한다.

앞에서 말한 바와 같이 「정읍사」는 백제오가 가운데 가사가 전해 오는 노래다. 「정읍사」에 담긴 정서가 이토록 아름다울 뿐만 아니라, 내면에 면면히 흐르는 곱고 아름다운 여인의 기다림의 미학이 우리 고시가 어디에서도 찾아볼 수 없을 만큼 유려하다. 조선조의 건국이념인 유교 윤리에 「정읍사」에 내재된 여인의 미덕이 이만큼 부합된 노래가 없기 때문에 백제오가 가운데 「정읍사」만이 유일하게 『악학궤범』에 실려 전해진 것으로 보인다.

흔히들 신라 여인들은 자유분방한 데 비해 백제 여인들의 성정을 지조志操와 정절貞節이라고 규정한 소이연도 여기에 기인된 것인지도 모른다. 지금은 『고려사』에 곡명과 더불어 노래의 내용만이 간단하게 소개된 정도이지만, 「선운산」, 「정읍」, 「지리산」, 「방등산」, 「무등산」 등의 백제오가나, 『삼국사기』에 전해지고 있는 도미설화 등은 정절의 백제 여인상을 대표하는 귀중한 자료다. 그러기에 고구려, 백제, 신라 삼국 여성들의 성정을 요약할 때 백제의 여인들은 다른 나라 여성들보다 비교적 아름다운 정절과 곧은 지조를 지녔다고 말하는 게 아닐까 싶다.

고려조 속요들은 대부분 이별을 노래하거나 영원히 이별하지 아니할 것을 노래하는 것들이 주종을 이루고 있다. 이에 반해, 정읍사는 그러한 정조를 노래하는 속된 심사와는 차원을 달리한 여인의 믿음을 바탕으로 여유 넘치는 기다림을 노래하고 있다는 데서 그 미적 가치를 찾아볼 수가 있다. 그리움이나 기다림의 화자話者의 간절한 기원은 하늘에 높이 떠 있는 보름달만큼이나 상승되면서 「정읍사」에 토로되어 절정에 이르기 때문이다.

「정읍사」의 내레이터인 행상인의 아내에게서 느껴지듯이 남편이 행상을 나가면 오랫동안 자유분방한 상태에 놓이게 됨으로써 고려조의 속요 「쌍화점」, 「만전춘별사」나 신라 향가 「처용가」처럼 다분히 다른 남정네들과의 에로틱한 사랑에 빠질 수도 있다. 그러나 「정읍사」의 여인은 그런 부정不貞의 여지를 조금도 허용하지 아니한다. 신라의 처용이 달 밝은 밤, 탑돌이[5]를 나간 사이에 외간남자와 정을 통해 버리고만 처용 아내의 유희적 방탕성과는 너무나 대조적이라는 말이다.

행상인의 처라고 하는 제한적 개방성에도 불구하고 오로지 일편단심 남편의 무사귀환을 기원하는 「정읍사」야말로 인간의 본능과 감성적 욕망을 극복한 절창絶唱이 아닐 수 없다. 즉 사랑과 도덕, 낭만과 지성이 한데 어우러져 조화를 이루는 이 작품은 본능과 현실적 도덕성 간의 근원적 양면성이 동시에 내재돼 있는 노래라는 것이다. 그러한 인간 본연의 갈등이 표출되지 않은 채 절제되어 형상화한 시가가 바로 「정읍사」라는 점이 이 노래가 지니는 매력이다.

「정읍사」가 달을 주요 소재로 하고 있다는 점도 여느 작품과 다르다. 처용가의 달이 '유희遊戱를 위한 달'이라면 「정읍사」의 달은 기다림과 기원을 담은 '정절貞節의 달'[6]이라고 할 수가 있다. 허소라 교수는 '정읍사 주제고井邑詞主題攷'[7]에서 달이 밝을수록 그 만큼의 시간이 흐르고 임과 나와의 거리도 그만치 가까워진다는 이등변삼각형의 기하학幾何學적인 특수구조를 보이는 노래라고도 하였다. 즉 기다리는 남편과 내레이터인 나 사이에 떠 있는 달이 높이 오를수록 두 사람 사이의 거리가 가까워진다는 원리를 통해 화자의 간절한 사랑이 더욱 깊어진다는 것으로 파악했다는 것이다.

그러므로 「정읍사」는 달에게 내 마음을 전해달라는 유럽의 직소直訴적인 소야곡과는 차원을 달리하는 노래다. 오로지 남편만을 걱정하는 기다림과 기원이 달을 매체로 함축적으로 형상화된 것도 이 작품의 품격을

5 초파일에 절에서 밤새도록 탑을 돌며 부처의 공덕을 기리고 제각기 소원을 비는 행사. 불교 의식에서 차츰 민속놀이로 변한 것으로, 열 가지의 형태로 진행된다.
6 졸저, 『옛시 옛노래의 이해』, 제이앤씨, 2008, p.59.
7 許素羅, 「全北女考」, 全北新聞, 1979. 1.1

고양시키는 점이다. 그리고 미르체아 엘리아데Mircea Eliade가 주장한 바와 같이 물 – 진흙탕물이지만 – 과 달, 여성의 3요소가 하나의 생생력환대生生力環帶를 이루어서 남편의 무사안녕을 비는 종교적인 기원은 숭고한 신성성까지 불러일으키고 있다.

믿음을 바탕으로 한 백제 여인의 기다림의 미학은 오로지 사랑하는 임의 무사안전만을 위해 어둡고 무서운 밤길을 굳이 오려고 하지 말고 아무 곳이나 짐을 벗어놓고 쉬고 오라는 여유의 아름다움으로 표상된다. 이러한 믿음을 전제로 한 아름다운 부부지정이 내면에 흐르고 있기 때문에 그러한 여유가 가능한 것이며, 남편의 무사함을 능가할 그 어느 것도 존재하지 않는다는 아름다운 여심女心으로 나타난다. 오늘밤의 무사귀환이야말로 순전히 사랑하는 남편에게 달려 있는 일이기 때문에 당신의 임의대로 해달라는 소박한 마음속엔 일체의 불안이나 질투, 잡념이 스며들 여지가 없고, 오로지 변할 줄 모르는 부부의 믿음만이 노래 가사의 행간에 자리하고 있는 아름다운 노래가 아닐 수 없다.

이와 같은 지순지고至純至高한 여인의 사랑은 자기 스스로를 죽이고 남편만을 위하는 유교적인 윤리를 근본으로 하여 더욱 영롱하게 빛을 발하고 있다. 이러한 유교 윤리적인 기다림의 미학은 이후 고려조의 속요인 「가시리」, 「이상곡」, 「동동」 등으로 접맥되었고, 현대에 이르러 김소월의 「진달래꽃」으로 승화 계승 발전되었다고 말할 수 있다. 이러한 관점에서 보면 「정읍사」야말로 한국여성의 기다림의 미학의 정화精華요, 한국 여인의 아름다운 정절貞節의 원형이 되었다고 할 수가 있지 않을까 한다.

4. 선화공주님은

▲ 서동왕자와 선화공주

『삼국유사』 무왕조에는 향가 「서동요薯童謠」를 창작하게 된 배경설화와 함께 그 작품이 오롯이 전해오고 있다. 백제 30대 무왕의 이름은 장璋인데 그의 어머니는 과부로 서울 남지南池변에 집을 짓고 살았다. 연못의 용과 관계池龍交通하여 아들을 낳았다. 어릴 때는 서동이라 불렀는데 그릇의 크기가 헤아릴 수 없을 정도器量難測로 뛰어났다. 항상 마薯를 캐어 팔아서 어렵게 살았으므로 사람들은 그의 이름을 '마동', 혹은 '서동薯童'이라고 하였다. 신라 진평왕의 셋째 공주 선화가 빼어나게 아름답다美艶無雙는 말을 듣고 서울로 가서 아이들에게 마를 나눠주면서 친하게 지내고 자신을 따르게 한 후에 서동이 아이들을 꾀어서 부르게 한 동요는 다음과 같다.

선화공주님은
남몰래 얼려嫁두고
마동방을
밤에 몰래 안고 간다

진평왕의 딸 선화공주를 아내로 맞이하기 위해 신라로 건너 간 마동은 자신이 지은 참요讖謠 「서동요」를 아이들에게 부르게 했는데, '선화공주가 밤마다 마동과 놀아난다'는 이 노래 가사는 순식간에 온 나라에 퍼졌다. 결국 선화공주에게 유배형이 내려지게 되었고, 유배 도중에 나타난 마동과 눈이 맞아遇爾信悅 익산 금마로 가서 왕이 된 무왕과 미륵사를 창건하였다. 미륵산 사자사師子寺에 불공을 드리러 가던 어느 날, 길가 연못 속에서 미륵삼존불이 나타나자, 선화공주가 이는 필시 불사佛事를 일으키라는 부처의 뜻이라고 무왕에게 말하고 지명知命법사의 신력神力을 빌어 하루 만에 연못을 메워서 그 위에 미륵사를 창건했다.

이러한 역사적 사실이 선화공주와 무왕의 낭만적인 사랑이야기에 엮어져 고려조까지 이어졌고, 끝내는 일연의 『삼국유사』에 실려 지금까지 전해오고 있다. 『삼국유사』와 『균여전』에 전해오는 향가 24수 모두가 월명사나 충담사, 영재 같은 신라의 승려나 신충과 같은 관료, 또는 어떤 노인 등 그 배경설화와 더불어 일치된 작위作爲적인 인물로 되어 있지만, 그 가운데 유일하게 「서동요」의 작자만은 백제 무왕이라는 역사적 인물로 전해진다는 사실이 자못 흥미로운 일이 아닐 수 없다.

바보 온달이 산 속에서 홀어머니와 외로이 살다가 선녀 같은 고구려의 평강공주와 혼인하여 대장군이 된 역사적인 사랑이야기의 구조와도 유사한 형태다. 이는 평민도 왕족과 혼인할 수 있다는 본디 인간에게 내재된 신분 상승 욕구의 잠재소원심리가 성취되어 나타난 결과이다.

「서동요」 속에 남아 있는 그 배경설화도 백제와 신라 양국의 왕들이 세력이 막강한 고구려를 견제하면서 자국의 영토를 지키기 위해 나제동맹羅濟同盟의 일환으로 맺게 된 정략적 혼인정책에서 비롯된 것으로 보인다. 이 동맹은 고구려 장수왕의 남하정책으로 두 나라가 위협을 받자,

백제 24대 동성왕이 A.D. 493년 신라 소지왕에게 사신을 보내 왕족인 비지의 딸을 왕비로 맞이한 것을 시작으로 출발되었다. 하지만 이러한 정치적인 혼인정책도 신라 진흥왕 때 백제 26대 성왕이 관산성 전투에서 비참한 최후를 맞이하게 되면서 양국 간의 화해와 협력 관계가 결렬되고 말았다.

『삼국유사』를 쓴 일연은 무왕조에서 '고본古本에는 무강武康왕이라 했으나 백제에는 그런 왕이 없으므로 이는 잘못이다'라는 주註를 달았다. 그러므로 『삼국유사』는 고본이라는 역사서를 바탕으로 하여 쓴 것으로 무강왕이 아니라 무왕이라고 했다. 그리고 '선화善花를 혹은 선화善化'라고도 한다는 주註를 달거나, '미륵사를 국사에서는 왕흥사라 했고, 삼국사에는 무왕을 법왕의 아들이라고 했으나 여기서는 과부의 아들이라 했으니 자세히 알 수 없다'라고 하는 등 네 번씩이나 주를 단 것을 보면 일연一然은 역사에 대해서도 해박한 승려였던 것으로 보인다.

그러한 측면에서 무왕은 나제동맹이 이어졌던 25대 무령왕이라는 사학자들의 견해도 있었다. 강康과 녕寧은 이음동의어異音同義語이기 때문이다. 그러나 이 또한 역사적인 사실이나 연대상으로 보아도 무왕과 일치하지 않는다. 무녕왕은 25대왕이요, 무왕은 30대왕이며 100년이란 시간적 간극도 너무 크기 때문이다. 그러므로 우리는 일연의 『삼국유사』에 선명하게 남아있는 무왕조의 역사적 기록에 의지할 수밖에 없다.

『삼국유사』는 고본이라는 사서史書에 의지해서 썼다는 주註를 보아도 다른 어떤 역사서보다 신뢰도가 높다고 아니 할 수 없다. 그래도 아니라면 유전해 오는 유물, 유적이 남긴 자취를 더듬어 볼 수밖에 없다. 그런데 수십 년간 이어져 온 미륵사지 발굴과 복원 과정에서 2009년에는 세상이 놀랄만한 역사적 유물이 나왔다. 전북 익산군 금마면 기양리 미륵산 남쪽 기슭에 있는 국보 11호인 미륵사 서탑 기단층 아래에서 '금제사리봉안기' 1장(전면 음각 금석문 99자, 후면 94자 총 193자)이 1370년 동안의 아주 까마득한 오랜 꿈을 깨고, 드디어 세상에 그 모습을 드러냈기 때문이다.

법왕의 세상 출현을 생각해 보면 중생들의 근기根機 따라 감응하시고 현신現身은 물속을 비추는 달과 같습니다. 석가모니 부처가 탄생하시고 왕궁에서 출가하여 득도한 후 설법을 다녔습니다. 쌍수나무 아래에서 열반에 들어가 부처의 유골이 8곡斛(10섬 4말)의 사리를 남겼는데, 오색찬란한 빛이 3천대천세계를 비추어 중생들에게 크게 이익 되게 하였습니다. 부처는 열반한 후에도 공중에서 7번을 도는 신통변화가 불가사의하였습니다. 나는 백제왕후입니다. 좌평 사탁적덕의 딸로 오랜 세월 동안 선행하여 적선한 인과因果로 금생今生에도 승보勝報를 받았습니다. 삼보三寶는 만민을 무육撫育하는 동량棟梁이 되기 때문에 삼가 청정한 사리와 재물을 희사하여 사찰을 세워서 가람을 조성하고 기해년(639년) 정월 29일 사리를 봉안하였습니다.

원하건대 사리로 하여금 세세에 공양하여 오랜 세월 선근善根이 되어 대왕폐하의 무량한 수명이 산악과 같이 견고히 지켜지고 보력寶歷은 천지와 같이 영구하기를 바랍니다. 불교 정법을 널리 펼쳐 창생들을 교화할 것입니다. 또 백제왕후는 바라건대 곧 신심身心이 수경水鏡과 같이 맑고 깨끗하면 항상 법계를 밝게 비추는 부처의 몸이 될 수 있다 하였습니다. 반야심경과 금강경에서 부처의 법신은 허공과 같이 불멸이라 했습니다. 7

세기 유구한 전통의 백제가 영원하기를 바라며 아울러 몽매한 중생들도 행복과 이익되기를 바랍니다. 무릇 중생들도 마음이 있습니다. 이 사찰이 갖추어진 사리로 하여금 불도를 이루어 성불成佛하기를 기원합니다.

(전면) 竊以法王出世 隨機赴感應 現身如水中月
是以託生王宮 示滅雙樹遺形 八斛利益三千
遂使光耀五色 行遶七遍 神通變化 不可思議
我百濟王后 佐平沙乇積德女 種善因於曠劫
受勝報於今生 撫育萬民棟梁 三寶故能
謹捨淨財 造立伽藍 以己亥
(후면) 年正月二十九日 奉迎舍利 願使世世供養
劫劫無盡 用此善根 仰資大王陛下 年壽如山岳
齊固寶歷共天地同久 上弘正法下 化蒼生 又願王后
卽身心同水鏡 照法界而恒明身 若金剛等 虛空而不滅
七世久遠 竝蒙福利 凡是有心 俱成佛道

이 봉안기엔 무왕의 왕후가 선화공주가 아닌 좌평佐平 사탁적덕沙乇積德의 딸로 명기돼 있었고, 미륵사를 창건한 후 무왕 40년(서기 639년)에 우리나라 최고最古 최대의 서탑을 세웠다는 '기해년 정월 29일'이 선명하게 남아 있어 국문학계나 역사학계를 놀라게 하였다.

하지만 고조선의 단군설화까지 기록되어 반만년의 역사가 오롯이 담긴 엄연한 조선의 역사서인 『삼국유사』를 허황된 것이었다고 단언키는 더욱 어려운 문제이다. 더구나 「풍요」, 「헌화가」, 「도솔가」와 더불어 원시고시가 4구체 향가인 서동요의 정체성正體性을 흔들 수도 없기 때문이다. 때마침 사학자인 이도학과 노중국 교수는 선화공주는 31대 의자왕의 생모이며, 30대 무왕의 왕후였다는 역사적 사실을 제기하고 나섰다.

이 사학자들은 공주 취리산에서 의자왕의 아들이며 무왕의 손자인 웅진 도독 융과 신라 문무왕이 체결한 맹문盟文인 '당평백제국비명唐平百濟國碑銘'에 백제 선대왕들을 성토하고 특히 의자왕의 실정失政을 거론하는 대목에서 '동벌친인東伐親姻'의 결정적 단서를 제시하였다. 동벌친인의 '친인親姻'은 어머니를 지칭하는 것이며, '동벌東伐'은 동쪽 신라를 쳤다는 뜻으로, 의자왕은 천륜天倫을 그르치고 어머니 선화모후의 나라인 신라를 무례히 침략했다는 의미를 지니는 말이라 하였다. 그러므로 사탁왕후는 선화왕후 사후死後에 맞이한 계비繼妃나 빈嬪이었다는 사실이 명확하다는 것이다.

또 『일본서기』 642년 백제조에도 의자왕은 무왕의 왕후가 죽자마자, 자신의 동생인 교기와 국주모國主母의 여동생 4명 등 총 40명을 섬으로 추방하는 숙청을 단행했다는 기록이 있음을 제시하였다. 이는 자신의 왕위 등극을 반대했던 세력이 '국주모'라 적힌 후비 사탁적덕沙乇積德의 딸이 명백하다는 것으로 무왕의 왕후는 선화공주라는 것을 알려주는 단서가 된다는 것이다.

그리고 『삼국사기』 백제본기 무왕조의 기록 가운데 '무왕 39년 봄 3월 왕은 빈과 더불어 큰 연못에 배를 띄워 놀았다'라는 사실도 제기했다. 이를 보아도 왕은 왕비와 여러 명의 빈嬪을 거느렸다는 사실을 발견할 수가 있고, 따라서 봉안기에 적힌 사탁적덕의 딸은 빈이었거나 계비였을 가능성이 높다는 것이다.

『삼국유사』 법왕조에도 '고기古記'에 있는 것과는 다르다. 무왕은 가난

▲ 미륵사지 가람 모형

한 어머니가 물속의 용과 관계地龍交通하여 낳은 아들로 어릴 때 이름은 서여薯蕷, 즉위한 뒤에 시호를 무왕이라 했다. 이 절은 첫 왕비와 더불어 이룩한 것이다'[8]라 씌어 있다. 여기서 말한 '첫 왕비'는 선화왕후였을 것이며, 따라서 사탁적덕의 딸은 선화왕비가 죽은 후에 무왕이 맞이한 계비繼妃나 빈이었음이 명백하다. 2009년 발견된 금제사리봉안기는 서기 639년에 제작·봉안된 것이요, 이해는 무왕이 사망하기 2년 전이기 때문이다.

이와 같은 역사적인 전거典據에 따르면『삼국유사』무왕조의 기록은 한낱 설화 속의 기록이라기보다 역사적 사실임에 틀림없다. 무왕이 미륵산(일명 용화산) 사자사로 불공을 드리러가는 도중에 나타난 미륵삼존불을 기려 선화공주가 무왕에게 절을 짓자는 간청대로 회전會殿과 탑, 낭

8 『三國遺事』卷三, 法王禁殺 百濟 第二十九 主法王 諱宣或云孝順 開皇十年 己未卽位 是年冬 下詔禁殺生 (중략) 始立栽而升遐 武王繼統 父基子構 曆數紀而畢成 其寺亦名 彌勒寺 附山臨水 花木秀麗 四時之美具焉 王每命舟 沿河入寺 賞其形勝壯麗 與古記所載小異 武王是貧母 與池龍通交而所生 小名薯蕷卽位後謚號武王 初與王妃草創也

무廊廡를 3곳에 세운 일과, 무왕이 사자사 지명법사의 신력神力에 힘입어 연못을 메웠다는 사실이 발굴 과정에서도 확인되었다. 그리고 미륵사가 사자사로 가는 길 용화산 아래에 있었다는 것이 『삼국유사』의 기록과도 일치한다. 또한 미륵사의 창건년대도 2009년 서탑 해체 과정에서 발견된 1370년 전(무왕 40년 서기 639년)인 '금제사리봉안기'의 기해년 정월 29일과도 일치한다.

미륵사는 1980년부터 1996년까지 16년간 발굴조사를 했다. 이 작업에 참여했던 원광대학 김선기 박물관장은 절터에서 갈대잎이 섞인 뻘층이 나왔는데, 이는 유사의 기록대로 연못을 메워 절을 지었다는 사실이 증명되는 셈이며 발굴 과정에서도 엄청난 물이 솟아났다고 증언하였다. 또한 1994년에는 사자사(현 사자암)라 음각된 1322년 고려 때 만든 기와가 출토되어 『삼국유사』의 역사적 사실을 뒷받침해 주고 있다. 이 와편瓦片은 현재 국립전주박물관에 보관되어 있다.

이외에도 1916년 '말통(마동, 맛동이 후에 음전된 것)대왕릉'이라고 전해오는 '쌍릉'을 일본이 발굴했는데, 그 결과 묘제墓制가 백제 왕릉과 일치했다는 사실과 금마 마룡지馬龍池 근처엔 실제 서동의 어머니가 집을 짓고 살았음을 알 수 있는 주춧돌이 출토되었다는 것도 이를 뒷받침하고 있다. 그리고 인근의 금구金溝와 김제金堤에서는 일제 강점기 때부터 개발한 금광이 있고, 1970년부터 1980년대까지 이곳 시냇가나 논에서 많은 양의 사금砂金을 채취했다는 사실을 보더라도 서동이 유사의 기록대로 인근에서 생산된 많은 양의 금을 오금산五金山에 쌓아 놓고 선화공주에게 보여주었다는 유사의 기록과도 상통된다는 것이다.

공주대학의 사학과 정재윤 교수도 무왕에 대한 이설이 많은 건, 역설적으로 말하면 무왕이 적자嫡子가 아니어서 다음 왕을 이을 수 있는 적자 개념으로 표현하기 위해 법왕의 아들로 표기하였고, 그러므로 유사에선 연못의 용과 관계하여 낳은 지룡지자池龍之子라 한 것이라 하였다. 실제 27대 위덕왕은 재위 38년간에 아좌태자인 법왕에게 왕위를 넘기지도 못하고 고령高齡인 동생 혜왕에게 왕권을 넘겼다. 그러나 혜왕은 1년 만에 죽었고 그런 연후에야 위덕왕의 아들 법왕에게 왕위가 넘어갔지만, 법왕도 혜왕처럼 1년 만에 영문을 알 수 없는 죽음을 맞이했다. 그래서 등극한 왕이 법왕의 아들인 제30대 무왕이다.

이러한 왕위의 승계 과정을 보면 이 시대는 신권臣權이 왕권보다 강했고, 그 다툼도 심각했음을 짐작할 수 있다. 따라서 적국인 신라의 선화공주를 왕비로 맞아들여 어려운 국면을 전환시키고자 했던 무왕의 정치적 행보가 가능했다고도 생각할 수 있다. 어쨌든 「서동요」의 주인공 무왕과 선화공주가 무관하다면 신라향가가 기록된 책에 백제의 「서동요」가 실려 전해질 까닭이 없다. 그리고 절세미인인 신라 공주가 적국의 백제인을 사랑했다는 드라마틱하고도 낭만적인 러브스토리가 만들어져 신라인들에게 구전되어 전해질 하등의 이유가 없다는 것이다.

「서동요」의 작자는 익산 금마에서 마薯를 팔아서 어렵게 생계를 꾸려간 서동인 무왕이며, 유배 길에 서동에게 한눈에 반해버린遇爾信悅 선화공주 사이에 얽힌 역사적인 노래가 「서동요」임을 부정할 길이 없다. 그리고 정사正史에서 기록할 수 없었던 신이神異한 무왕의 역사적 사건들을 일연은 『삼국유사』 기이紀異편에 실었을 것으로 보인다. 어쨌든 일연의 『삼국유사』는 앞에서 언급한 바와 같이 전북 익산 미륵사지에서 2009년 출토된 '금제사리봉안기'에 가려진 역사적 사건들, 예컨대 무왕의 첫 왕비가 선화였고, 서동이 「서동요」를 지은 백제 30대 무왕이었으며, 선화왕후의 청으로 미륵사를 창건했다는 역사적 사실史實을 증명해주는 중요한 사료史料라는 사실이 밝혀진 셈이다.

제2장

고려의 문장가들

1. 「남행월일기南行月日記」

고려 고종조 이규보李奎報(1168~1241)는 고구려 28왕 705년간의 역사를 읊은 대서사시를 남겼다. 그중 고구려의 건국 시조 주몽으로부터 유리에의 사위嗣位에 이르는 5언 282구의 시와 이에 곁들인 설화까지 모두 4,000여 자가 넘는 장편 시 「동명왕편」은 시인의 사명이 드러난 명편이다. 13차 몽고난으로 피폐된 민심과 나라를 걱정하면서, 고려가 중국 대륙을 호령했던 고구려의 후국이라는 역사적인 웅혼한 기상과 드높은 민족혼을 불러일으키고 싶은 작자의 철학이 오롯이 담겨 있기 때문이다.

한 덩이로 뭉친 원기 갈라져	元氣判沌渾
천황씨 지황씨가 되었도다	天皇地皇氏
머리가 열 셋 또는 열 하나	十三十一頭
그 모습 기이하기 많았도다	體貌多奇異
그 나머지 성스런 제왕들도	其餘聖帝王
경서와 사기에 실려 있도다	亦備載經史
여절은 큰 별에 감응되어	女節感大星
소호금천씨 지를 낳았고	乃生大昊摯
여추는 전욱을 낳았는데	女樞生顓頊
역시 북두성의 광채에 감응되었다	亦感瑤光暐
(중략)	
해동의 해모수는	海東解慕漱
참으로 하느님의 아들	眞是天之子
처음 공중에서 내려오는데	初從空中下
자신은 다섯 용의 수레에 타고	身乘五龍軌

따르는 사람 백여 인은	從者百餘人
고니를 타고 화려한 털깃 옷을 입었다	騎鵠粉襂襹
맑은 풍악 소리 쟁쟁히 울리고	清樂動鏘洋
채색 구름은 뭉게뭉게 피었다	彩雲浮旖旎
(중략)	
왕위에 있은 지 십구 년 만에	在位十九年
하늘에 올라가 내려오지 않았다	升天不下莅
뜻이 크고 기이한 절개 있으니	俶儻有奇節
원자의 이름은 유리이다	元子曰類利
칼을 얻어 부왕의 자리를 이었고	得劍繼父位
동이 구멍 막아 남의 욕설 막았도다	塞盆止人詈
내 성품 본디 질박하여	我性本質朴
기이하고 괴이한 것 좋아하지 않는다	性不喜奇詭
처음에 동명왕의 일을 보고	初看東明事
요술인가 귀신인가 의심하였다	疑幻又疑鬼[1]

그동안 구전해 오던 고구려의 건국 시조 동명왕의 설화를 엮은 장편의 서사시의 허두虛頭이다. 「동명왕편」 병서幷序에서 이규보는 『구삼국사』의 책 속에 있는 동명왕 본기本紀를 보니 그 신이한 사적事跡이 세상에서 듣는 것보다 더했다고 하면서, '나는 처음 동명왕의 설화를 귀鬼와 환幻으로 생각했지만, 세 번이나 반복하여 읽은 끝에 점점 그 근원에 들어가니 귀鬼가 아니라 신神이며 환幻이 아니라 성聖이라는 것을 깨달았다. 하물며 국사는 사실 그대로 쓴 글이기 때문에 어찌 없는 사실을 전

1 李奎報, 『東國李相國集』 第三卷, 古律詩.

할 수 있을 것인가? 그러나 김부식이 국사를 쓸 때에 자못 「동명왕편」을 생략하였으니 그는 국사란, 세상을 바로잡는 글이니 이상한 일은 후세에 보여서는 안 된다고 생각하여 그런 것인가. 그러나 난 이것을 시로 엮어 천하에 펼침으로써 우리나라가 본디 성인聖人의 나라임을 널리 알리고자 했다.'라는 자신의 저작 의도를 세상에 천명하였다.

이는 몽고의 연이은 침략으로 피폐된 민족의식을 불러일으켜서 민족적 저항의식과 희망을 북돋우기 위한 것으로 풀이된다. 해모수는 본디 하늘의 천제天帝의 아들로 오룡차五龍車를 타고 하늘로부터 내려온 천자天子이다. 성 북쪽 청하淸河에 살았던 하백河伯에게는 세 딸 유화柳花, 훤화萱花, 위화葦花 등이 있었는데, 해모수가 사냥을 나갔다가 돌아오는 길에 이들을 만났다.

그는 세 딸 가운데 유화를 데리고 하백에게 찾아가 결혼을 하게 해달라고 간청했으나, 하백은 해모수에게 술을 먹여 취하게 한 뒤, 이 사람을 가죽 가마에 태워 하늘로 보내려 하였다. 술에서 깨어난 해모수는 유화의 비녀를 뽑아 가죽 가마를 찢고 혼자 하늘로 올라가서 돌아오지 않았다. 하백은 유화를 꾸짖고 태백산 남쪽 우발수 물가에 유화를 버렸으나, 강가의 어부에 의해 구사일생으로 살아나서 결국 금와왕金蝸王에게 구함을 받아 주몽을 낳게 되었다.

이후 유화는 해모수로 인해 잉태한 주몽을 알로 낳았다. 한 되만한 큰 알인지라 마굿간에 버렸지만 말이 밟아 깨트리지 않았고, 깊은 산속에 버려 져도 오히려 짐승들이 보호해줌으로써 결국 주몽은 알 속에서 사람으로 태어났다. 왕재로 자라난 주몽은 부여를 떠나 남쪽으로 내려가서 비류국 송양왕松讓王의 항복을 받고 고구려를 세워 동명성왕이 되었고, 동명왕의 아들 유리類利가 부왕을 찾아가 부러진 단도를 맞춰서短刀附合 왕위를 계승했다는 이야기로 펼쳐진 대서사시가 바로 「동명왕편」이다. 이 이야기는 김부식이 쓴 『삼국사기』 권 13 고구려 본기에 유리왕의 「황조가」와 더불어 전해 온다.

이규보는 32세 때인 신종 3년(1200년) 당시 무단 정권의 실력자인 최충헌의 시회詩會에 불려 나가 그를 칭송하는 시를 써서 벼슬을 얻었고, 이후 전주목에 부임하였다. 이때 전주의 속현들을 둘러보며 역사적인 「남행월일기」라는 기행적 수필을 남겼다. 9월 23일 처음 전주로 들어오면서 말 위에서 '북당에서 눈물 흘리며 어버이를 작별하니/ 어머니를 모시고 관직나간 고인처럼 부끄러운데/ 문득 완산의 푸른 빛 한 점을 보니 / 비로소 타향객인 줄 알겠네北堂揮涕忍辭親 輦母之官愧古人 忽見完山靑一點 始知眞箇異鄕身'[2]라 읊은 7언절구가 『동국이상국집』에 전해 온다.

그리고 지금의 전주 효자동을 지나다가 그곳에 있는 무명의 효자비로 인해 효자리가 되었다는 5언고율시 '비석 세워 효자라 표했는데/ 일찍이 이름을 새기지도 않았네/ 어느 때 누구인지 알 수도 없으니/ 어떠한 효행인지 모르겠네立石標孝子 不曾鐫姓氏 不知何代人 孝行復何似'[3]라 읊기도 했다.

2 앞의 책, 第九卷, 古律詩.
3 앞의 책.

전주全州는 완산完山이라 일컫기도 하는데 옛날 백제의 땅이다. 인구가 많고 집들이 즐비하여 옛 나라의 풍風이 있는 까닭에 그 백성들이 치박稚朴하지 않으며 아전들이 다 점잖은 사인士人과 같아서 행동거지가 자상함이 볼만하다. 중자산이란 산이 있는데 나무가 가장 울창하여 이 고을에서 크고 웅장한 산이다. 소위 완산이란 산은 다만 나지막한 봉우리일 뿐, 한 고을이 이로써 이름을 얻은 것은 참으로 이상한 일이다.

12월 기사己巳에 비로소 속군들을 두루 다녀 보았다. 마령馬靈, 진안鎭安은 산골에 있는 옛 고을인데 그 백성들이 질야質野하다. 얼굴이 잔나비 같고 배반杯盤과 음식이 만맥蠻貊의 풍모가 있는데, 꾸짖거나 나무라면 마치 놀란 사슴처럼 금방 달아날 듯하다. 산을 따라 감돌아가서 운제雲梯에 이르렀다. 운제에서 고산高山에 이르기까지 위태로운 봉우리와 드높은 고개가 만인萬仞이나 높게 솟아있는데 길이 매우 좁아서 말을 타고 갈 수가 없었다. (중략) 「남행월일기」[4]

전주는 본래 신라 때부터 '완산', '완산주'라 불러 왔는데, 이전에는 순우리말의 '온다라', '온드르'라 했던 것을 신라 경덕왕 때 한자로 지명을 바꾸면서 비롯된 이름이었다. 이규보는 전주에 중자산이란 웅장한 산이 있는데도 전주부의 남천너머 나지막한 봉우리에 불과한 '완산'의 이름을 굳이 취하여 왜 전주의 지명으로 삼았는지 참으로 이상한 일이라 하였다. 그리고 「남행월일기」라는 기행수필에 전주에 속해 있는 속현들, 예컨대 마령, 진안, 운제, 고산, 예양, 낭산朗山, 금마金馬, 이성伊城 등을 두루 둘러보며 그 지방의 산천과 인심, 음식, 풍물 등을 유려한 기행수필로 엮어 내었다.

4 앞의 책, 六十六卷, 記.

2. 부안 밤바다의 절경

산골인 마령과 진안 사람들은 얼굴이 잔나비(원숭이) 같고, 꾸짖거나 나무라면 놀란 사슴처럼 금방 달아날 듯 사람됨이 질박質朴하여 꾸밈이 없고, 술상이나 음식은 문화가 뒤떨어진 야만적인 풍모가 엿보인다고 하였다. 산을 감돌아 운제까지 갔고, 운제를 지나 고산까지 가는 데는 길이 좁고 고개가 만 길이나 높이 솟아 있어 말을 타고 갈 수가 없다고 했다.

이 대목은 『여지도서』[5] 고산현의 형승을 그려내는 부분에서 이규보의 「남행월일기」를 그대로 원용했다는 기록이 보인다. 낭산에서 금마군으로 가려고 했을 때 지석支石, 즉 고인돌이란 것을 구경하였다고도 했다. 고인돌이란 본디 옛날 성현이 고인 기적奇迹이라 했는데, 일제 강점기 때 흔적 없이 사라져 지금은 전해 오지 않는다. 낭산 땅은 고려 때 지명이며, 조선 성종 조에는 여산현이라 했는데 현재까지도 그 지명이 불려 지고 있다.

이규보는 「부안 객사」, 「마령 객사」, 「전주 객사」, 「변산 노상」, 「낭산 고을」, 「오수역」, 「인월역」, 「남원 원수사」, 「임실군수에게」, 「순창 적성강」, 「보안현」, 「옥야현」, 「갈담역」, 「고부태수 오천유에게」, 「보안현 진사 이한재에게」 등 60여 수가 넘는 많은 작품을 『동국이상국집』과 『백운소설』에 담아 오늘에 이르게 하였다. 전주목에 부임한 지 1년 4개월 만에 면직을 당하기도 했는데, 고종 17년(1230년)에 또 한 사건에 연루되

5 『輿地圖書』는 영조 33년(1757년)부터 영조 41년(1765년) 간에 편찬된 전국지리서로 채색지도가 포함된 필사본이다. 원본이 한국교회사연구소에 보관되어 있다.

어 부안 위도에 유배를 당하기도 하였다.

그러나 8개월 만에 풀려나와 이듬해인 고종 18년(1231년) 12월, 그의 나이 63세에 재목창의 나무베기 감독직인 작목사斫木使로 다시 부안에 오게 되었다. 그가 우리나라 재목창인 부안 변산에 있으면서 한낱 벌목의 감독직인 작목사로 일하는 자신을 한심스러워 하면서 7언시를 남겼다.

호위하는 수레에서 권세부리니 그 영화 천박하고	權在擁車榮可詑
벼슬 이름 작목사라니 부끄럽기 그지없네	官呼斫木辱堪知
변산은 자고로 하늘이 내린 천부라 했는데	邊山自古稱天府
좋은 재목 골라서 동량으로 쓰리라	好揀長材備棟樑

고각 소리 일성에 새들 놀라서 날아가고	一聲鼓角鳥驚飛
병든 몸 옷 속으로 스며드는 바람 차구나	病怯寒威裂厚衣
안천에서 행차 쉬며 쌓인 눈 보고	駐盖雁川觀雪漲
견포에선 안장 풀고서 조수 밀려갈 때 기다리네	卸鞍犬浦待潮歸[6]

최씨 무단 정권 아래 세력을 잃어버린 선비들의 초라한 말년의 모습이 적나라하게 드러나 안타깝다. 이듬해 정월 변산 바닷가로 나가니 바다 멀리 군산群山 섬과 고슴도치 같은 위도猬島, 비둘기 섬 구도鳩島 등이 보이는데 하루아침이면 모두 다다를 수 있는 곳이라 했다. 그리고 순풍을 맞으며 쏜살같이 가면 중국도 이곳에서 먼 곳이 아니라는 주민들의 말을 인용하기도 하였다.

6 앞의 책, 고율시.

산속을 지나 얼마를 가노라니 보안保安 땅에 이르렀는데 밀물이 한꺼번에 밀려와 하마터면 죽을 뻔 했다고도 하였다. 밀물이 마치 천군만마처럼 한꺼번에 밀려들어서 가까스로 급하게 산으로 도망쳐 겨우 위기를 모면했지만, 바닷물이 산까지 쏜살같이 밀려들어와 타고 있는 말의 배밑까지 순식간에 닿았다고 했으니 이 땅은 이규보가 그린 것처럼 조수간만의 차가 심했음을 알만하다.

보안은 지금 부안 곰소항이 있는 곳이다. 이곳에서 바다를 굽어보니 날씨가 맑다가 흐렸다하여 변화무쌍함으로 파란 물결과 푸른 산들이 들락날락하고 붉은 저녁노을로 하여 바다가 붉으락 푸르락, 마치 만첩병풍을 두른 듯이 아름다웠다고 하였다. 하지만 이 아름다운 경치를 보면서도 두 세 사람의 친구와 더불어 이를 시로 읊지 못했음을 한스러워 했다.

그러나 부안의 주사포구를 지나다가 휘영청 밝은 달이 해변의 모래사장을 비추어 밤바다가 황홀할 만큼 아름다웠는데 갑자기 시 한 수가 술술 흘러나와 시를 지었다고 하였다. 이 시가 『동문선』 권 14에 「부녕포구扶寧浦口」라는 시제로 다음과 같이 실려 전한다. 부녕은 지금 부안의 옛 지명이다.

아침저녁 들리는 건 물소리뿐	流水聲中暮復朝
바닷가 촌락 너무도 쓸쓸하네	海村籬落苦蕭條
맑은 호수 한가운데 달 도장 찍혔구나	湖清巧印當心月
포구는 탐내듯 드는 밀물 들이켜서	浦闊貪吞入口潮
물결 찧어서 옛 바위 닳아내어 숫돌을 만들었네	古石浪舂平作礪

부서진 배는 이끼 낀 채 다리가 되었구나 壞船苔沒臥成橋
이 강산 온갖 경개 어디 다 읊기 어려우니 江山萬景吟難狀
화가를 데려다가 단청으로 그려봤으면 須倩丹青畫筆描[7]

파도 소리 부서지는 한가로운 어촌 마을의 아름다운 정경이 마치 한 폭의 수채화 같다. 길옆 호수 위엔 휘영청 밝은 달이 그림처럼 떠 있는 게 어쩌면 달 도장을 찍어 놓은 것만 같다. 포구는 밀물이 세차게 부딪히는 바람에 바위가 흡사 숫돌처럼 매끄럽게 닳아졌고, 배는 부서져 마치 사람이 일부러 다리를 놓은 듯이 누워있었다고 그리고 있다.

하지만 이토록 아름다운 강산의 경개景槪를 시로 다 읊을 수 없으니 화가를 불러다가 그림으로 그려야지, 몇 줄의 시로는 그 아름다움을 묘사할 수 없다는 이규보의 한탄이 배어난다. 고려의 대시인인 이규보도 부안 밤바다의 아름다운 절경을 한 줄의 시로 담을 수 없었다는 걸 보면 부안 변산의 바닷가는 예나 지금이나 정말 빼어난 승경이었음을 알 만하다.

무단 정권의 회오리 정국에서 걸맞은 자리를 찾지 못한 이규보는 스스로를 백운거사白雲居士라 자호하고 전국을 구름처럼 떠돌았고, 우리나라 명시들에 대한 평설과 시론을 엮은 『백운소설白雲小說』을 펴냈다. 우리나라에서 최초로 소설이란 용어를 썼지만, 이는 장르적인 명칭이 아니라, 시에 관한 자신의 시론과 시에 얽힌 이야기를 엮은 시화詩話집에 불과하다. 하지만 12살에 중국으로 건너가 과거에 급제하고 고병高騈의 휘

7 徐居正, 『東文選』 卷十四, 七言律詩.

하에 들어가 「황소격문黃巢檄文」을 써서 중국을 감동케 한 최치원을 당서 『예문지藝文志』 열전에 싣지 않고 그 보다 훨씬 뒤떨어진 자국의 심전기沈佺期 등을 올려 놓은 부당성[8]을 제기한 비판 의식은 특기할 만하다.

즉 옛사람들은 문장에 있어서 서로 시새움을 안 할 수 없었겠지만, 그건 최치원이 외국의 외로운 선비로서 중국에 들어가 명망 있는 선비들을 깔아뭉갰던 탓이라는 자국에 대한 높은 자존과 자긍심을 읽을 수 있게 한다. 그리고 유자후柳子厚의 문체와 바탕을 평함에 있어 '무릇 마음에서 우러난 것이 반드시 글에 있다고 하고서 일찍이 내가 말하기를 글을 보아서 마땅히 그 사람을 공경하고 문체를 헤쳐 보아 사람의 바탕을 볼 것이다'라는 당나라 유자후의 글을 인용하면서 더욱 그런 마음이 절실했다는 이규보의 독자적인 시론도 엿볼 수가 있다.

3. 배꽃은 떨어지는데

사뿐히 춤추며 날아가다 도로 되돌아와서는	飛舞翩翩去却迴
거꾸로 나부껴 다시 가지에 올라 꽃 피우려다	倒吹還欲上枝開
무단히 꽃잎 하나 거미줄 그물에 걸리니	無端一片黏絲網
거미 때마침 나비인줄 알고 잡으러 오네	時見蜘蛛捕蝶來[9]

8 李奎報,『東國李相國集』卷第二十三 崔孤雲年十二. 渡海入中和遊學 一擧甲科及第 遂爲高騈從事 檄黃巢頗沮氣 後官至道統巡官侍御史 及將還本國同年 顧雲贈儒仙歌 其略曰 十二乘船過海來 文章感動中華國 其迹章 章如此以之立傳 則固與文藝所載 沈佺期 柳幷 崔元翰 李頻輩之半紙列傳有間矣 若以外國人則 已見于志矣 又於藩鎭 虎勇 則李正己 黑齒常之等 皆高麗人也 各列其傳書 其事備矣 奈何於文藝 獨不爲孤雲立其傳耶

문정공 김구金坵(1211~1278)의 시 가운데 가장 서정적이고 심미적인 시로, '떨어지는 배꽃 낙이화落梨花'라는 시제의 7언절구를 꼽을 수 있다. 이 시는 화사한 봄날, 불어오는 바람결에 떨어지는 배 꽃잎이 윤무를 그리다가 거미줄에 다시 걸려 흔들거리는 것을 거미가 보다가, 마치 나비가 걸린 것으로 착각한 나머지 먹이인줄 알고 엉금엉금 기어오는 이 세상 생물들의 먹이사슬을 섬세하고도 희화적으로 그려낸 작품이다. 희짓는 봄바람과 무수히 떨어지는 배 꽃잎, 거미줄과 거미를 소재로 한 낙이화를 다시 개이화開梨花하려 한다는 자연의 역리逆理성을 꼬집는 지포止浦 김구의 시작법이 놀랍다.

그러기에 고려대의 문장가인 문충공 이제현은 이 시를 '아름답기가 둘도 없는 작품'이라 극찬하였고, 고종 대의 문청공 최자는 '시부의 표준이요, 모범'이라 칭송하였다. 당대의 문호로 추앙받는 문순공 이규보(1168~1241)는 '고려의 문장을 저울질 할 사람'이라 경탄을 하였고, 고려의 국왕인 고종도 '동쪽 우리나라 대신의 정기를 타고나 서쪽 중국의 문장가들을 자유로이 주무르는 사람'이라 칭찬했던 당대 문장가였을 뿐만 아니라, 원나라와의 외교에도 능한 정치가였다.

9 國譯『止浦先生文集』, 成均館大學校 大東文化研究院, 1984, p.10.

김구는 이규보나 이제현처럼 고려대의 다른 문장가들보다 잘 알려지지 않았던 당대의 유명한 시인이요, 외교가였다. 고려 고종조 대몽 항쟁기의 한복판에 서서 민중과 나라를 지키기 위해 몽고를 오가며 감동적인 외교 문서를 지어서 그들을 설득하고 고려와의 관계를 회복시켰던 애국적인 사대부였다. 이는 당 희종 8년(881) 황소黃巢가 반란을 일으켰을 때, 24세의 젊은 나이로 토벌장수 고병高騈의 종사관이 되어 황소에게 격문을 써서 반란을 평정함으로써 이름이 천하에 높아진, 신라의 고운 최치원과도 비교되는 인물이라고 할 수가 있다. 최치원은 12세의 어린 나이에 당나라에 유학하여 17세에 과거에 급제하고 선주표수현위宣州漂水縣尉를 거쳐 승무랑시어사내공봉承務郎侍御史供奉의 벼슬에 올라 중국에 문명을 떨친 문장가였다.

김구도 어려서부터 경사經史에 능통하고 시와 문을 잘 지어 칭송이 자자하였고, 여름에 절로 들어가 50일 동안 고문과 율시, 당송시를 공부하고 시와 부를 짓는 '하과夏課'에서는 여러 동료들 가운데 가장 뛰어나 모두들 과거에 나가면 장원을 할 것이라 평판이 높았다는 기록이 지포止浦의 행장行狀에 나와 있다. 하지만 나이 20살에 문과에서 2등으로 뽑히자, 지공거知貢擧인 정숙공 김인경이 장원으로 뽑히지 못한 것을 애석하게 여겨 자신도 2등으로 뽑혔다고 위로하니, 김구도 장문의 병려체 계문啓文을 지어 사례를 하였다.

문정공 김구는 무신정변이 일어난 지 40여 년이 지난 희종 7년(1211) 비교적 정치가 안정기에 접어든 최충헌 집권기에 태어났다. 『고려사』 열전에는 부령현(현 부안)인이라 되어 있지만 역사가들은 부안에서 태어났는지 확실하지 않다고 말하고 있다. 부친인 김의金宜가 중앙관료로 개경에 거주했으므로 부안이 아닌 개경에서 출생될 수 있는 가능성을 배제할 수 없기 때문이다. 조선 숙종 2년(1836)에 발간된 『부녕김씨족보』에 의하면 김구의 선대가 부안에 거주하게 된 것은 경순왕의 후손인 김경수가 고려 문종 때 과거에 올라 이부상서 우복야吏部尙書 右僕射에 이르고 아들 김춘이 부녕부원군扶寧府院君에 봉해지면서 부녕을 식읍食邑으로 받았기 때문에 본관이 된 것으로 보인다.

김구의 아버지 김의는 고려 신종 7년 문과에 2등으로 급제하여 당시 최씨 무단 정권을 장악한 최충헌에 의해 발탁됨으로써 중앙관료로 진출하였고, 최충헌은 이규보, 최자, 진화, 김극기 등 당대 문신들을 우대하여 무신 정권과 학문의 세계를 조화롭게 이끌어간 것으로 보인다. 김구는 당시 제일의 문호인 이규보의 천거에 의해 집권자 최우에게 발탁되어 관직에 올랐음을 『고려사절요』에서 엿볼 수 있다.

고종 21년(1234)부터 6년간 제주판관으로 있을 때 제주의 땅은 돌이 많고 메말라서 논농사를 지을 수 없고, 밀, 보리, 콩, 조 등 밭곡식만 재배하는데 소와 말, 노루, 사슴들 때문에 수확을 할 수 없었다. 그런데다 땅의 경계도 없어 포악한 무리들이 남의 땅을 잠식하는 일이 많은지라, 지포가 부임하자마자 많은 돌을 모아 담을 쌓게 함으로써 이러한 어려움을 단번에 해결한 관리로서 제주에서 이름을 날렸다는 사실이 『동문선』과 『탐라지』에 기록되어 전하고 있다.

6년간 제주판관을 마치고 내직으로 자리를 옮겨 한림원에 들어가 문사로 활동하면서 나이 30세에 서장관이 되어 원나라에 가면서 『북정록北征錄』이란 기행록을 남겼다. 그리고 가는 행로에 「과철주過鐵州」, 「과서경過西京」, 「출새出塞」, 「분수령도중分水嶺途中」 등 여러 수의 애국시를 지었는데, 그들 작품 속에는 약소국의 한과 원나라에 대한 강렬한 항몽 의식이 작품의 내면에 오롯이 담겨 전한다.

당년에 성난 오랑캐들이 국경문을 막으니
40여 성이 불타오르는 요원 같구나
산에 기댄 외로운 성 오랑캐 길목이구려
일만 군의 북과 함성 단 한 번에 삼키려 해도
백면서생이 이 성곽을 굳게 지켜내어
나라에 몸 바치길 기러기 털처럼 가벼이 하였네.
일찍이 인仁과 신信을 베풀어 인심을 얻었기에
장사壯士들의 함성으로 천지가 진동하였네.
보름동안 버티며 백골을 불태워 밥을 지어 먹으며
낮에는 싸우고 밤엔 지키자니 용호龍虎도 지치었네.
형세 어려워도 힘 다해 여유를 보이니
누각 위의 피리소리 그 얼마나 비장했을까.
하룻밤 관아의 창고 붉은 화염으로 타오르니
처자와 함께 기꺼이 불 속에 사라져 갔네.
충성스런 장한 혼백 가는 곳 어디 멘가.
천고에 고을 이름만 철鐵이라 허공에 쓰네.

「철주를 지니며」[10]

10 앞의 책, p.18.

「과철주」의 시제 아래에 지포는 '고종 18년 신묘 8월에 몽고 장수 산례탑이 함신진을 포위하고 철주성을 도륙했다. 이때 그 고을 수령인 이원정이 성을 지키다가 결국 창고를 불사르고 처자와 함께 불에 뛰어들어 장렬하게 전사했다'는 주를 붙여 이 작품의 서사적인 창작 배경과 역사적 사실을 밝혀 놓았다. 그러므로 이 시는 1231년 몽고의 침략에 보름 동안 항거하다 장렬하게 산화한 고을 수령 이원정과 그 처자에 대한 역사적 전쟁 서사시임을 알 수 있다.

장수도 아니고 백면서생인 이원정이 인仁과 신信을 바탕으로 민심을 결속하여 몽고 장수 산례탑과 항전을 할 때 뼈를 태워 밥을 지어 먹으며 싸웠다던 전장의 참담한 극한 상황이 떠오른다. 김구는 이런 용맹한 군사들을 용호龍虎로 비유하며 그들의 함성에 천지가 기울었고, 마지막 궁지에 몰린 이원정은 결국 처자와 더불어 불길 속으로 뛰어 들어서 산화했다는 비장미를 이 시에 담아내었다.

문정공 김구는 원종조 몽고와 강화가 성립된 이후, 대몽 관계에서 중요한 외교 문서를 전적으로 담당하여 몽고의 무도한 요구와 압박을 해결했던 표전表箋문의 대문장가였다. 원종도 '지난번 몽주蒙主의 조서에 올린 글의 뜻이 간절하고 관곡款曲하였다는 말까지 했으니, 그대가 지어 올린 표문의 사연과 문장이 곡진하여 몽주를 감동시키지 않았더라면 어찌 이러한 칭찬이 있었겠느냐'고 기뻐할 정도였다. 확실히 지포 김구는 대몽 관계에서 외교 관계의 훌륭한 표문을 작성하여 고려를 구함과 동시에 자신의 정치적인 입지를 다짐으로써 재상의 반열인 평장사에 오른 문장

▲ 부안 변산 지지재(경지재)

가인 동시에 외교가였다.

18대손 동호가 『동문선』과 『고려사』에서 김구의 유문遺文을 뽑고, 16대손 홍철이 편찬한 연보를 추가 편찬하여 3권 2책의 『지포집止浦集』을 순조 1년(1801)에 발간했는데, 7언고시 2수, 7언절구 4수, 7언율시 6수, 계 1, 소 5, 서 3, 비명 2, 표전 69편 등이 실려 전한다. 만년에 부안 변산 지지포知止浦에 지지재知止齋란 서당을 짓고 많은 후학을 길러냈다. 부안군 산내면 운산리에 묘소가 있고, 도동서원에 배향되어 오늘에 이른다.

▲ 부안 변산 문정공 김구 묘소

제3장

조선의 강호문학江湖文學

1. 홍진紅塵에 묻힌 분네

「상춘곡賞春曲」의 작자 정극인丁克仁(태종 1년 1401~성종12년 1481)은 인간 세상, 특히 세조 찬탈이란 정란 이후 온갖 시기와 질투, 모함이 득시글거리는 벼슬 세계를 떠날 때까지 간난신고의 고통을 많이 겪었다. 그는 세종 11년(1429)에 생원시에 합격을 했지만, 여러 번이나 과거에 실패를 거듭했다. 1437년 세종이 흥천사를 중건키 위해 토목 공사를 벌이자, 태학생太學生들을 이끌고 그 부당함을 항소하다가 북도北道로 귀양을 가게 되고, 그 뒤 유배 길에서 풀려난 후에는 처가가 있는 태인 칠보로 은거하여 동진강가 비수천泌水川에 '불우헌不憂軒'이란 초옥草屋을 짓고 향리자제鄕里子弟들을 모아 가르쳤다.

▲ 정읍 칠보면 불우헌공 동상

단종 1년(1453) 52세 때 전시殿試에 응시하여 급제한 후, 전주부 교수참진사全州府敎授參賑事로 있다가 1453년 단종의 숙부인 세조에 의한 계유정란이 일어나자, 벼슬을 그만 두고 아내 박씨의 고향인 태인 칠보로 내려가 동진강가에 집을 짓고 세상의 근심 걱정과 관계가 없다는 뜻으로 그 초가집을 '불우헌'이라 칭하고 자신의 호號로도 삼았다. 자연을 벗 삼아 그 속에서 스스로 즐거움을 찾아가며自娛自樂 살아가는 동안 조선 가사 문학의 효시嚆矢작인 「상춘곡」을 창작하였다.

그러므로 「상춘곡」은 세조정란 후 두 번째 칠보로 귀향했던 그의 나이 54세 때 지은 것으로 생각된다. 수양대군이 단종의 왕위를 찬탈하는 세태를 한탄하며 1455년 전주부 교수참진사의 직을 사임하고 다시 태인 칠보로 은둔하였다. 하지만 그해 12월 불우헌 정극인은 좌익원종공신 4등을 받고 다시 10년간의 벼슬길에 올라 4번의 성균관 주부主簿와 2번의 종학박사宗學博士를 지내게 된다. 이후 사헌부 감찰, 통례문 감찰, 태인현 훈도, 사간원 헌납, 사간원 정언을 끝으로, 성종 1년(1470) 산수가 수려한 칠보로 세 번째 은둔를 선택하였다.

이렇게 소용돌이치는 정치의 격랑 속에서 일찍 벼슬을 그만 두고引年致仕 자연 속에 묻혀 산 그였으므로 세상의 부귀공명富貴功名도 자신과는 무관한 것이 되고, 자신의 벗은 오로지 인간 세상이 아닌, 다만 청풍명월淸風明月일 수밖에 없다고 토로하면서 세상을 등지며 살았다. 그리하여 표면상으로는 하늘과 사람을 원망하거나 두려워하지 아니하고 그 가운데 즐거움을 누리며 살아가기 때문에 누추한 거리에 한 줌의 밥과 자그만 표주박의 물簞瓢陋巷로 연명하면서 살았다. 그러므로 정극인은 뜬구름 같은 인간 세상의 명예나 부귀를 생각지 아니하고 오로지 순진무구한 자연만을 즐기는 것으로 인생 백년의 행락行樂을 표방하는 것처럼 나타난다.

홍진紅塵에 묻힌 분네 이내 생애生涯 어떠한가
옛사람 풍류風流를 미칠까 못 미칠까
천지 간 남자 몸이 날만한 이 많건만은
산림山林에 묻혀 있어 지락至樂을 모를 것인가
수간數間모옥茅屋을 벽계수碧溪水 앞에 두고
송죽松竹울울리鬱鬱裏에 풍월주인(풍월주인) 되어서라

(중략)

미음완보微吟緩步하여 시냇가에 혼자 앉아
명사明沙 조한 물에 잔 씻어 부어들고
청류淸流를 굽어보니 떠오나니 도화桃花로다
무릉武陵이 가깝도다 저 뫼가 그것인가
송간松間 세로細路에 두견화를 부쳐들고
봉두峰頭에 급히 올라 구름 속에 앉아 보니
천촌만락千村萬落이 곳곳에 벌려 있네
엇그제 검은 들이 봄빛도 유여有餘할샤
공명功名도 날 꺼리고 부귀富貴도 날 꺼리니
청풍명월淸風明月 외에 어떤 벗이 있사올고
단표누항簞瓢陋巷에 허튼 생각 아니하네
아무렴 백년행락百年行樂이 이만한들 어떠하리[1]

발화자發話者는 흙먼지같이 더러운 티끌 세상紅塵을 벗어나 이토록 아

1 丁克仁, 『不憂軒集』 卷二, 歌曲.

름다운 강산에서 나무 한 그루, 풀 한 포기처럼 살아가는 자신의 삶이 어떠하며, 그리고 도연명과 같은 옛 사람의 풍류에 이를 수 있지 않느냐고 스스로 자문자답하는 선인仙人의 모습으로 갈아든다. 이어서 봄날 하루 동안의 흥취에 도취되어 신선처럼 살아가는 대목이 한 폭의 수채화처럼 펼쳐진다. 그리고 인간 세상의 부귀와 공명도 나를 꺼려 지나쳐버림으로 나와는 무관한 것이 되어버린다는 인간 본연의 회한悔恨이 진하게 서려 온다.

인간 세상의 부귀공명이 뜬구름 같고 자신과는 무관한데, 쓸데없이 그것에 매몰되고 갇혀서 근심과 걱정 속에 살아온 자신을 한탄하며 걱정을 하지 않는다는 의미에서 '불우헌不憂軒'이라 스스로 이름 짓고, 자연과 하나가 되는 물아일체物我一體를 체험하려 하였다. 하지만 그러면 그럴수록 인간 세상의 부귀와 공명이 자신으로부터 떠나가질 아니하고 오히려 끈질기게 붙잡고 늘어지므로 그런 질곡 속에서 헤어나지 못하고 근심하는 내면의 모습이 드러나 안타깝다.

작중 화자는 '청풍명월 외에 어떤 벗이 있사올고'라며 인간 세상에는 자신을 위로하며 동행할 수 있는 진정한 벗은 찾을 길 없고, 오로지 맑은 바람과 밝은 달淸風明月만이 자신의 벗이라고 호소하고 있다. 이는 고산 윤선도가 오욕汚辱의 벼슬 세계를 떠나 해남 금쇄동에서 「산중신곡山中新曲」을 지으며 어떤 어려운 상황 속에서도 변할 줄 모르는 수석송죽월水石松竹月, 이 다섯의 자연물만이 내 벗이라 했던 「오우가五友歌」의 경지와도 같다. 또한 고려 말의 나옹선사(1320~1376)가 56세에 남기고 간 선시禪詩 '청산은 나더러 말없이 살라하고/ 창공은 날더러 티 없이 살라하네/ 사랑도 내려놓고 미움도 벗어 놓고/ 물처럼 바람같이 나에게 가라하네青山兮要我以無語 蒼空兮要我以無垢 聊無愛而無憎兮 如水如風而終我'라고 노래한, 속세를 떠난 티끌 하나 없는 청정무구한 경지가 연상된다.

이렇듯 스스로는 바람과 물처럼 아름다운 자연과 더불어 살아가는 것과 같이 인간 세상의 '허튼 생각을 아니하고 인생 백년의 행락이 이만한들 어떠하리'라며 스스로 위안하고 자족自足하려 짐짓 애쓰고 있다. 하지만 아이러니하게도 그러면 그럴수록 「상춘곡」 내면엔 오히려 그러한 걱정과 근심을 떨치지 못하고 몸부림치는 작중 화자의 모습이 역연히 드러나 근심하지 않고 살아간다는 '불우헌'을 무색케 한다. 차라리 '불우헌不憂軒'이라기보다 세상의 부귀공명의 끈을 놓아 버리지 못하고 한탄하고 근심하는 '우헌憂軒'이라 할 만큼 화자話者 자신 내면의 진 모습이 엿보여 안쓰럽고 애처롭다.

(가) 엊그제 겨울지나	새봄이 돌아오니
도화행화桃花杏花는	석양리夕陽裏에 피어있고
녹양방초綠楊芳草는	세우중細雨中에 푸르도다
칼로 말아낸가	붓으로 그려낸가
조화신공造化神功이	물물物物마다 헌사롭다
수풀에 우는 새는	춘기春氣을 못내 겨워
소리마다 교태嬌態로다	
물아일체物我一體어니	흥興이에 다를소냐
화풍和風이 건듯 불어	녹수綠水를 건너오니

청향淸香은 잔에 지고 낙홍落紅은 옷에 진다
천촌만락千村萬落이 곳곳에 벌려있네
연하일휘煙霞日輝는 금수錦繡를 재폈는 듯
엇그제 검은 들이 봄빛도 유여有餘할샤

(나) 송죽울울리松竹鬱鬱裏에 풍월주인風月主人 되었어라
시비柴扉에 걸어보고 정자亭子에 앉아보니
소요음영逍遙吟詠하여 산일山日이 적적寂寂한데
한중진미閒中眞味를 알 이 없이 혼자로다
아침에 채산採山하고 낮에 조수釣水하세
소동小童 아이에게 주가酒家에 술을 물어
어른은 막대 짚고 아이는 술을 메고
미음완보微吟緩步하여 시냇가에 혼자앉아
명사明沙 조한 물에 잔 씻어 부어들고
청류淸流를 굽어보니 떠오나니 도화桃花로다
무릉武陵이 가깝도다 저산이 그것인가

발화發話자는 봄날의 아름다운 경치를 경탄하다 못해 도취된 나머지 '칼로 말아낸가, 붓으로 그려낸가/ 조화신공이 물물마다 헌사롭다'라는 탄사歎詞를 영발詠發하고 있다. 이는 봄날의 풍경이 객관적 대상으로만 존재하는 게 아니라, 주관적 관조觀照의 세계가 심미적인 절정의 경지에 이르렀음을 보여준다. 즉 봄날의 경치가 명장名匠들의 칼로 조각된 것인지, 아니면 유명한 화공畵工에 의해 붓으로 그려낸 것인지 모르지만, 이는 분명 보통 사람에 의해 이룩된 것이 아닌 필경 조화옹造化翁의 신비세계의 경지에 이른 결과라는 것이다.

이와 같이 자연 경물 속에 서정을 담은 '경중정景中情'의 정서적 가치의 표방은 조선조 사대부들의 일반적인 시적 감흥이었으며, 시정신이 되어 왔다. 수풀에서 우는 꾀꼬리가 봄 향기에 취해 노랫소리마저 교태嬌態롭게 들리는 것은 발화자의 정서의 직서화直敍化가 아닌 조선조 사대부들의 일반적 정서의 표출 방식이었다. '물物'과 '아我', 즉 자연과 인간이 하나가 되는 물아일체物我一體의 경지는 곧 자연을 객관적 대상으로만 보지 아니하고 바로 발화자의 정서로 주관화하는 관조의 세계이기 때문이다.

이러한 서정은 「상춘곡」을 수용하는 향유享有자나 독자층의 입장에서도 동일하게 나타난다. (가)를 읊조리거나 창唱하는 경우에 있어서도 발화자의 입장과 같이 유교적 가치관에 입각한 서정적 진술로 받아들여 미적 감흥에 젖게 된다는 것이다. 봄날의 주요 소재로 등장하는 도화행화桃花杏花나 녹양방초綠楊芳草, 세우細雨, 새, 화풍和風, 녹수綠水, 청향淸香, 술잔, 낙홍落紅, 천촌만락千村萬落, 연하일휘煙霞日輝 등은 춘경을 그리는데 사용된 소재만은 아니다. 이러한 객관적 대상으로서의 자연은 그것이 객관적 대상으로 그치는 게 아니라,[2] 발화자의 시혼詩魂과 교감되어 물아일체의 경지에 이르게 되며 향유자(독자)층에서도 똑같은 심정적 도취로 수용되어 나타나게 된다.

(나)의 경우도 봄날 하루 동안의 생활을 순서대로 늘어놓은 일기처럼

2 趙東一은 上揭論文에서 이러한 소재 등은 기상의 변화까지도 다각도로 나타내고 細部까지 완전히 갖추어진 그림을 그리는 것으로 피상적인 파악에 그치고 있어 敎述장르임을 강조하고 있다.

서사성을 보여주는 진술의 형태를 취하고 있다. 즉 사립문柴扉 밖을 걸어 보고, 정자亭子에도 앉아 보며, 산나물 캐기와 낚시질, 또는 주가酒家에서 술을 받아 시냇가에 홀로 앉아서 취락醉樂에 빠져 있는 발화자의 모습은 하루 생활의 일목요연한 일기체의 서술로도 볼 수 있다. 하루 생활을 나열함으로써 관심은 객관적 대상에 머무르고 있고, 서사성을 외연外延으로 하면서도 객관적 대상과 발화자는 물아일체의 도취적 경지에 이르러서 서정성에 귀결되므로 서사와 서정의 복합성이 내포되었다고 할 수 있다.

(가)에서 논한 바와 같이 (나)의 '송죽울울리松竹鬱鬱裏에 풍월주인風月主人 되어세라', '한중진미閑中珍味를 알 이 없이 혼자로다', '무릉武陵이 가깝도다 저 뫼가 그것인가'는 객관적 대상으로서의 풍월주인이나 한중진미를 느낄 수 있는 사람, 또는 무릉도원의 선인仙人이 아니라, 그것의 경지에 다다른 시혼詩魂과의 교감交感, 곧 물아일체物我一體의 미적 서정으로 파악할 수 있다. 즉 (가), (나)에서 부연과 나열의 확장적 문체는 단순한 사실의 반복적 진술이 아니라, 중첩으로 반복되는 은유적인 진술로 파악되어야 한다. 이러한 미적 감정은 시간의 흐름에 따라 점증되어져서 도취적 감정의 절도 있는 사대부의 서정으로 형상화된다.

조동일은 「상춘곡」이 봄날의 풍경과 그 속에서 보낸 하루를 그리고 있는 데 그치는 작품이 아니며, 그러한 사실을 묘사하여 남에게 알려주고 보여주는 작품으로서 이해하고 있다. 즉 사실 전달에만 그치지 않고 사실의 전달을 통하여 일정한 교술敎述적 목적을 첨가하고 있다는 것이다. 다시 말하자면 단표누항簞瓢陋巷에서 쓸데없는 헛된 생각 아니하고 살아가는 유교 윤리적 타당성을 설정하고 안빈자족安貧自足하는 유교적

▲ 불우헌 정극인 선생의 묘

철학을 가르쳐 주기 때문에 서정을 찾기가 어려운 교훈적인 성격을 이룬다는 것이다.

이러한 관찰 역시 전술한 (가)와 (나)의 경우처럼 작품의 표면에 흐르는 교훈성이나 서사성에 머문 결과일 수밖에 없다. 「상춘곡」의 허두 '홍진紅塵에 묻힌 분네 이 내 생애生涯 어떠한고/ 옛사람 풍류風流를 미칠까 못 미칠까'는 세속을 떠나 산속에 은거하고 있는 풍류가 고인의 멋에 비교해 보면 어느 정도일까라는 발화자의 서정적 표출로 출발된다. 그리고 결과적으로 청풍명월淸風明月과 벗하며 자연처럼 살아가는 자신이 고인古人의 풍류에 결코 뒤지지 않는다고 자위하는 모습이 저변을 이루고 있다.

이런 풍류는 「상춘곡」의 결사와 같이 부귀공명富貴功名도 뜬 구름이요,

단표누항簞瓢陋巷에 때 묻은 생각을 아니하고 살아가는 청정淸淨, 그것은 청풍명월이 유일한 벗일 뿐이라는 사대부의 절제 있는 미의식으로 표출된다. 백년행락百年行樂 그 자체는 자연을 벗하며 살아가는 안빈낙도의 도취적 감흥을 영탄한 것으로서 서사를 외연으로 한 서정성으로 파악된다. 이렇듯 가사 문학 장르는 표면적으로는 서사敍事 내지 교술성敎述性을 지니는 동시에 미적 서정성을 지닌다는 것이다.

이러한 특성은 우리나라 가사 장르만이 가지는 고유성으로, 가사는 세계적인 문학 장르라 할 수 있다. 오랜 관직 생활을 했는데도 조산대부 행사간원朝散大夫行司諫院 정언正言에 그친 정극인은 공명과 부귀도 나를 꺼려 피해가니 단표누항簞瓢陋巷에서 '흣튼혜음(헛된 생각)' 아니하고 살아갈 수밖에 없다는 자조自嘲가 내면에 깔려 있다. 그러한 가운데 유교 윤리적 타당성을 설정하고 안빈자족安貧自足이란 유교적 철학을 가르쳐 주기 위한 교훈적 진술 위에 서정과 서사가 복합된 장르[3]라는 것이다.

「상춘곡」의 허두虛頭 '홍진에 묻힌 분네 이내생애 어떠한가 / 옛사람 풍류를 미칠까 못미칠까'는 세속을 떠나 산 속에 은거하고 있는 풍류가 고인의 멋에 비교해 보면 어떨까라는 발화자의 서정적 표출로 출발된다. 이러한 풍류는 상춘곡의 결사結辭와 같이 부귀공명도 뜬구름이요, 단표누항簞瓢陋巷에 쓸데없는 생각을 아니하고 살아가는 티끌 없는 청정淸淨, 그것은 청풍명월이 유일한 벗일 뿐이라는 사대부의 절제 있는 스토이시즘stoicism적 미의식의 표출로 발산되고 있다. 백년행락 자체는 청풍명월

3 졸저, 앞의 책, 2008, p.190.

을 벗하며 사는 안빈낙도安貧樂道의 도취적 감흥을 영탄한 것으로서 서사를 외연으로 한 서정성의 복합으로 파악된다는 것이다.

사실 가사 작품 속에서는 규방閨房 가사의 계녀誡女가류에서 보는 바와 같이 서정적 정신보다는 서사적 방법을 통한 교술敎述적 정신이 근간을 이룬 작품들이 많다. 이러한 경향은 앞에서도 언급한 바와 같이 문학 장르의 역사 사회적 변모에 따른 분파, 내지는 변이變異화로의 한 전이轉移 형태라고 보아야 하고, 또 그것은 어디까지나 전술한 바와 같이 서정, 서사, 교술성의 복합성에서 출발된 어느 한 성격의 극대화로 보아야 한다.

그러므로 「상춘곡」과 같은 은일隱逸류의 가사는 서정이 주조主調를 이루고, 서사와 교술은 이를 뒷받침하는 보조적 성격을 이루는 장르의 복합성을 지닌다고 할 수 있다. 발화자의 감흥이 객관적 대상에 머물지 않고 서정적으로 미화되어 향유자(독자)에게도 동일한 방법으로 감흥을 일으키고 공명共鳴을 얻게 된다. 그런 까닭에 텍스트를 통한 독자와의 공감대를 형성함으로써 수용되고 향유되는 특별한 장르라고 보고 싶다.

2. 감읍感泣과 근심의 장, 단가

가. 불우헌가

① 부운사浮雲似 환해상宦海上애 사불事不 여심如心ᄒᆞ니

② 하고 만코 ᄒᆞ니이다.

③ 뵈고시라 불우헌옹不憂軒翁 뵈고시라.

④ 시치時致 혜양惠養ᄒᆞ신 구지어미口之於味 뵈고시라.

⑤ 뵈고 뵈고시라 삼품의장三品儀章 뵈고시라

⑥ 광피光被 성은聖恩ᄒᆞ신 마수요간馬首腰間 뵈고시라.

⑦ 숭삼호嵩三呼 화삼호華三呼를 하일망지何日忘之 ᄒᆞ리잇고

뜬 구름 같은 벼슬세계 내 뜻 같지 않은 모든 일
많고도 많더이다.
보이고 싶도다, 불우헌옹 보이고 싶더라.
때로 성은 입혀 길러주신 구미口味 보이고 싶더이다.
보고 보이고 싶어라, 삼품의장 보이고 싶어라.
영광의 성은聖恩 입은 마수요간 보이고 싶어라.
높은 산, 아름다운 꽃, 세 번 부름을 어느 날에 잊을 수 있으리오?

나. 불우헌곡

(1) 산사회 수중포 일무유
山四回 水重抱 一畝儒
산은 사방으로 에워싸고 물은 겹겹이 감도는 한 이랑 선비의 집
궁향양명 개남창명 불우헌
宮向陽明 開南牕名 不憂軒
햇살 밝은 남쪽에 창을 내고 이름하여 불우헌이라
좌금서 우박혁 수의소요
左琴書 右博奕 隨意逍遙
왼쪽에 거문고와 책, 오른쪽 바둑 생각 따라 소요하네.
위 낙이망우 경하질다
偉 樂而忘憂 景何叱多
아, 근심 잊고 사는 즐거운 광경 어떠합니까?
평생입지 사우성현
平生立志 師友聖賢
평생 뜻을 세워 성현을 스승과 벗 삼으니
재창
再唱

위 준도이행 경하질다
偉 遵道而行 景何叱多
아, 도를 지켜 행하는 광경 어떠합니까?

만생원 노급제 낙천지명
(2) 晩生員 老及第 樂天知命
늦게 생원, 늙어 과거급제 즐거이 사는 천명을 아네.

재훈도 삼교수 회인불권
再訓導 三敎授 誨人不倦
재삼 훈도하고 교수하며 사람 가르치는 데 게으르지 않네.

(중략)

재창
再唱

위 자원방래 경하질다
偉 自遠方來 景何叱多
아, 멀리서 친구 찾아온 광경 어떠하랴?

재상소 벽이단 의호중용
(3) 再上訴 闢異端 依乎中庸
다시 상소하여 이단을 열고 중용에 의거하여

진이례 퇴이의 신위대
進以禮 退以義 身爲大
예로써 나아가고 의로써 물러나니 제 몸 지켜 크게 되네.

(중략)

재창
再唱

위 재삼원종 경하질다
偉 再參源從 景何叱多
아, 재삼 원종공신 광경 어떠합니까?

경전식 정음 부지제력
(4) 耕田食 鑿井飮 不知帝力
밭을 갈아 밥을 먹고 우물 파서 물마시니 임금의 힘 알 수 없네.

(중략)

재창
再唱

위 기천영명 경하질다
偉 祈天永命 景何叱多
아, 오래 살도록 하늘에 기도하는 광경 어떠합니까?

윤지임 혜지화 아무능언
(5) 尹之任 惠之和 我無能焉
벼슬의 임무 은혜로운 평화 나는 모두가 무능이라

(중략)

재창
再唱

위 고훈시식 경하질다
偉 古訓是式 景何叱多
아, 옛 가르침 옳은 방식의 광경 어떠합니까?

임진세 사월초 앙유기사
(6) 壬辰歲 四月初 仰有奇事
임진년 4월 초 기이한 사건

(중략)

재창
再唱

위 성은심중 경하질다
偉 聖恩深重 景何叱多
아, 성은이 깊고 깊은 광경 어떠합니까?

낙호이은저 불우헌이역
樂乎伊隱底 不憂軒伊亦
즐거운져 불우헌이여

낙호이은저 불우헌이역
樂乎伊隱底 不憂軒伊亦
즐거운져 불우헌이여

위 작차호가 소견세려 경하질다
偉 作此好歌 消遣世慮 景何叱多
아, 이 노래지어 세상근심 떠나보내는 광경 어떠합니까?

상계한 「불우헌가」는 ②, ③행만 제외하고는 일반 가사나 다름이 없는 2·4조, 4·4조, 3·4조 4음보격이라는 가사의 전형적인 율조를 취하고 있는 단가다. 장가 「상춘곡」을 짓기 전 실험적으로 시도해 본 연시조와 같은 장르인 것으로 보인다. 국한문 혼용이지만 우리 글로 가사체의 시가를 창작했다는 점이 특별하다.

이상보도 「불우헌가」는 단가 형식으로 노래한 것이지만, 벌써 가사의 4·4조 4음보격tetrameter을 배태하고 있다[4]고 지적했던 것처럼 이미 성종 대에 가사가 창작, 향유되었음을 짐작할 수가 있다. 이 노래는 성종으로부터 특별히 삼품산관三品散官의 가자加資를 받고 노래한 것이므로 성종 3년경에 지었다고 보여진다.[5] 그러므로 「불우헌가」는 「상춘곡」의 작자가 정극인이 아니라는 반대론자들에게 이미 성종 대에 가사체가 있었다는 중요한 단초가 되는 셈이다.

「불우헌가」는 『성종실록』에서 보는 바와 같이 삼품산관의 가자를 받은 영광을 '삼품의장三品儀章 뵈고시라', '마수요간馬首腰間 뵈고시라'라고 하여 성은聖恩에 감읍하고 있다. 이러한 정조는 유교이념에 기초한 사대부들에게서 공통적으로 발견되는 것으로 고려 의종 때 정서鄭敍의 「정과정곡」을 비롯해 정철의 양미인곡으로 이어져 왔다.

또 「불우헌곡」은 경기체가 형식으로 제1장에 책을 읽고 거문고를 고르며 바둑을 두고 수의소요隨意逍遙하면서 근심 없는 가운데 즐거움을 노래하였다. 본디 사대부들의 풍류는 으레 거문고를 타고 정자에 앉아 시를 읊조리면서 즐기는 소위 누정문학樓亭文學의 산물이었다. 서원이나 누정은 문화 창조의 중심 역할을 담당하여 서원은 도학의 전당이요, 누정

4 李相寶, 『韓國 歌辭文學의 硏究』, 형설출판사, 1974, p.60
5 成宗實錄. 三年 三月己未條, 諭前正言丁克仁曰, 予聞爾廉介自守, 不求聞達, 聚子弟敎誨不倦, 子甚嘉焉, 欲召用之, 以爾年老, 難於任事, 故特加三品散官, 又諭其道觀察使, 時致惠養.

은 문학예술의 산실[6]이 되었다.

그러므로 「불우헌곡」의 금서琴書와 박혁博奕, 수의소요隨意逍遙 등의 시어 속에 내포된 의미는 정극인도 일반 사대부들과 마찬가지로 불우헌에 앉아 거문고와 시와 서, 바둑, 소요 등을 통해 낙이망우樂以忘憂했음을 넌지시 알려준다. 이러한 정조는 상춘곡 '시비柴扉에 거러보고 정자에 안자보니 / 소요음영逍遙吟詠ᄒᆞ야 산일山日이 적적寂寂ᄒᆞᆫ듸 / 한중진미閑中眞味를 알니업시 호재로다'와 동질의 것으로 파악된다.

제3장은 임금의 은총을 입어 상대霜臺, 즉 사간원에 올랐다가 일찍 벼슬을 버리게 됨을, 4장은 태평성세에 임금의 성덕聖德을, 5장에서는 위로 하늘과 아래로 사람을 원망하지 않고 두려움과 조심을 모르고 사는 즐거움을 노래하였다. 그러한 그였기 때문에 '공명功名도 날 꺼리고 부귀富貴도 날 꺼리니 / 청풍명월淸風明月 외에 어떤 벗이 있사올고 / 단표누항簞瓢陋巷에 허튼 생각 아니하네 / 아무렴 백년행락百年行樂이 이만한들 어이하리'라고 읊었음은 너무도 당연하지 않았을까 한다.

하지만 「불우헌가」와 「불우헌곡」이 양가에는 정극인 자신의 근심과 걱정이 자연 속에 잊혀지거나 묻히질 아니하고 오히려 세상을 향해 강하게 호소하는 것처럼 보인다. 「불우헌가」 첫 행을 보면 '뜬 구름 같은 벼슬세계에 몸을 담고 보니 내 뜻 같지 않은 일들이 많고도 많더라'거나 경기체가 형식의 1장 후렴구 '아, 근심 걱정을 잊고 사는 즐거운 광경 어떠합니까?'라 하고, 3장 '아, 벼슬살이 무거운 짐 벗어버린 광경 어떠합니

6 林熒澤, 『韓國文學史의 視角』, 創作과 批評社, 1984, p.391.

까?', 5장 '아, 두려워 않고 근심하지 않는 광경 어떠합니까?'라 했던 발화자의 내면에는 '불우헌不憂軒'이란 이름처럼 세상사를 떠나 티끌만한 근심 걱정 없이 살아가는 작자의 의연한 모습이라기보다 오히려 근심 걱정 속에 몸부림치는 아이러니한 속 자아自我 '우헌憂軒'의 모습이 발견되어 차라리 안쓰럽다.

이러한 정조는 「상춘곡」의 결사 '공명도 날 꺼리고 부귀도 날 꺼리니/ 청풍명월 밖에 어떤 벗이 있겠는가/ 단표누항에 헛된 생각 아니하니/ 아무렴 백년행락이 이만한들 어떠하리'에서 더 적나라하게 표출된다. 어찌 보면 세속적인 부귀공명이 뜬 구름처럼 무상無常한 것이지만, 오로지 불변하는 '청풍명월' 즉 자연만을 벗하며 지족知足하고 지지知止하면서 살아가는 자신이 만족한 듯이 보인다. 그러나 불우헌의 이면에는 이와는 정반대로 부귀와 공명이 나와 무관한 처지를 원망하며 근심하고 우려하는 정극인의 내면적 자아가 수면 위에 떠오른다.

정극인의 이러한 은일류의 가사는 담양의 송순의 「면앙정가」로 이어지고, 이 「면앙정가」의 영향 아래 송강 정철의 「성산별곡」으로 연결되는 '면앙정가단'이라는 가사의 문화권을 형성하였다. 중종 5년(1510년)에 쓴 향약鄕約 발문을 보면 취은醉隱 송세림은 불우헌 정극인보다 30년 후에 태어났으므로 선생을 직접 만나 가르침이나 인도를 받을 수 없는 것을 한탄했음을 알 수 있다. 즉 정읍 태인 고현학당을 차운次韻한 머리에 '학당은 본시 고故 불우헌공 정극인이 교수하던 곳인데, 취은醉隱 송세림에게 또 곧바로 이어졌다'는 기록만 보면 송세림은 같은 고을에 살았던 정극인을 얼마나 존경하며 사숙私塾[7]했는지를 알만하다는 것이다.

송순은 일찍이 중종 13년(1518년) 송세림이 능성현감으로 있을 때 직접 찾아가 사사를 받았는데, 그때 스승에게서 정극인의 「불우헌유고」를 접할 수 있었고, 「상춘곡」이나 「불우헌가」와 「불우헌곡」도 읽어 볼 수 있었기 때문에 정극인과의 간접적인 문학적 영향 관계를 엿볼 수 있다. 「상춘곡」과 「면앙정가」는 그 구성이나 대우적인 수사 기교가 너무도 동질적이다.

불우헌과 면앙정을 둘러싼 아름다운 자연 경관을 중심으로 이루어낸 두 작품의 정조情調는 말할 것 없으려니와 똑같은 대우적인 수사 기교를 보더라도 그렇다. 그러므로 이상보도 송순은 능성현감으로 있던 송세림을 찾아가 독서를 하였고, 가사에 관한 소양도 배웠을 것이므로 송순의 「면앙정가」는 정극인의 「상춘곡」의 계통을 이은 작품으로 자연 속의 풍류 생활을 읊은 가사로서 영향을 받게 되었다[8]고 한 바 있다.

예컨대 「상춘곡」의 허두에 나온 '옛사람 풍류를 미칠까 못 미칠까'나 봄날의 아름다운 경치를 보며 '칼로 말아낸가 붓으로 그려낸가', 한가로운 봄날의 한중진미閒中眞味를 음미하며 '시비柴扉에 걸어보고 정자亭子에 앉아보며', '아침에 채산採山하고 한낮에 조수釣水하세', '어른은 막대잡고 아이는 술을 메고'라는 수사는 「면앙정가」의 '내 것도 보려 하고 저 것도

7 不憂軒集, 卷 一 十五章, 不憂軒丁先生 非惟吾洞中耆德 卽文廟朝逸民 今讓序約又覩洞風 信先生逸於朝而光於洞 卓乎不可及已 吾洞中是孤雲仙子所莅也 山川蛇蜒門棟鱗錯 宏村碩德 彬然輩出 實南方奇境……世琳生三十年後 恨不得見先生面親炙先生訓也

8 이상보, 『한국가사 문학의 연구』, 형설출판사, 1974, p.95.

들으려고', '바람도 쐬려하고 달도 맞으려고', '밤일랑 언제 줍고 고기란 언제 낚고', '이뫼히 앉아 보고 저뫼히 걸어 보고'에 그대로 이어지고, 면앙정 앞 넓은 들에 펼쳐진 경관은 '넓거든 기노라 푸르거든 희지마나', '앉으락 날으락 모트락 흩으락', '뫼인가 병풍인가', '그림인가 아닌가', '높은 듯 낮은 듯', '끝는 듯 잇는 듯', '숨거니 뵈거니', '가거니 머물거니' 등 대우적인 아름다운 우리말 수사로 이어받았다는 것이다.

중종 22년(1527)에 세자 호의 동궁에 작서灼鼠의 변과 요사스런 현패懸牌 사건이 일어나고 억울하게 사건의 주모자로 몰리게 된 경빈 박씨와 아들 복성군을 사간원과 사헌부에서 죽이라고 간諫하자, 송순은 이의 불가함을 역설하다가 벼슬에서 물러났다. 2년 후인 중종 26년 고향인 담양 기촌으로 돌아와 면앙정을 짓고 자연과 벗하며 살았다.

마침 세조 찬탈의 정국을 겪으며 태인 칠보로 은거한 정극인이 불우헌을 짓고 험난한 세상과는 무관한 것처럼 눈앞에 펼쳐지는 봄날의 아름다운 정경을 그려낸 「상춘곡」처럼 송순은 중종조에 세자를 둘러싼 정치적 변란 을사사화를 피해 담양 기촌의 면앙정俛仰亭에 유유자적하면서 은일 가사 「면앙정가」를 창작했을 것으로 보인다. 심수경은 『견한잡록』에서 송순의 「면앙정가」는 그윽한 산천과 넓디넓은 전야田野의 형상이라든가 정대亭臺의 높고도 낮게 굽이도는 지름길의 형상을 두루 포서鋪敍하고, 사시사철 변모하는 아침저녁의 경치를 빠짐없이 기록하지 않은 것이 없으니 문자를 섞어 가며 운치 있게 도는 것을 지극히 잘 표현했음으로 진실로 볼만하고 가히 들을만함으로 송순의 작품 가운데 가장 으뜸작[9]이라고 절찬하였다.

▲ 전남 담양 송순의 면앙정

이러한 평설은 홍만종의 『순오지』에서도 동일하게 찾아볼 수가 있는데, 순국어의 자유 자재로운 구사나 조사법의 기발한 솜씨, 조어造語의 공교로움, 이에 따른 절절한 정감 등은 가히 가사 문학의 가치를 한껏 고양시킬 수 있는 요소가 아닐 수 없다. 한문만을 진서眞書라 숭상했던 조선 사대부들의 평설로 본다면 대단한 작품론이 아닐 수 없다.

1960년대 김동욱이 잡가에서 원문을 발견하기 이전에는 『면앙집』에 '신번新飜 면앙정장가 1편'[10]이라는 부賦형식의 번역가만 실려 있어 그 원전의 진가眞價를 대할 수 없었기 때문에 대단히 아쉬웠다. 하지만 김동욱 교수에 의해 잡가에서 발견된 「면앙정가」 원전[11]을 보게 됨으로써 심

9 심수경, 『견한잡록』, 백야문화사, 1980, p.53.
10 宋純, 『俛仰集』 四卷.
11 雜歌. 무등산 한 활기뫼히√ 동다히로 버더이서/ 멀리 떼처와√ 제월봉이 되어거늘/ 무

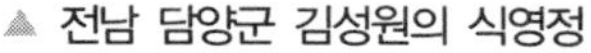

▲ 전남 담양군 김성원의 식영정

▲ 식영정 옆 성산별곡 가사비

수경이나 홍만종 등이 절창絶唱이라 평설한 내용을 이해할 수 있음은 다행이 아닐 수 없다.

송순의 제자인 박상이나 김윤제, 기대승, 김인후, 임억령 등에게 배운 정철은 이들을 통해 면앙정 송순을 사사할 수 있었다. 그러므로 송순의 「면앙정가」를 본받아 성산(별뫼: 무등산자락)의 사계에 따른 아름다운 자연의 풍광을 「성산별곡」에 담아냄으로써 이들을 중심으로 한 '면앙정 가단'이 형성되었다.

송순은 스승 송세림을 통해 정극인의 「상춘곡」을 본받아 「면앙정가」를 창작하였고, 정철은 송순의 「면앙정가」와 같은 가사 「성산별곡」을 지었음을 알 수 있다. 따라서 정극인의 「상춘곡」은 조선 가사 문학의 효시

변 대야에√ 무삼짐작 하노라/ … 가운데 구비는√ 굼긔든 늘근용이/ 선잠을 갓깨어√ 머리를 안쳐시니/ …정자앞 너른들이√ 올올이 펴진 듯이/ 넙거든 기노라√ 프르거든 희디마니/ … 진 하늘 아래√ 두르고 고잔거슨/ 모힌가 병풍인가√ 그림가 아닌가/ 노픈 듯 나즌 듯√ 긋난 듯 닛난 듯/ 숨거니 뵈거니√ 가거니 머믈거니/ 어즈러온 가운데 (중략)

嚆矢요, 남상濫觴이 아닐 수 없고, 담양에서 '면앙정가단'을 형성케 함으로써 조선조 500여 년을 이어 온 한국 가사 문학 장르의 원천이 되었다고 할 수가 있다.

그러므로 전북 태인 칠보를 발상지로 한 정극인의 「상춘곡」은 담양의 '면앙정가단'으로 이어지고 '호남가단'을 형성함으로써 조선조 사대부가사 문학을 이루었음을 알 수 있다. 그리고 임진란 이후에는 부녀자, 평민 등으로 작자와 향유자가 확대되면서 국민적 장르로 발전하여 조선조 국문학의 질량을 드높였다고 생각된다.

3. 두견의 넋이 되어

「만분가萬憤歌」는 매계梅溪 조위曺偉가 연산군조에 무오사화로 인해 전남 순천에서 유배의 쓰라린 삶을 살면서 자신의 억울한 처지와 심사를 여인의 자세에서 엮어낸 최초의 유배 가사로 송강의 「사미인곡」, 「속미인곡」에 절대적 영향을 준 연군지사戀君之詞다. 처절한 유배 생활 속에서도 오로지 사랑하는 임을 그리워하는 가련한 여인의 심사와 정조가 부드럽게 그려진 연가풍으로 창작된 것이 이 작품의 특질이라고 할 수 있다. 이러한 기조의 시가로는 속요인 고려 의종 때 정서鄭敍의 「정과정곡」이 그 효시嚆矢로 조선조에 이르러 조위가 그러한 정조를 이어받아 가사 「만분가」를 창작하게 되었고, 이후 송강 정철의 양미인곡에 이어져 절정에 이른 것으로 보인다.

이 작품은 작자의 억울한 처지를 임금께 하소연하는 타입으로 처절한 유배 생활 속에서도 임금의 관대한 처분과 사랑을 간절히 바라는 것을 주된 내용으로 하고 있다. 모두 124행 246구의 장형가사로 안정복의 『잡동산이』 44책에 국한문으로 전해 온다. 만분가의 저변을 흐르는 사상적 기저는 유가儒家적이라기보다 오히려 도가道家적 사상이 주조를 이루고 있다.

이를테면 조위나 송강의 작품 속에는 신선사상의 선어仙語들이 많은데 이는 조선조 당쟁이라는 정치적 상황 속에서 사대부들 사이에 자연스럽게 형성된 하나의 행동 양태라 할 수 있다. 특히 아무런 희망이나 기약도 없이 절망적인 유배나 은둔 생활을 지속하고 있는 선비들에게는 이러한 도가사상만이 현실적인 고통을 극복할 수 있는 유일한 방편이었을 것이기 때문이다. 그러기 때문에 조선조의 유자적인 강호문학 가운데는 언제든 임금의 소명召命이 있으면 벼슬길에 오르게 되는 현달顯達형 문학과, 자의든 타의든 세상을 등지고 산림에 묻힐 때는 도가사상에 의지하여 자신을 추스르는 강호江湖문학의 두 가지 타입을 이루었다.

하지만 작품 속에는 언제든 환속還俗할 수 있는 유가적 은둔과 도가적 은둔의 두 가지 양상[12]이 존재한다는 것이다. 「만분가」 역시 이러한 두 가지 문학적 양상이 내재되어 있다. '천상 백옥경 십이루 어디메오' 시작하여 삼청동리, 자미궁, 옥황 등 도교적인 선어가 많이 동원된 것은 앞에

12 졸고, 「시조, 가사에 나타난 도가사상」, 『한국언어문학 21집』, 한국언어문학회, 1982, p.100.

서도 말한 바와 같이 하늘나라 백옥경과 같은 이상세계 속에 파묻혀서 견디기 힘든 현실의 고통을 잊기 위한 방편으로 이해할 수가 있다.

우리들은 삶과 죽음의 세계가 별개가 아니라, 동질적인 삶이라는 의식이 내재되어 있다. 즉 죽음은 삶의 종말이 아니라 제2의 삶의 연속이라는 연장선상의 의식을 갖고 있기 때문에 현실의 고통이나 불행도 피안의 세계에서 얼마든지 평안이나 행복으로 변화시킬 수 있다는 생각을 지니게 된다는 것이다.

반면 백옥경이나 삼청동 등은 현실 세계의 대칭적 개념인 임금의 궁궐의 상징적 은유로도 이해할 수 있다. 따라서 옥황상제는 자신을 유배보낸 임금을 상징적으로 표현한 것이라고 볼 수 있는데, 다른 한편으로는 자신을 총애했던 성종일 수 있다는 견해[13]도 있다.

조위는 유호인과 함께 성종의 극진한 총애를 받아 검토관, 시강관 등으로 경연에 자주 나가기도 했다. 지평, 문학, 응교를 지낸 후 노모를 봉양하기 위해 여러 차례 사임을 주청했으나 성종은 이를 윤허하지 않았고, 이후 오히려 도승지와 호조참판을 두루 역임하였다. 연산군 1년에는 대사성으로 지춘추관사가 되어 『성종실록』을 편찬하기도 했다. 그때 김종직이 쓴 조의제문을 사초에 수록하였는데 1498년 성절사로 명나라에 갔다가 귀국하는 도중에 무오사화가 일어나자 그 사초 문제로 체포되었다. 그러나 선왕 성종의 충신이었다는 이극균의 극간極諫으로 사형만은 면하고 의주로 유배되었다가 다시 순천으로 이배移配되어 그 곳에서 「만

13 林基中, 『朝鮮朝의 歌辭』, 成文閣, 1979, p.16.

분가」를 짓고 49세의 일생을 마쳤다.

유배 가사나 강호형 가사는 억울한 처지를 애소哀訴와 애원으로 일관하고 있지만, 패배나 절망을 도가 사상의 이상 세계 속에서 이를 통해 극복하고 득기得機하면 다시 벼슬길에 환속하려는 염원을 주제로 하고 있는데 「만분가」나 「사미인곡」도 이러한 범주를 크게 벗어나지 않는 작품이다. 구성적으로도 거의 동질적이다. 서사와 본사, 결사 등 3단 구성도 그렇거니와 각각의 단락 내용도 비슷하다. 「만분가」는 서사에서 억울한 자신의 처지와 심정을 펼치고, 본사엔 처참한 유배 생활과 임금의 관대한 처분을, 결사에선 간절한 심정을 애소哀訴하는 구도를 취하고 있는데 이러한 정조는 「사미인곡」에서도 마찬가지다.

즉 유배와 같은 처지의 애환을 서사에서, 사계절에 따른 연군의 정과 임금의 처분을 본사에서, 임금을 그리워하여 잠 못드는 상사지정을 결사에서 노래하는 구도가 「만분가」와 공통적이라는 것이다. 다만 본사에서 사계절에 따른 연군의 구도는 달거리 노래인 속요 「동동」에서 시작된 우리 전통시가의 공통적 양태라고 보고 싶다. 또한 임금을 사랑하는 임으로 치환置換하여 자신의 슬픔을 노래한 우리나라 최초의 연군지사戀君之詞 「정과정곡」은 현실적 고통과 억울함을 잊기 위한 방편으로 피안의 세계를 설정하고 있다. 작자는 인간이 닿을 수 없는 피안의 세계, 곧 임금이 살고 있는 구중궁궐을 차라리 죽어서라도 들어가 자신의 억울한 심정을 절절히 하소연하고 싶다는 것으로 나타난다.

「정과정곡」에서는 죽어서 산 접동새가 되고자 했고, 「만분가」는 도교의 천상 세계인 백옥경과 자청전에 올라가거나, 두견새의 넋이나 한 점 구름, 한 가지의 매화나 이화梨花가 되어 임에게 마음에 쌓인 설움과 한을 실컷 아뢰겠다는 윤회輪廻적 정서에 의존하고 있다. 즉 조위는 현실적 고통을 잊기 위한 방편으로 도교의 천상 세계나 불가의 윤회 사상 속에 내세의 자연물을 설정하여 스스로 위안을 삼고 있음을 알 수 있다.

천상 백옥경白玉京	십이루十二樓 어디메오
오색운五色雲 깊은 곳에	자청전紫淸殿 가렸으니
천문天門 구만리에	꿈에라도 갈동말동
차라리 싀어지어	억만 번億萬番 변화하여
남산 늦은 봄에	두견杜鵑의 넋이 되어
이화梨花 가지 위에	밤낮을 못 울거든
삼청동리三淸洞裏에	검은 하늘 구름되어
바람에 흘러 날아	자미궁紫微宮에 날아 올라
옥황玉皇 향안전香案殿에	지척咫尺에 나가 앉아
흉중胸中에 쌓인 말씀	슬컷이 사로리라
(중략)	
오색五色실 이음 짧아	님의 옷을 못하여도
바다같은 님의 은恩을	추호秋毫나 갚으리라
백옥白玉같은 이 내 마음	님 위하여 지키더니
장안長安 어제 밤에	무서리 섞어 치니
일모수죽日暮脩竹에	취수翠袖도 냉박冷薄할샤
유란幽蘭을 꺾어 쥐고	님 계신데 바라보니
약수弱水 가리진데	구름길이 험하구나
다 썩은 닭의 얼굴	첫맛도 채 몰라서
초췌憔悴한 이 얼굴이	님 그려 이렇건가

천층랑千層浪 한가운데 　 백척간百尺竿에 올랐더니
무단無端한 양각풍羊角風이 　 환해중宦海中에 나리나니
억만장億萬丈 소沼에 빠져 　 하늘 땅을 모르노라
(중략)
군은君恩이 물이 되어 　 흘러가도 자취 없고
옥안玉顔이 꽃이로되 　 눈을 가려 못 볼로다
이 몸이 녹아져도 　 옥황상제玉皇上帝 처분이요
이 몸이 석어져도 　 옥황상제玉皇上帝 처분이라
녹아지고 석어지어 　 혼백魂魄조차 흩어지고
공산空山 촉루髑髏같이 　 임자 없이 구니다가
곤륜산崑崙山 제일봉에 　 만장송萬丈松이 되어있어
바람에 흘러 날아 　 님의 귀에 들리기나
윤회輪廻 만겁萬劫하여 　 금강산金剛山 학鶴이 되어
일만一萬 이천봉二千峯에 　 마음껏 솟아올라
가을 달 밝은 밤에 　 두어 소리 슬피 울어
님의 귀에 들리기도 　 옥황상제玉皇上帝 처분處分이다
한恨이 뿌리 되고 　 눈물로 가지삼아
님의 창밖에 　 외나무 매화梅花되어
설중雪中에 혼자피어 　 침변枕邊에 시드는 듯
월중月中 소영疎影이 　 님의 옷에 비취거든
어여쁜 이 얼굴을 　 네로다 반기실까
동풍東風이 유정有情하여 　 암향暗香을 불어 올려
고결高潔한 이내 생계 　 죽림竹林에나 부치고져
(중략)
이 몸이 전혀 몰라 　 천도天道 막막漠漠하니
물을 길이 전혀 없다 　 복희씨伏羲氏 육십사괘六十四卦
천지만물天地萬物 생긴 뜻을 　 주공周公을 꿈에 뵈어

자세히 묻잡고져 / 하늘이 높고 높아
말없이 높은 뜻을 / 구름위에 나는 새야
네 아니 알았더냐 / 어와 이 내 가슴
산山이 되고 돌이 되어 / 어디 어디 쌓였으며
비 되고 물이 되어 / 어디 어디 울어 옐고
아모나 이 내 뜻 / 알 이 곧 있으면
백세교유百歲交遊 / 만세상감萬歲相感 하리라

「만분가」

이와 같은 정조는 송강의 「사미인곡」에서도 동질적으로 나타난다. 이 작품도 천상에서 옥황상제와 함께 지내오다 어찌하여 지상에 내려왔냐는 설의법으로 시작하여 사계절에 따른 그리움을 노래하고 있다는 것이다. 동짓달 기나긴 밤에 청등을 걸어두고 꿈에서라도 임을 만나보려는 심사는 급기야 상사고相思苦에 이르고 만다는 청상靑孀의 이미지에 귀결되고 있다. 아니면 차라리 죽어서라도 범나비가 되어 향기 묻은 날개로 날아가 임의 옷에 앉겠다는 윤회의 바탕 구조도 「만분가」와 동질적이다.

이 양가의 수사법도 너무나 혹사酷似한 면이 많다. 첫째, 도가道家적인 선어가 많이 사용되고 있다는 점이다. 백옥경, 자청전, 삼청동, 자미궁, 태을진인, 광한전, 진선, 취선, 황정경 등의 선어가 이들 작품에 두루 씌어지고 있다는 것이다. 이는 어디까지나 빈번한 당쟁으로 인해 앞날을 예측하기 어려웠던 조선사회라는 특수한 정치적 상황과 환경의 소산이라고 할 수 있다.

끊임없이 이어지는 당쟁과 그에 따른 사화士禍로 인해 조선 사대부들에게 닥친 유배의 한과 억울함을 극복할 수 있는 유일한 길은 도교나 불교의 이상 세계를 그리는 것 외에는 따로 길을 찾을 수가 없었을 것이기 때문이다. 예나 지금이나 현실적 고통을 극복하는 방법이란 술에 의지하거나 이상 세계를 찾는 것 말고는 다른 길이 없다. 그러나 피안의 세계를 끌어들인 작자의 근본적인 의도는 피안의 세계가 지상계로부터의 도피처가 아니라, 지상계의 문제를 해결[14]하기 위한 방편이라는 견해도 있다.

백옥경이나 광한전은 천상의 세계다. 여기서 천상의 세계란 곧 임금이 살고 있는 궁전이다. 그러나 현실적 세계는 그들이 유배되어 있거나 은둔해 있는 전남의 순천이며 창평이다. 그러므로 천상의 세계인 궁전과 현실 세계인 유배나 은일의 지상 세계라는 공간의 간극은 너무 크기 때문에 비극적이다.

작자는 그러한 비극이 당쟁이라는 회오리 바람으로 닥친 일이기 때문에 그 억울함과 한이 극단으로 치닫는다. 그러므로 '억만 번億萬番 변화하여', '백척간百尺竿에 올랐더니', '삼천 장三千丈 백발이', '만리붕정萬里鵬程을', '만장송萬長松이 되어', '윤회만겁輪廻萬劫하여'라는 과장적 표현으로 억울한 감정과 한을 폭발하고 있음을 읽을 수가 있고, 그만큼 임금과의 거리를 좁힐 수 있다는 생각에서 불안과 초조가 상승된다는 것을 짐작할 수가 있다.

둘째, 병문의 주된 수사인 대우對偶의 수사 기교를 많이 원용함으로써 자신의 절절한 심사를 확대하고 있다는 것이다. 「만분가」의 '어루는 듯

14 최상은, 「연군가사 짜임새와 미의식」, 김학성·권두환 편, 『신편 조전시가론』, 새문사, 2002, p.423.

괴는 듯', '이 몸이 녹아져도 이 몸이 싀어져도', '비되고 물이 되어', '녹아 지고 싀어지어'의 정대우正對偶와 '늣기는 듯 반기는 듯', '짓나니 한숨이오 지나니 눈물이라', '하루도 열 두 때 한 달도 서른날, 마음에 맺혀 있어 골수骨髓에 깨쳤으니', '머흐도 머흘시고' 등의 관대우串對偶, '밀거니 혀거니', '동릉東陵이 높은 건가 수양首陽이 낮은 건가'의 반대우反對偶는 「사미인곡」 '가는 듯 고쳐오니', '님이신가 아니신가', '산인가 구름인가' 등으로 확대되어 자신의 서정을 극대화하고 있다.

이러한 대우의 수사 기교는 조선조의 사대부들이 자연경물의 묘사나 자신의 서정을 펼 때 으레 즐겨 썼던 수법으로 중국의 사적史蹟이나 자연경관, 고사 등을 인용하여 비유하기를 즐기는 사대우事對偶와 명사, 동사, 혹은 형용사끼리 짝을 이루어서 묘사의 극대화를 꾀하는 언대우言對偶로 나뉘어진다. 이들은 다시 정대우, 반대우, 관대우로 3분되는데 이러한 수사가 송강 정철로 이어져 특유의 수사 미학으로 자리를 잡았다고 할 수가 있다.

대우의 수사 기교는 동양 사상의 주맥을 이루는 음양이원론으로 어디까지나 조화와 어울림을 생명으로 하는 기법이다. 서로 상반되는 사상事象이나, 비슷하거나 같은 것끼리, 혹은 인과因果나 주종主從 관계, 상승相承 관계를 짝지움으로써 조화나 어울림을 극대화시키는 미적 구조를 취하는 수사 기교로서 우리나라 시조나 가사의 주된 수사 기교가 되어 왔다는 것이다.

셋째, 작중 화자가 모두 여성으로 변환하여 버림받은 여성이 사랑하는 임을 향해 억울함과 원통의 한을 절절하게 하소연하는 여성적 자세로 일관하고 있다는 것이다. 이러한 유형의 작품의 단초는 고려 의종 때 정서鄭敍가 신하들의 간언에 밀려 고향인 동래로 귀양을 간 뒤 다시 부르겠다는 임금의 소명이 없자, 임금을 그리워하며 노래한 「정과정곡」이 그 효시가 되었다. 이후 조선 연산군조에 순천으로 유배를 받은 조위가 유배 가사의 효시작인 「만분가」를 지었는데, 「정과정곡」과 같은 톤tone과 딕션diction으로 자신의 서정을 노래하였고, 송강 정철도 그와 똑같은 정조에 빠져들어 연군의 서정을 「사미인곡」과 「속미인곡」에 노래하였다고 할 수 있다.

「만분가」에서 조위는 '오색실 이음 짧아 님의 옷을 못 하여도', '백옥白玉 같은 이내 마음 님 위하여 지키더니', '유란幽蘭을 꺾어 쥐고 님 계신데 바라보니', '초췌한 이 얼굴이 님 그려 이런건가', '옥 같은 얼굴을 그리다가 말 것인가', '내의 긴 소매를 누굴 위해 적시는고', '하늘 같은 우리 님이 전혀 아니 살피시니', '님의 창밖에 외나무 매화되어', '설중雪中에 혼자 피어 침변枕邊에 시드는 듯/ 월중소영月中疎影이 님의 옷에 비취거든/ 어여쁜 얼굴을 네로다 반기실까', '내묻은 누역 속에 님 향한 꿈을 깨어', '어와 이내 가슴 산이 되고 물이 되어 어디 어디 쌓였으며', '비 되고 물이 되어 어디 어디 울어 옐까'라 하여 완연한 여성적 자세로 사랑하는 임을 그리워하는 연가풍戀歌風의 노래로 일관된다는 것이다.

임을 여읜 여성적 자세는 청상靑孀의 이미지를 담고 있기 때문에 훨씬 더 애절함이 상승되어 절절함이 배가倍加되는 효과를 거둔다. 아름다운 오색실도 이음새가 짧아 사랑하는 임의 옷을 지을 수도 없고, 그윽한 난초를 꺾어서 임 계신 곳을 바라다보지만 자신의 얼굴이 마치 꺾어진 난처럼 초췌하니 이렇게 그리워하다가 이 삶이 끝나고 말 것이라 절망하면서 애처롭게 읍소泣訴하는 형태를 취하고 있다.

하늘과 같이 고귀한 임이 자신을 살펴주질 아니하니 차라리 죽어서라도 눈 속에서 임의 창가에 한 그루 매화로 피어나 임의 배갯머리에 시들거나, 아니면 달그림자에 실려 임의 옷에 비치거든 나라고 반기실까라고 애태우는 간절한 심사에서 애처로운 청상의 이미지를 토해 낸다. 그러나 현실적 자아自我는 억울한 마음이 산이 되고 물이 되어 어디에 쌓이고 울면서 어디로 흘러갈까라는 비장미를 자아내고 있다.

송강도 조위와 같은 정조에 젖어들어 「만분가」처럼 여성적 자세로 임금을 그리워하는 연군의 정을 「사미인곡」과 「속미인곡」에 버림받은 여인의 목소리로 한층 더 절절히 토로하였다. 이렇게 연군지정을 노래한 것은 당시 사대부들이 모두 유교적인 스토이시즘stoicism; 禁忌, 禁慾主義에 젖어 있었기 때문[15]인 것으로 보인다. 불사이군이라는 유교적 윤리는 한 임금만을 섬겨야 한다는 것을 강요한 나머지, 자신의 욕망이나 이상을 모두 버려야 하므로 도가적 자세를 견지하면서도 때가 되면 현실 세계로 뛰어들고 싶은 이중적 자세에 서게 된다는 것이다.

송강의 양미인곡은 규방閨房 가사라고 할 만큼 규방 여인들의 소품이 나열되면서 섬세한 여인의 정서로 일관되고 있음을 알 수 있다. 정서의

15 千二斗, 『綜合에의 意志』, 一志社, 1974, p.31.

「정과정곡」으로부터 출발된 이러한 연군류의 가사는 조위의 「만분가」의 교량橋梁을 지나 송강의 「사미인곡」과 「속미인곡」에 이르러 꽃을 피우고, 여타의 연군류의 시가에 많은 영향을 주었다. 그리하여 송강 이후에도 장현경의 「사미인가」 조우인의 「자도사」, 김춘택의 「별사미인곡」 등으로 이어졌다고 보인다.

4. 이 몸 삼기실 제

송강 정철鄭澈은 50세 되던 선조 21년 임금의 지극한 총애를 받던 중 사헌부와 사간원 양사兩司의 끊임없는 논척論斥을 받고 어쩔 수 없이 벼슬길을 떠나 고향인 전남 창평으로 귀향을 하여 자연을 벗하며 살아갔다. 절망과 실의 속에 고독한 삶을 살며 임금을 그리워하는 「사미인곡」을 짓고, 이어서 미진한 정을 다시 펼친 「속미인곡」을 창작하며 연군지정을 노래하였다.

이 역시 조위曺偉가 성종과 연산군으로부터 극진한 사랑을 받았으나 무오사화로 인해 삭탈관직을 당하고 전남 순천에서 쓰라린 절망과 억울함을 「만분가」에 실은 정조와 같다. 「만분가」가 연산군 1년(1498)에 지어졌고, 사미인곡은 선조 21년(1588)경에 창작된 것으로 보아 이 두 작품의 시간적 간극은 90여 년간으로 보인다. 그러나 송강이 조위가 역간譯刊한 『두시언해』를 소지하면서 탐독했다[16]는 정황으로 보면 정철이 창평에서 정치적인 실의의 나날을 보내고 있을 때, 자신의 처지와 너무도 비슷한 상황에 빠져 유배 생활의 한과 연군의 충정을 노래한 조위의 「만분가」를 소지하고 몇 번이나 탐독했을 것으로 보인다.

그러한 가능성을 『송강별집』에서 어렵지 않게 찾아볼 수가 있다. 즉 송강은 두보의 시보다 오히려 조위가 서문을 쓰고 언문으로 작품을 번역한 『두시언해』를 더 좋아한 것으로 보인다. 이는 처한 환경이나 처지가 서로 비슷한데다가 송강이 개인적으로도 인간 조위의 학풍과 자세를 숭모했을 가능성이 높았을 것으로 해석할 수 있기 때문이다. 그러므로 정철은 지척 간인 호남 창평과 순천에서 처한 같은 환위環圍 속에 조위의 「만분가」를 본받아 같은 주제의 「사미인곡」을 창작했을 가능성이 높다는 것이다.

이 몸 삼기실제	님을 조차 생기시니
한생 연분緣分이며	하늘모를 일이런가
나 하나 졂어 있고	님 하나 날 괴시니
이 마음 이 사랑	견 줄 데 전혀 없다
평생平生에 원願하오되	함께 녜자 하였더니
늙거야 무슨 일로	외오 두고 그리는고
엊그제 님을 만나	광한전廣寒殿에 올랐더니
그때에 어찌하여	하계下界에 내려오니
올적에 빗은머리	헛틀언지 삼년三年일세
연지분臙脂粉 있네마는	눌 위하여 고이할까
마음에 매친 시름	첩첩疊疊이 쌓여있어

16 『松江別集』卷一 書. 行間切勿入 州府粉華處 以虧繩檢 把表策兩 溫理爲可 鄕家所藏 諺解杜詩 全秩持來爲可

짓나니 한숨이오 지나니 눈물이라
인생은 유한有限한데 시름도 그지없다
무심無心한 세월歲月은 물 흐르듯 하는구나
염량炎凉이 때를 알아 가는 듯 고쳐오니
듣거니 보거니 느낄 일도 하도 할샤
동풍東風이 건 듯 불어 적설積雪을 헤쳐내니
창밖에 심근 매화 두 세가지 피어세라
가뜩 냉담冷淡한데 암향暗香은 무슨 일인고
황혼黃昏이 달이 좇아 벼개 맡에 비취니
느끼는 듯 반기는 듯 님이신가 아니신가
저 매화梅花 꺾어내어 님 계신데 보내오져
님이 너를 보고 어떻다 여기실고
꽃지고 새잎나니 녹음綠陰이 깔렸는데
나위羅幃 적막寂寞하고 수막繡幕이 깔렸는데
부용芙蓉을 걷어놓고 공작孔雀을 둘러두니
가뜩 시름한데 날은 어찌 길었던고
원앙금鴛鴦衾 펼쳐놓고 오색五色선 풀쳐내어
금자로 겨누어서 님의 옷 지어내니
수품手品은 카니와 제도制度도 갖추었네

(중략)

홍상紅裳을 걷어차고 취수翠袖를 반만 걷어
일모日暮수죽脩竹에 헴가림도 하도할샤
짧은 해 수이지어 긴 밤을 고초 앉아
청등靑燈 걸은 곁에 전공후鈿箜篌 놓아두고
꿈에나 님을 보러 턱 받치고 기대서니
앙금鴦衾도 차도 찰사 이 밤은 언제 샐까

하루도 열두 때	한 달은 설흔 날
적은 덧 생각마라	이 시름 잊자하니
마음에 맺혀있어	골수骨髓에 사무치니
편작扁鵲이 열이 와도	이 병을 어이하리
어와 내병이야	이 님의 탓이로다
차라리 싀어지어	범나비 되오리라
꽃나무 가지마다	간데족족 앉았다가
향 묻은 날개로	임의 옷에 옮으리라
님이야 날인 줄 모르셔도	내님 좇으러 하노라

(이선본 「송강가사」, 「사미인곡」 현대문 발췌)

송강의 「사미인곡」은 조위의 「만분가」와 너무도 혹사酷似하다. 마치 규방 여인이 사랑하는 사람을 위해 옷을 짓는 정조情調도 그렇고, 연군의 그리움이 결국 상사고相思苦에 이른다는 정서도 동질적이다. 현실적 고통을 극복하는 방편으로 피안의 세계를 그리거나 내세에 자연물이 되어 임과 함께 지내고 싶다는 「사미인곡」의 정서는 조위의 영향을 크게 받은 결과로 보인다. 즉 죽어서라도 억울한 자신의 처지를 임금께 아뢰고 본래의 자리로 복귀하여 억울하게 쌓인 한을 풀고 싶은 욕망이 불가의 윤회의 정서로 발전하는 경지에 이르는 것도 동질적이라는 것이다.

시어의 구사도 조위의 「만분가」를 그대로 이어받았다고 할 수 있다. '차라리 싀어지어 억만번 변화하여/ 남산 늦은 봄에 두견의 넋이되어/ 이화가지 위에 밤낮을 못 울거든'은 「사미인곡」의 '차라리 싀어지어 범나비 되오리라/꽃나무 가지마다 간데족족 앉았다가/ 향 묻은 나래로 님의 옷에 옮으리라'에 그대로 전사轉寫된 듯 자신의 서정으로 그려내고 있다는 것이다.

이외에도 '백구白鷗와 벗이 되어 함께 늙자하였더니 – 평생에 원하오되 함께 녜자 하였더니', '어루는 듯 괴는 듯 남의 없는 님을 만나 – 느끼는 듯 반기는 듯 님이신가 아니신가', '일모수죽日暮脩竹의 취수翠袖도 냉박冷薄할샤 – 취수도 반만 걷어 일모수죽의 혬가람도 하도 할샤', '어여쁜 네 얼굴을 네로다 반기실까 – 이르거든 열어두고 날인가 반기실까', '님 계신데 바라보니 약수弱水가 놓였는데 구름길이 머흐레라 – 님 계신데 바라보니 산인가 구름인가 머흐도 머흘시고' 등 송강가사에서는 「만분가」와 같은 시어나 구절들이 수없이 발견됨으로써 조위의 「만분가」가 「사미인곡」에 많은 영향을 주었을 것으로 생각된다.

우리 국문학에는 유, 불, 도교의 사상이 철학적 배경으로 깊게 배어난다. 그 가운데서도 불교는 삼국시대 이후 고려조까지 크게 융성하였고, 특히 국교로서 국가적인 사상철학이 되어 국가의 비호를 받게 됨으로써 우리 민족의식에 깊게 뿌리를 내렸다. 도교도 내우외환의 와중에서 불교 못지않게 민가에 깊숙이 파고들어 신비적이고도 몽상적으로 신화와 전설을 만들면서 우리 시가에 녹아들었다. 특히 전쟁과 폭정에 시달린 민중들의 마음속에 깊숙이 자리를 잡으면서 자기 나름의 이상향을 만들어 스스로를 위무慰撫하였기 때문에 우리 시가 속에는 도가道家적인 사상이 작품의 저변을 형성하게 되었다.

또한 당쟁으로 인해 자신의 뜻과 달리 유배나 은둔 생활을 하게 된 사대부들은 유교적 현실주의 속에서도 도가적인 사상에 젖어들어 현실적 고통을 극복하는 형태의 특이한 양면구조를 보이기도 한다. 이는 당쟁이라는 특수한 여건이 낳은 산물이라고 보인다. 당쟁은 자신의 승리를 위해 수단과 방법을 가리지 않고 모함이나 비방을 일삼음으로써 억울한 사람들이 양산되기 마련이었다. 따라서 이로 인해 죽거나 유배되는 사람도 많았고, 스스로 노부모 봉양이나 칭병稱病을 내세워 벼슬을 버리고 고향으로 돌아가거나 은둔의 방편을 취하는 가운데 나온 작품 속에는 유가적인 자세와 도가적인 정서가 혼재되고 있음을 알 수 있다.

「만분가」 속에는 조위가 무오사화로 인해 순천 유배지에서 성종으로부터 지극한 총애를 받던 지난 날을 그리면서 현실적 고통을 잊으려 애쓰는 모습을 읽어낼 수 있다. 하지만 그러한 벼슬살이가 한바탕 꿈이었다는 비애 속에 세상사의 모든 것들을 체념하는 도가의 염세적 허무 사상의 성향을 보이기도 한다.

그러나 송강의 양미인곡에서는 군왕의 은총을 받을 수 없는 현실적 비애 속에서 임금의 극진한 총애를 받던 지난 날로 향하는 가식적 허무 – 조선조 사대부에게서 흔히 볼 수 있는 – 를 느낄 수도 있다. 이러한 경향은 조위에게서도 그대로 나타나고 있는 것처럼 실로 출出과 처處가 무상했던 조선조 사대부들에게는 도가道家의 염세적 허무나 가식적 허무 사상을 그들 작품 속에서 흔히 찾아볼 수가 있다.

또한 이 두 가사에는 자신이 신선이 되거나 아니면 신선경에 도취된 나머지 현실의 한이나 억울함을 극복하려는 신선 사상이 작품의 기저를 이루고 있다는 것이다. 「만분가」는 송강가사와 달리 자신이 직접 신선이 되는 것으로 묘사되지 않았다. 그러나 임금을 옥황상제라 하여 천선

天仙으로 비유하였고, 임금이 사는 궁궐을 도교의 태청, 상청, 옥청이라 한 것을 총칭하여 삼청동리三淸洞裏라 하였다. 이런 것을 보면 조위도 자신이 간접적으로 도교의 신선 사상에 젖어 들어 현실적 고통을 잊으려 했다는 것을 알 수가 있다.

그러나 송강은 자신을 '장공長空에 떠 있는 학'이나 '이 골의 진선眞仙'(성산별곡)이라 하기도 하고, '황정경黃庭經 한 글자를 잘못 읽어 지상으로 귀양 온 진선'(관동별곡)이라고도 하였다. 또한 엊그제는 임금을 모시기 위해 '광한전廣寒殿'에 올랐으나 어찌하여 '하계下界'에 내려왔냐고도 했고, '천상 백옥경白玉京'을 어찌하여 이별하고 해가 다 저문 날에 누굴 보러가냐(속미인곡)고 함으로써 송강의 전신이 신선이었음을 역설하고 있다. 꿈에 나타난 선인이 그대는 상계上界의 진선眞仙었으나 황정경이란 도가서를 잘 못 읽어 지상에 귀양을 온 적선謫仙이라는 것이다. 이는 이태백이 그렇게 하여 세상에 귀양 왔기 때문에 이적선이라고 한 것을 그대로 전고典故한 것으로 송강이 이백이나 신선의 경지를 얼마나 동경했는지 알만 하다.

그러면서도 마음의 저변에는 죽어서라도 두견새가 되어 '흉중胸中에 쌓인 말씀 슬컷이 사로리라'라는 불가佛家의 윤회의 정서에 빠져들어 절망적 상황을 벗어나고 싶어 했다. 이러한 불가 사상은 「만분가」와 「사미인곡」 작품의 도처에 산재散在되어 절망을 극복하는 방편으로 나타나고 있다. 「만분가」는 '차라리 죽어지어 억만 번 변화하여 남산 늦은 봄의 두견의 넋'이 되거나, '삼청동리의 적은 한 점 구름이' 되어 궁궐로 날아가 가슴에 쌓인 억울한 사연을 임금께 실컷 아뢰고 싶다고 하였다. 아니면 '곤륜산 제일봉의 만장송萬丈松이 되어 비바람 뿌리더라도 변하지 않는 솔바람 소리를 임금의 귀에 들리게 하고 싶다는 변함없는 일편단심一片丹心을 노래하였다.

또 '윤회輪廻 만겁萬劫하여 금강산의 학'이 되어 일만 이천 봉에 마음껏 솟아 올라 가을 달 밝은 밤 두어 소리 슬피 울면서 억울한 사연을 임금께 들리게 하고 싶다고 토로하고 있다. 그뿐만 아니라 임의 창밖의 한 그루 매화가 되어 눈 속에서라도 꽃을 피워서 임의 베갯머리에 시들거나, 달빛이 임의 옷에 비친다면 그달이 나인 줄 알아보고 반기실까라는 대목에서는 차라리 외로운 청상靑孀의 이미지까지 불러 일으켜서 오히려 애절함이 극대화된다.

송강의 「사미인곡」에서도 자신이 '차라리 죽어지어 범나비'가 되어서 꽃나무 가지마다 옮겨 다니며 아름다운 꽃향기를 묻힌 날개로 그 향기를 '임의 옷'에 옮기고도 싶고, 혹여 나인줄 모르더라도 오로지 임만을 따르겠다는 유교 윤리를 불가의 윤회철학 속에 담아내고 있다. 이러한 정조는 「속미인곡」에서 '차라리 낙월落月'이나 되어서 임 계신 창안을 반듯이 비춘다거나 '궂은 비'가 되어서 임 계신 곳에 듬뿍 뿌리고 싶다는 여필종부적인 애처로운 정서로 더욱 상승되었다고 할 수가 있다.

실로 조선조 시가에서 나타나고 있는 이러한 도가나 불가 사상은 현실의 아픔을 극복할 수 있는 피안지향성彼岸志向性에서 비롯된 것으로 보인다. 이는 당쟁 등 내우외환으로 소외된 유자儒者들이 처한 비참한 현실 속에서 인간 세상의 모함이나 억울함이 없는 피안의 세계로 일탈하려는 염원에서 자연스럽게 소산된 결과라 할 수 있다. 즉 현실적 불만이나 불안한 상황을 벗어나기 위한 초인적이고 초세超世적인 신비의 세계로의 비약임과 동시에 심리적인 위안처를 스스로 설정함으로써 난세를 극복하려는 하나의 방편으로 이해된다는 것이다.

5. 꽃은 무슨 일로 피면서 쉬이 지고

고산 윤선도尹善道는 우리 국문학을 논할 때 송강 정철과 더불어 빼놓을 수 없는 조선조 굴지의 양대 시가객이라고 할 수 있다. 이 두 작자는 조선조 사대부들이 한문을 향유하면서도 자신의 서정을 표현하는 데 한계를 느끼고 있었기 때문에 부득이 우리 국문을 쓰지 않고서는 아름다운 시가가 나올 수 없다는 생각에서 국문 시가를 창작했다는 공통성을 보여준 유자儒者들이다. 고산과 송강 만큼 우리말과 글의 묘미를 살려 국문 시가를 아름답게 형상화함으로써 우리 국문학의 질량을 이렇듯 고양시킨 사대부가 우리 조선조에서는 찾아볼 수가 없다.

고산은 조선조의 시가객 중에서도 「산중신곡」, 「속산중신곡」, 「어부사시사」 등 유려한 국문 작품을 창작한 작자로 이름이 높다. 그는 효종의 사부로서 광해군으로부터 인조, 현종 등 네 조정을 거친 사대부였으나, 시류時流에 편승하지 못하는 강직한 성품 탓에 은둔 19년, 유배 생활 20여 년의 세월이 말해 주듯 파란과 형극의 일생을 살았다. 그런 결과로 전남 해남 '금쇄동金鎖洞'이나 '보길도甫吉島'의 자연 속에 묻혀 은일자락의 즐거움과 풍류를 노래하는 전원시인으로 자연스레 도가道家의 초세간적超世間的인 사상과 멋에 젖어 들어 자신의 서정을 아름답게 형상화하였다. 즉 산수山水 간에 파묻혀 인간 세상의 부귀와 명리名利를 떠나니 이 세상 그 무엇보다도 부러울 게 없다는 안빈낙도의 절조 높은 은사隱士가 되었다는 것이다.

토속적인 언어를 발굴하고 아름답게 갈고닦아 이루어낸 작품들은 모두 짝을 이루는 대우對偶의 수사 기교로부터 시작되었다. 이는 중국의 병문騈文 등 한시문의 지대한 영향의 결과라 할 수 있다. 그러나 이는 중국의 영향을 지대하게 받았다 하더라도 우리나라의 문학적 토양 위에 한층 승화발전의 과정을 거치면서 또 다른 영역을 개척한 결과라는 점에서 고산이나 송강이 이룩한 문학의 독특한 정체성이라고 할 수 있다.

병문은 변문, 4·6병려문, 4·6문 등으로 범칭되는 양식인데, 양한兩漢 시대에 시작되어 위나라 진나라 사람들의 노력으로 문체가 확립됨으로써 육조 시대에 성행한 산문체를 말한다. 본디 당나라 때 유종원의 46일사四六一詞에서 비롯된 것으로, 그의 걸교문乞巧文 병4 려6 금심수구騈四儷六 錦心繡口[17]에서 시작되었다. 즉 4자구와 6자구가 나란히 짝을 이루어 아름다운 생각과 유려한 말로 그린다는 것으로, 이는 시와 문장이 뛰어나고 아름답다는 것을 의미한다.

병문의 문체적 특징은 산문적 기세에 약간의 고사故事와 성어成語가

17 程千帆·吳新雷,『兩宋文學史』, 上海出版社, 1998, p.519.

많이 원용되고, 대구 가운데 긴 장구長句를 만들어서 경전어구經典語句 대 경전어구, 사적어구史的語句 대 사적어구, 시어詩語 대 시어 등을 잘 다듬고, 어구들이 소박하고 행의 기세를 돋우는 조사 등을 많이 쓰며, 전고용사를 즐겨 쓰고 문장을 세련되게 잘 갈고닦는다는 다섯 가지[18]를 들고 있다. 이 중에서도 구나 어휘가 병렬적으로 상대를 이루는 배우排偶 또는 대우對偶를 기본으로 한다는 것이다.

대우의 근원적 원류는 음양의 이원론에서 찾을 수 있다. 낮과 밤, 들고 낢, 밀물과 썰물, 높고 낮음, 암컷과 수컷, 해와 달 등 어울림을 으뜸으로 한 우주 만물의 대우적 평형에서 비롯된 자연발생적인 수사 기교인 셈이다. 이러한 대우는 자연의 순환과 맞물리면서 조화의 아름다움을 표출함으로써 미적 극대화를 이루어 낸다.

김대행도 『노래와 시의 거리』에서 노래가 노래인 자질을 이야기와의 대비에서 구한다면 리듬의 유무라 하고서 그 구획은 인간의 생리적 심리적 특질에 근거를 두고 강-약, 장-단, 긴장-이완, 듦-낢 … 등등의 대립성을 단위로 하여 형성된다는 점[19]을 지적하고 있다. 그러나 이러한 미학은 꼭 상대를 이루는 대우에서만 찾아지는 게 아니다. 유사한 것들이나 반대되는 것, 주종主從이나 인과因果관계, 상승相承이나 가정假定 등의 관계에서 이루어지는 즉 정대우正對偶, 반대우反對偶, 관대우串對偶의 수사 기교가 있다는 것이다.

18 程千帆・吳新雷, 『兩宋文學史』, 上海出版社, 1998, p.522.
19 김대행, 『노래와 시의 세계』, 도서출판 亦樂, 1999, p.5.

고산 윤선도는 이러한 대우의 기교를 원용하여 국문 시가의 미학을 정립함으로써 우리 국문학의 수사 미학을 한 차원 높게 정립한 시인이라 할 수 있다. 그의 「산중신곡」과 「속산중신곡」, 「어부사시사」의 작품은 주로 시어의 대우인 언대言對와 사물이나 사적事蹟의 대우인 사대事對의 기교를 적절하게 사용함으로써 우리 국문 시가 작품의 아름다움을 극대화하였다. 고산은 뜻글자인 한문에서 우러나오는 멋보다 소리문자인 우리 국어를 아름답고 세련되게 갈고 다듬어서 언어가 주는 아름다운 극치를 그의 작품에서 실험했다고 할 수 있다. 고산의 작품에서 느껴지는 멋과 아름다움은 바로 이러한 결과의 소치였고, 그 결과 고산의 작품이 송강의 작품을 능가했다는 측면에서 고산의 문학적 재능을 높이 평가할 수 있는 것이다.

비 오는데 들에 가랴 사립 닫고 소 먹여라
마히 매양每樣이랴 장기연장 다스려라
쉬다가 개는 날 보아 사래 긴 밭 갈아라

심심은 하다마는 일 없을 손 마히로다
답답은 하다마는 한가할 손 밤이로다
아해야 일찍 자다가 동 트거든 일러라

「하우요夏雨謠」

집은 어이하여 되었느냐 대장大匠의 공이로다
나무는 어이하여 곧은가 곧은 줄을 좇았노라
이 집의 이 뜻을 알면 만수무강萬壽無疆 하리라

술은 어이하여 좋은가 누룩 섞을 탓이러라
국은 어이하여 좋은가 염매鹽梅탈 탓이러라
이 음식 이 뜻을 알면 만수무강萬壽無疆 하리라

「초연곡初筵曲」 2장

고산이 이러한 대우의 수사를 주로 하여 작품을 쓴 것은 자연 경물의 사실적 표현이나 묘사는 정대우나 반대우, 관대우의 수사 기교가 가장 알맞기 때문이었던 것으로 보인다. 예컨대 「산중신곡」 「하우요夏雨謠」 '비 오는데 들에 가랴 사립 닫고 소 먹여라', '마히 매양이랴 쟁기 연장 다스려라', '심심은 하다마는 일 없을 손 마히로다', '답답은 하다마는 한가할 손 밤이로다' 등이 그렇고, 「초연곡初筵曲」 '집은 어이하여 되었느냐 대장大匠의 공이로다', '나무는 어이하여 곧은가 곧은 줄을 좇았노라', '술은 어이하여 좋은가 누룩 섞을 탓이어라', '국은 어이하여 좋은가 염매鹽梅 탈 탓이어라'도 대구적 대우의 기교로서만이 자신의 서정을 극대화하는데 알맞았기 때문이었다는 것이다.

즉 「산중신곡」 「하우요」에서 비와 마(장마), 사립문과 쟁기 연장, 심심함과 답답함, 일 없음과 한가함 등을 정대우와 반대우의 기교를 씀으로써 산중의 적막함을 절묘하게 묘사하였고, 초연곡의 집과 대장장이, 나무와 곧음, 술과 누룩, 국과 염매는 인과관계나 주종관계라는 관대우의 기법을 씀으로써 두 사물의 특성과 멋을 한층 상승시켰다는 것이다.

이외에도 반복적 대우의 수사 기법을 들 수 있다. 이는 반복법에 의한 대비적 대구법의 구성으로 논하는 이들이 있으나 대비적 대구법이라기보다 대우법이라고 해야 옳다. 이러한 수사는 고산이나 송강은 말할 것도 없으려니와 많은 시조 작품의 기법이 되어 왔고, 민요 등에서도 즐겨 사용된 기교라 할 수 있다.

내 벗이 몇이나 하니 수석水石과 송죽松竹이라
동산東山에 달 오르니 긔 더욱 반갑고야
두어라 이 다섯밖에 또 더하여 무엇하리

구름 빛이 조타하나 검기를 자로 한다
바람소리 맑다하나 그칠 적이 하노매라
조코도 그칠 뉘 없기는 물 뿐인가 하노라

(水)

꽃은 무슨 일로 피면서 쉬이지고
풀은 어이하여 푸르는 듯 누르나니
아마도 변치 아닐 손 바위 뿐인가 하노라

(石)

더우면 꽃 피고 추우면 잎 지거늘
솔아 너는 어찌하여 눈서리를 모르느냐
구천九泉에 뿌리 곧은 줄을 그로 하여 아노라

(松)

나무도 아닌 것이 풀도 아닌 것이
곧기는 뉘시기며 속은 어찌 비었는가
저러코 사시四時에 푸르니 그를 좋아 하노라

(竹)

작은 것이 높이 떠서 만물萬物을 비추니
밤중의 광명光明이 너 만하니 또 있느냐

보고도 말 아니하니 내 벗인가 하노라

(月)

고산의 '꽃은 무슨 일로 피면서 쉬이 지고/ 풀은 어이하여 푸르는 듯 누르나니/ 아마도 변치 아닐 손 바위뿐인가 하노라(石)', '나무도 아닌 것이 풀도 아닌 것이/ 곧기는 뉘시기며 속은 어찌 비었느냐/ 저러코 사시에 푸르니 그를 좋아 하노라(竹)', '구름 빛이 조타하나 검기를 자로 한다/ 바람소리 맑다하나 그칠 적이 하노매라/ 조코도 그칠 뉘 엇기는 물 뿐인가 하노라(水)', '더우면 꽃 피고 추우면 잎 지거늘/ 솔아 너는 어찌 눈서리를 모르느냐/ 구천九泉에 뿌리 곧은 줄을 그로 하여 아노라(松)'라는 「오우가」는 대우의 기교를 통해 자연물의 속성을 아름답게 형상화하였다.

즉 꽃은 피었다가 다시 시들어 떨어지고, 더우면 꽃이 피고 추우면 잎이 떨어진다. 풀은 따뜻한 봄날이면 푸른 것 같다가도 금세 가을이 되면 노랗게 시들고 낙엽이 되어 어디론가 사라져 가는 무상성無常性을 「오우가」의 바위와 대조시켜 노래하고 있으니 이만한 진술은 반대우의 수사 외에는 이렇게 절절하게 감당해낼 수사 기교가 없다는 것이다.

예부터 꽃은 열흘 이상 붉지 아니하고, 권세란 십 년 이상을 가지 않는다는 관용구가 연상되고, 주희朱熹의 '연못가 푸른 잔디 아직 봄 꿈도 꾸지 않았는데 벌써 뜰 앞 계단에는 오동잎 떨어지는 소리가 들린다'는 권학시의 시상보다 차원 높은 수사라고 할 수 있다. 어찌 보면 이런 한시구의 관용적인 수사보다 우리 국문을 통한 고산의 수사 기교가 우리네 정서에 더욱 절절히 녹아든다는 생각이 든다.

대나무는 나무도 아니요, 풀도 아닌 것 같은데 어찌하여 그토록 곧은 정직正直을 가졌으며 속조차 비워 두는 무욕無慾을 지녔고, 눈서리를 모르고 사시사철 불변하는 절조節操를 대우의 수사를 통해 사물을 분석해 냄으로써 고산은 물질과 권력에 따라 무시로 변절하는 인간과의 대비를 통해 대나무만이 가지는 아름다운 속성을 이끌어 내었다.

이와 같은 수사는 소나무와 물에서도, 밤이면 한결같이 어둠을 밝히는 달에서도 그대로 드러난다. 더우면 꽃이 피고 추우면 잎이 지는 게 자연의 엄연한 이법理法인데 눈과 서리를 모르고 사시장철 변함없이 푸른 소나무를 노래하고, 구름 빛이 깨끗하다고 하나 갑작스레 검게 변덕을 부리고, 바람소리 아름다우나 그칠 때가 많지만 언제나 쉼 없이 맑게 흐르는 물의 속성에서 시시때때로 이해득실을 셈하며 살아가는 인간들을 질책하고 있다.

바람 분다 지게 닫아라 밤들거다 불 아사라
베개에 히즈러 슬ᄏᆞ지 쉬어보자
아해야 새어오거든 내잠와 깨와스라

「야심요夜深謠」

엄동嚴冬이 지나거냐 설풍雪風이 어디가니
천산千山 만산萬山의 봄기운 어리었다
지게를 신조晨朝에 열고서 하늘빛을 보리라

「춘효음春曉吟」

소리는 혹或 있은들 마음이 이러하랴
마음이 혹或 있은들 소리를 뉘 하나니
마음이 소리에 나니 그를 좋아 하노라

「증반금贈伴琴」

즐기기도 하려니와 근심을 잊을 것가
놀기도 하려니와 길기 아니 어려우냐
어려운 근심을 알면 만수무강萬壽無疆 하리라
술도 먹으려니와 덕德 없으면 난亂하나니
춤도 추려니와 예禮 없으면 잡雜되나니
아마도 덕례德禮를 지키면 만수무강萬壽無疆 하리라

「파연곡罷宴曲」 2장

슬프나 즐거우나 옳다하나 외다하나
내몸에 해올일만 닦고 닦을 뿐이언정
그밖에 여남은 일이야 분별할 줄 있으랴

내일 망녕된 줄을 내라하여 모를손가
이 마음 어리기도 님 위한 탓이로세
아매 아마리 일러도 님이 헤어 보소서

추성楸城 진호루鎭胡樓 밖에 울어 예는 저 시내야
무슴 하리라 주야晝夜에 흐르느냐
님 향向한 내 뜻을 좇아 그칠 줄을 모르나다

뫼한 길고길고 물은 멀고멀고
어버이 그린 뜻은 많고많고 하고하고

어디서 외기러기는 울고울고 가나니

어버이 그릴 줄을 처음부터 아련마는
님군 향向한 뜻도 하늘이 삼겨시니
진실로 님군을 잊으면 긔 불효不孝인가 여기롸

「견회요遣懷謠」 5편

앞개에 안개 걷고 뒷 뫼에 해 비친다 배떠라 배떠라
밤물은 거의 지고 낮물이 밀어온다 지국총至匊忩 지국총至匊忩 어사와於思臥
강촌江村 온갖 꽃이 먼빛이 더욱 좋다

날이 덥도다 물위에 고기 떴다 닻 들어라 닻 들어라
갈매기 둘씩 세씩 오락가락 하는고야 지국총至匊忩 지국총至匊忩 어사와於思臥
낙대는 쥐어있다 탁주병濁酒甁 실었느냐

동풍東風이 건듯 불어 물결이 고이 인다 돛 달아라 돛 달아라
동호東湖를 돌아보며 서호西湖로 가자스라 지국총至匊忩 지국총至匊忩 어사와於思臥
앞 뫼가 지나가고 뒷 뫼가 나아온다

우는 것이 뻐꾸긴가 푸른 것이 버들숲가 이어라 이어라
어촌 두어집이 내 속에 나락 들락 지국총至匊忩 지국총至匊忩 어사와於思臥
말가한 깊은 소沼에 온갖 고기 뛰노나다

「어부사시사」 春 10수 中

궂은 비 멎어가고 냇물이 맑아온다 배떠라 배떠라
낙대를 둘러메니 깊은 흥興을 금禁못할돠 지국총至匊忩 지국총至匊忩 어사와於思臥
연강烟江 첩장疊嶂은 뉘라서 그려낸고

연잎에 밥 싸두고 반찬일랑 장만마라 닻 들어라 닻 들어라
청약립은 써 있노라 녹사의 가져오냐 지국총至匊悤 지국총至匊悤 어사와於思臥
무심한 백구白鷗는 내좇는가 제 좇는가

마름 잎에 바람나니 봉창篷窓이 서늘코야 돛 달아라 돛 달아라
여름바람 정할소냐 가는대로 배시켜라 지국총至匊悤 지국총至匊悤 어사와於思臥
북포北浦 남강南江이 어디 아니 좋을리니

석양이 좋다마는 황혼이 가깝거다 배 세워라 배 세워라
바위 위에 굽은 길 솔 아래 비껴있다 지국총至匊悤 지국총至匊悤 어사와於思臥
벽수앵성碧樹鶯聲이 곳곳이 들리나다

「어부사시사漁父四時詞」 夏 10수 中

물외物外에 깨끗한 일이 어부생애漁父生涯 아니러냐 배떠라 배떠라
어옹漁翁을 웃지마라 그림마다 그렸더라 지국총至匊悤 지국총至匊悤 어사와於思臥 사시흥四時興이 한가지나 추강秋江이 으뜸이라

수국水國에 가을이 드니 고기마다 살져있다 닻 들어라 닻 들어라
만경 징파萬頃澄波에 글카지 용여容與하자 지국총至匊悤 지국총至匊悤 어사와於思臥
인간人間을 돌아보니 머도록 더욱 좋다

백운白雲이 일어나고 나무 끝이 흐느낀다 돛 달아라 돛 달아라
밀물에 서호西湖이요 혈물에 동호東湖로다 지국총至匊悤 지국총至匊悤 어사와於思臥
백빈白蘋 홍료紅蓼는 곳마다 경景이로다

기러기 떴는 밖에 못 보던 뫼 뵈는구나 이어라 이어라

낚시질도 하려니와 취取한 것이 이 흥興이라 지국총至匊悤 지국총至匊悤 어사와於思臥
석양이 바애니 천산이 금수이로다

「어부사시사」 秋 10수 中

구름이 걷은 후에 햇빛이 두텁거다 돛 지어라 돛 지어라
천지天地 폐색閉塞하되 바다는 의구依舊하다 지국총至匊悤 지국총至匊悤 어사와於思臥
가없는 물결이 깁 편 듯 하여있다

주대 다스리고 뱃밥을 박았느냐 닻 들어라 닻 들어라
소상巢箱 동정洞庭은 그물이 언다한다 지국총至匊悤 지국총至匊悤 어사와於思臥
이 때에 어조漁釣하기 이만한데 없도다

간밤에 눈갠 후에 경물景物이 달랐고야 이어라 이어라
앞에는 만경유리萬頃琉璃 뒤에는 천첩옥산千疊玉山 지국총至匊悤 지국총至匊悤 어사와於思臥
선곈仙界가 불곈佛界가 인간人間이 아니로다

어와 저물어간다 연식宴息이 마땅하다 배 붙여라 배 붙여라
가는 눈 뿌린 길 붉은 꽃 흩어진데 흥興치며 걸어가세 지국총至匊悤 지국총至匊悤 어사와於思臥
설월雪月이 서봉西峰에 넘도록 송창松窓을 비겨있자

「어부사시사」 冬 10수 中

고산은 밤 깊음과 봄이 오는 길목, 거문고 소리, 파연罷宴, 회포를 보내며 노래한 시조와 보길도甫吉島 깨돌밭 해변에서 춘하추동 사계절 고기

잡는 어부의 일이 마치 자신의 삶인 양 읊은 가어옹假漁翁의 「어부사시사」를 관류하는 것도 모두 대우의 수사이기 때문에 아름다움의 멋을 한껏 더해 준다. 정대우正對偶와 반대우反對偶, 관대우串對偶의 수사 기교가 잘 어우러져서 마치 물 흐르듯 문장의 호흡이 잘 이루어짐으로써 미적 극대화를 이룬다.

'바람 분다 지게 닫아라 밤 들거다 불 아사라'는 밤 깊은 산중의 외로운 삶을 관대우串對偶로 담아낸 수사다. 바람이 불어오니 지게문을 닫아야 하고, 밤이 깊이 들어가니 불을 꺼야 한다는 것은 순리다. 이처럼 관대우란 문장의 상하가 잘 조화를 이루고, 인과관계의 호흡이나 주종관계의 조건절과 종속절이 매끄러워 문장의 미적 가치를 배가시키는 수법으로 고산의 문장기교의 특성으로 자리 잡았다. 매서운 엄동설한이 지나고 봄이 오는 길목에서 '엄동嚴冬이 지나거냐 설풍雪風이 어디가니'로 표현한 것도 관대우에 정대우를 아우른 수사 기교다. 엄동설한을 엄동과 설풍으로 나누어 주어 대 주어로 정대우한 수사에 다름 아니다.

증반금贈伴琴의 초, 중장 '소리는 혹 있은들 마음이 이러하랴'나 '마음이 혹 있은들 소리를 뉘하나니'는 노래와 심혼心魂의 일치로 이루어지는 음악예술의 경지를 읊은 시조로 고산의 예술적 심미안을 들여다 볼 수 있는 작품이다. 노래에는 마음이 담기지 않는 것은 음악 예술이 아니며 심혼心魂이 담겨야 예술적 가치가 상승된다는 고산의 예술적 철학이 한두 장의 시조에 담겨 윤선도의 인간됨을 읽어내게 한다.

그뿐만 아니라 잔치를 끝내고 읊은 파연곡罷筵曲 '즐기기도 하려니와 근심을 잊을 것가/ 놀기도 하려니와 길기아니 어려우냐'나 '술도 먹으려니와 덕德 없으면 난亂하나니/ 춤도 추려니와 예禮 없으면 잡雜되나니'와, 회포를 날려 보내는 「견회요遣懷謠」 '슬프나 즐거우나 옳다하나 외다하나'도 정대우와 반대우, 관대우가 한데 어우러진 대우의 수사로 시조의 멋과 아름다움을 한껏 고양시켰다. 고산이 노래한 바와 같이 즐긴다고 근심이 잊어질까? 논다고 해도 한없이 놀 수 있을까?

사람의 삶이란 게 그런 건 아니다. 세상을 등지고 홀로 고독과 싸우고 있는 고산에게서 더욱 외롭고 쓸쓸한 고산孤山의 모습이 되살아나고 있다. 그러면서도 술 마실 때면 덕이 있어야 하고, 춤을 출 때도 반드시 예를 갖추어야만 잡스럽지 않은 법이라고, 대우의 수사를 동원해 경계하는 주도면밀한 윤선도의 성품을 담아내고 있다.

또한 '뫼한 길고 길고 물은 멀고 멀고/ 어버이 그린 뜻은 많고 많고 하고 하고'는 반대우와 관대우를 적절히 사용하여 자신의 서정을 아름답게 읊조리면서 반복적 첩어疊語를 씀으로써 길고 긴 산들과 멀고 먼 곳으로 흘러가는 물을 사실적으로 그려냈다는 것이다. 어버이를 그리는 정이 끝없음을 '하늘보다 높고 바다보다 깊다'는 관용적인 은유나 과장법을 쓰지 않고, '많기도 많고 하고도 하다'라고 첩어를 사용함으로써 고산 특유의 수사를 보인다는 점이다.

「어부사시사」 '앞개에 안개 걷고 뒷뫼에 해 비친다/ 밤물은 거의지고 낮물이 밀어온다'나 '우는 것이 뻐꾸긴가 푸른 것이 버들숲가', '연잎에 밥 싸두고 반찬으란 장만 마라/ 청약립靑蒻笠은 써 있노라 녹사의綠蓑衣 가져오냐', '앞뫼히 지나가고 뒷뫼히 나아온다', '석양이 좋다마는 황혼이 가깝거다'도 앞에서 진술한 대우의 수사 범주를 벗어나지 않았다. 앞 포구에 안개가 걷히니 뒷산에 해가 비치며 밤물이 떨어지니 낮물이 밀려오고, 앞산이 지나가니 뒷산이 다가온다는 반대우의 술어 대 술어의 대비와 앞 포구와 뒷산이란 주어 대 주어의 대비를 통한 대우의 수사가 앞으로 나가는 어선의 동적인 생동감으로 박진감을 주고 있다는 것이다.

물 맑은 동쪽 호수를 돌아보며 서쪽 호수로 가니 앞산이 지나가고 뒷산이 다가선다는 것은 돛대를 단 어선의 회화적인 생동감이나 현장감을 불러일으킨다. 연꽃잎에 밥을 싸두면 더운 여름날에도 밥이 상하지 않을 터이고, 낚시로 낚아 올린 신선한 물고기가 있으니 무슨 반찬이 필요할 건가? 인간이 자연과 하나가 된 몰아일체物我一體의 경지이다. 푸른 갈대나 부들로 만든 갓을 썼으니 등에 걸칠 도롱이를 가져와야 여름날에 갑자기 쏟아지는 소나기를 피할 수 있지 않겠느냐는 대응 관계를 설정하여 자연처럼 살아가는 바닷가 어부 생활의 즐거움이 한 폭의 수묵화와 같다.

물 위에 떠 있는 마름[20] 잎에 바람이 이니 배의 창문으로 불어오는 바람이 더욱 서늘하게 느껴지고, 여름 바람은 일정치 않으니 바람이 부는 대로 배를 맡겨 두겠다는 고산의 무위자연無爲自然의 철리哲理가 관대의 수사를 원용함으로써 여름날 한가로운 어부 생활의 정경이 아름답게 표상되고 있다. 간밤에 내리던 눈이 멈추니 은세계의 자연 경관이 신선의 경지를 방불케 한다. 배 앞으로는 바닷물이 유리알 같은 물결을 이루고, 뒤로는 첩첩의 옥산玉山으로 별천지를 이루는 겨울 바다의 정경을 문장 앞뒤의 상하 관계로서 겨울 바닷가의 아름다운 정경을 그려낸 것도 고산

20 마름과의 한해살이풀.

만이 할 수 있는 시적 재능이 아닐까 싶다.

본디 「어부사漁父辭」는 기원 전 초나라의 굴원屈原(BC 343~BC 289)에게서 유래됐다. 굴원은 양쯔 강 중부 유역에 자리했던 초나라 때 왕족으로서 회왕懷王의 신임을 받아 좌도左徒라는 벼슬을 받은 사람으로 인접한 제齊나라와 진秦나라에까지 이름을 떨친 시인이다. 그는 회왕을 객사케 한 막내 아들 자란子蘭을 강력 비난하다가 양쯔 강 이남 소택지沼澤地로 추방된 뒤, 초라하게 시를 읊조리고 살다가 고기 잡는 어부와 문답한 형식으로 이루어진 초사 계열의 「어부사」[21]를 남긴 서정적 시인이다. 굴원은 상강湘江 기슭을 오르내리며 정치적인 좌절과 고향에 대한 향수 속에 10년의 세월을 유랑하다가 큰 돌을 몸에 묶은 채 멱라수汨羅水에 몸을 던져 62세의 일생을 마감한 비극 시인이다.

그가 죽기 전, 왕이 신하들의 참소와 아첨으로 임금의 총명을 가로막

21	
屈原旣放 游於江潭 行吟澤畔	굴원이 추방되어 강가에서 노닐 적에 연못가를 거닐며 시를 읊조렸다
形容枯槁 漁父見而問之曰	안색이 마르고 수척해 보임으로 어부가 그 모습을 보며 묻기를
子非三閭大夫與 何故至於斯	그대는 삼려대부가 아니신가! 어찌해 이 지경에 이르렀습니까?
屈原曰 擧世皆濁我獨淸	굴원이 대답하되 온 세상이 혼탁한데 나만 홀로 깨끗하고
衆人皆醉我獨醒 是以見放	모든 사람이 술에 취했는데 나만이 홀로 깨어 있어 이 지경이 되었오.
…	…
漁父莞爾而笑 鼓枻而去 乃歌曰	어부는 그를 보고 웃고는 노를 저어 가며 마침내 노래하기를
滄浪之水淸兮 可以濯吾纓	창랑의 물이 맑으면 나의 갓끈을 씻어내고
滄浪之水濁兮 可以濯吾足	창랑의 물이 더러우면 내 발을 씻으리라 라며
遂去不復與言	이내 떠나가면서 다시는 아무 말 없이 사라졌다.

음을 걱정하며 장편의 시를 지어 울분을 토로했던 「이소離騷」[22]가 유명하고, 그 당시 굴원이 어부와 문답한 「어부사」도 더불어 전해 온다. 「이소」의 '이離'는 어려움을 만나게 되었다는 뜻이요, '소騷'는 근심이라는 뜻이니, 결국 어려움에 봉착하여 걱정이 많다는 뜻을 함축한 시제가 된다. 7언시에 현토한 고려의 장가 「어부사」가 『악장가사』에 실려 전하고 있는데, 조선 명종 때 농암 이현보가 단가 5장, 장가 9장으로 이를 개작한 「어부사漁父詞」로 이어져 내려왔고, 효종 조에 가어옹假漁翁이 되어 보길도甫吉島에서 사시사철의 어부의 삶을 40수의 연시조에 담아낸 고산 윤선도의 「어부사시사」를 낳았을 것으로 보인다.

여하튼 고산 윤선도는 송강 정철과 더불어 우리 국문 시가의 미학을 한층 더 아름답게 고양시켜 정립한 조선조의 2대 시가객이다. 그는 효종의 사부로서 광해군과 인조, 현종 등 네 조정을 거쳤으나, 시류에 편승하지 못한 강직한 성품 탓에 은둔 19년, 유배 생활 20여 년의 세월 동안 파란과 형극의 일생을 살아왔다. 그러므로 속세로부터 격리된 자연의 품속에 안겨서 마치 자연처럼 그렇게 물아일체의 풍류를 노래하는 가운데 은일자락隱逸自樂의 즐거움을 누렸다.

그러는 가운데 윤선도는 자연 속에 몰입한 전원시인으로서 자연스레

22 帝高陽之苗裔兮 朕皇考曰伯庸　나는 고양제의 후예로서 내 아버지는 백용이며
攝提貞于孟陬兮 惟庚寅吾以降　인년의 정월달 경인일에 나는 태어났다네.
(중략)
亂曰 已矣哉 國無人其我知兮　난사에 이르길 모든 것 다 끝났도다. 나라엔 날 알아줄 이 없는데
又何懷乎故都 其莫足與爲美政兮　어찌 나는 고향만을 그리워할까? 이미 바른 정치 할 사람 없는데.
吾將從彭咸之所居　장차 팽함(은나라 때 현인)을 따라 나는 떠나려 하네.

도가의 초세간적超世間的인 사상에 젖어들어 자신의 서정을 연시조의 양식에 담아 아름답게 형상화하였다. 「산중신곡」과 「산중속신곡」, 「어부사시사」라는 작품이 그렇다. 즉 고산은 이를 통해 산수간山水間 자연 속에 파묻혀 인간 세상의 부귀와 영화를 떠나니 부러울 게 없다는 안빈낙도의 절조 있는 은사隱士가 된 셈이다. 특히 그는 언문일치의 국문을 아름답게 조탁彫琢하여 조선조의 국문학 작품의 질량을 높인 시가객이었다.

국문의 조탁은 송강 정철과 같이 병문의 주요 수사인 대우의 기교를 근간으로 하여 이루어졌다. 비슷한 것들이나 같은 동류의 사물을 짝을 이루게 함으로써 자연의 아름다움을 그려낸 정대우와, 이와는 대조적인 반대우, 서로 대칭되는 어구나 품사가 상하 관계나 상승 관계, 인과관계, 혹은 가정 등을 이루는 관대우의 수사 기교로 산중 생활이나 어부의 생애를 형상화하여 조선조 제일의 시가 작품을 생산하였다는 것이다.

결론적으로 고산은 주로 정대우의 수사 기교를 즐겨 씀으로써 자연스러운 조화를 이끌어내고 부드럽게 동화시키는 가운데 문장 자체로서 정감을 일으키기 때문에 작품의 미적 가치가 배가되는 효과를 거두었다고 할 수 있다. 그것은 우리의 고시가나 민요 등에서도 가장 많이 접할 수 있는 첩어에서도 찾아볼 수 있다. '길고 길고, 멀고 멀고, 많고 많고, 하고 하고, 울고 울고' 등의 부사적 서술어가 그것이다. 이는 아마도 이질적인 것들의 조화보다는 동질적인 것들의 어울림이 훨씬 정감이 간다는 자연발생적인 현상일 것이며, 비슷한 것이거나 같은 동류의 조화는 이질적인 것들보다 더욱 자연스럽고 부드럽기 때문일 것으로 보인다.

다음으로 고산은 정대우에 못지않을 만큼 반대우의 수사를 많이 사용하였다. 이는 본디 상반되거나 상대가 되는 사물이나 언어들을 대비시킴으로써 작자가 전달하고자 하는 뜻을 강렬하게 만들어가는 일종의 강조법이기 때문이다. 이 수사는 독자나 수용자에게 상당한 설득력이 있게 되어 독자의 공감이나 감명을 도출해 내기가 쉽기 때문에 고산은 정대우보다 오히려 반대우의 수사를 즐겨 사용한 게 아닌가 한다.

즉 '꽃은 무슨 일로 피면서 쉬이지고/ 풀은 어이하여 푸르는 듯 누르나니', '더우면 꽃피고 추우면 잎 지거늘', '즐기기도 하려니와 근심을 잊을 것가', '밤물은 거의 지고 낮물이 밀어온다' 등은 현상이나 사상事象을 정반대로 대비시킴으로써 한층 더 분명하고 산뜻한 정감을 북돋우고 있다. 다시 말하면 어떤 사상事象이나 상황을 묘사하는 방법으로 이만큼 분명하고 산뜻한 기교를 찾아보기가 힘들다는 것이다.

고산은 「산중신곡」이나 「어부사시사」에서 거의 반대우의 수사를 즐겨 씀으로써 동적인 박진감을 불어넣어 작품의 생동감을 상승시켰다고 할 수 있다. 꽃은 어찌하여 피면서 쉬이 떨어지고, 더우면 꽃이 피고 추우면 왜 잎이 떨어지며, 밤물 즉 썰물이 지면 낮물인 밀물이 밀려온다는 반대우의 술어 대비가 동적인 생동감을 불러 온다는 것이다.

셋째로, 고산은 서로 대칭되는 사물이 상하 관계의 짝을 이루거나 아니면 이들의 품사나 어구가 서로 짝을 이루는 기교로 상승相乘, 또는 인과관계, 혹은 가정假定 등으로 관대우의 수사를 즐겨 씀으로써 작품의 생동감을 불러일으켰다. 자연현상 가운데 초목이란 무성하면 시들고, 시들면 다시 무성하여서 시드는 것이므로 일정한 주기를 따라 자연은 순환과 반복을 되풀이한다. 이처럼 자연은 앞에서 일어나는 현상을 뒤에서 이어받는 상승의 법칙이 존재함으로 관대串對의 수사는 전후 관계를 이루면서 마치 물 흐르듯이 자연스럽게 어우러져 아름다움을 더하여 준다.

문장의 상하 관계가 조화가 잘되고 인과관계의 호흡이나 주종 관계의 조건절과 종속절이 매끄러워 문장의 아름다움이 배가倍加하는 이런 수사법을 고산이 즐겨 썼으므로 고산의 작품들이 송강의 작품보다 오히려 더 아름답다는 생각이 든다. 즉 세련된 국어의 수사는 송강보다 훨씬 부드럽고 아름다우며 병문의 대우의 기교가 외면적으로 나타나지 않으면서도 내면에 담아내는 솜씨가 참으로 자연스럽다는 것이다.

넷째, 윤선도는 토속적인 우리 고유의 언어를 발굴하여 조탁하기도 하고, 그만의 독창적인 특유의 조어를 통해서 작품의 멋과 아름다움을 극대화하였다. '보리밥,' '픗나물', '알마초', '슬카지', '녀나믄 일', '부랄줄', '머도록', '이렁구러', '다만당', '옳다하나 외다하나', '불 아사라', '밤물', '낮물', '울어 예는', '깁(비단)', '내(연기나 안개)', '헤어보다(세어보다, 생각하다)' 등이 그렇다. 이 중에는 토속적으로 해남 땅에 내려오는 말들을 찾아내어 자연 경물을 노래하는 것들도 있고, 밤물과 낮물처럼 썰물과 밀물이나 간조干潮나 만조滿潮와 같은 기존어에 상대해서 바닷물의 속성대로 이름을 붙인 경우도 있다. 또한 '슬카지'나 '알마초', '머도록', '이렁구러', '이어라 이어라' 등과 같이 지금 우리가 사용해도 손색이 없을 정도로 아름다운 국어의 잔영殘影도 엿볼 수 있다.

이와 같이 고산 윤선도는 우리 국어를 아름답게 갈고 다듬되 병문의 대우의 기교가 겉으로 나타나지 않게 끌어들여 연시조의 장르를 통해 자신만의 독특한 영역을 개척한 작자라고 할 수 있다. 그리하여 이러한 고산 특유의 수사로 인해 윤선도의 「산중신곡」과 「산중속신곡」, 「어부사시사」가 창작되었고, 이로 인해 송강과 더불어 조선조에서 굴지의 시가객으로 평가받고 있다고 할 수 있다.

6. 그리울사 우리 임금

그리울사 우리 임금　　뵈옵고저 우리 임금
우리 임금 성명聲明하셔　　천지天地요 부모父母이시니
날 같은 미천신微賤臣을　　무엇이 가취可取라고
이은異恩을 자주입고　　연포筵褒가 정중鄭重하니
고신孤臣 일촌침一寸枕이　　눈물이 바다이다
천문天門에 출입하여　　경광耿光을 일시하니
영화榮華가 지극至極하고　　소원素願이 여기 있다

서교西郊 육참六站에　　마관馬官을 하이시니
창문閶門 구중九重의　　걸음걸음이 눈물이라
견마犬馬 미물微物도　　제 임자를 생각하고
규곽葵藿 방지旁支도　　날빛을 기울이니
회양이 엷단말가　　금달禁闥이 내원內院이라
중소中宵에 창을 열고　　북신北辰을 바라보니
오운五雲 깊은 곳에　　우리 임금 계시고나
경루瓊樓 옥우玉宇에　　추기秋氣는 추워지고
백로白露 겸가蒹葭의　　미인美人은 얼어 있네

진령가 한곡조로 묘묘渺渺한 천일방天一方이
수문隨門 숙견宿趼을 몽매夢寐에나 찾을 손가

거연遽然히 잠이 들어 일침一枕을 일워시니
의연한 구일모양舊日模樣 입시入侍에 들었구나
용루龍樓를 높이 열고 옥좌玉座가 앙림仰臨도다
지척咫尺 전석前席에 종일을 근시近侍하니
천안天顔이 여작如昨하고 옥음玉音이 온순溫詢한데
촌계村鷄 한소리에 홀연히 깨달으니
심신心神이 창망悵惘하여 눈물이 옷에 젖네

군문君門이 여천如天하여 다시 듣기 어려울세
꿈이나 빙자憑藉하여 우리 임금 보는 것을
계성鷄聲은 무슨 일로 꿈조차 깨우는고
방황彷徨 종야終夜에 이 마음 경경耿耿하다
종남산 불로不老하고 한강수 도도滔滔하니
슬프다 이내 생각 어느 때 그치일고[23]

작자 추담 장현경張顯慶(1730~1805)은 본관이 흥성(지금 고창 흥덕)이며, 영조 6년에 증조 거恒, 조 우경宇景, 부 보명普明의 세계世系를 좇아 전북 장수 번암에서 태어났다. 22세 때인 영조 28년에 정시庭試 병과에 16등으로 급제하여 춘추관 기사관 겸 홍문관 박사, 춘추관 기주관記注官과 편수관을 지냈다. 정조 20년(1796)에 삼례 역승驛丞으로 좌천되었으나, 임금에 대한 원망 대신 오히려 임금을 그리워하는 32구의 연군류 가

23 張顯慶, 『讀易箚記』(寫本).

사 「사미인가思美人歌」를 지었다. 이 작품은 필자가 오래전 『한국 문학지도』[24]에 소개한 것으로, 송강 정철이 전남 담양 창평에서 임금을 그리워하며 노래한 「사미인곡」, 「속미인곡」의 전범을 이은 사미인계의 가사로서 국문학적 가치가 인정된다.

이 두 작품의 작자가 임금의 총애에서 소외되었다는 환경과 처지가 서로 동질적이지만, 임금을 조금도 원망하거나 미워하지 않고 오로지 여성 화자의 목소리로 임금에 대한 절절한 그리움과 사랑을 노래한 충신연주지사忠臣戀主之詞라는 데 큰 의의를 둘 수가 있다. 사미인계 시가의 원천은 굴원의 초사楚詞 가운데 '사미인思美人'에서 찾을 수 있다. 굴원이 노래한 미인美人은 아름다운 여인이 아니라 임금을 지칭한 말이다. 그래서 인지 몰라도 사미인계 노래 내면에 흐르는 정조情調는 대부분 여성적인 톤을 지니고 있다. 여성적인 목소리이어야만 자신의 절절한 마음을 사랑하는 임에게 전달하는 데 가장 큰 호소력을 지니기 때문이다. 이러한 사미인계 가사는 송강 정철의 양미인곡인 「사미인곡」과 「속미인곡」에서 그 절정을 이루었다.

'거연히 잠이 들어 일침一枕을 일워시니/ 의연한 구일모양舊日模樣 입시入侍에 들었구나/ 용루龍樓를 높이열고 옥좌玉座가 앙림仰臨도다/ 지척咫尺 전석前席의 종일을 근시近侍하니/ 천안天顏이 여작如昨하고 옥음玉音이 온순溫詢한데/ 촌계村鷄 한소리에 홀연히 깨달으니/ 심신心神이 창망悵惘하여 눈물이 옷에젖네'라는 정조는 송강의 「속미인곡」 '적은 덧 역진力盡하

24 동국대 한국연구소 엮음, 『한국 문학지도 하』, 계몽사, 1996, pp.56~57.

야 풋잠을 얼풋 드니/ 정성이 지극하야 꿈에 임을 보니/ 옥 같은 얼굴이 반이나마 늙어세라/ 마음에 먹은 말씀 슬카장 삷자 하니/ 눈물이 바라나니 말씀인들 어이하며/ 정을 다 못하여 목이조차 메여하니/ 오전誤傳된 계성鷄聲의 잠은 어찌 깨웠던고'와 동질적이다.

오매불망寤寐不忘 임금을 그리워하여 잠 못 드는 불면의 밤을 지내다가 잠시 옛 모습 그대로 임금을 가까이 모시는 꿈결 속에 젖어 든다. 그런 자신을 홀연히 잠에서 깨운 건 촌닭의 울음소리다. 새벽인줄 잘 못 알고 울어 버린 닭의 울음소리에 꿈에서 깨면서 임금과 나누었던 군신 간의 정이 단절된다. 다시 외롭고 답답한 현실로 되돌아 온 것을 안타까워하며 닭을 원망하는 화자의 모습이 오히려 안쓰럽다.

그러하니 마음과 정신이 슬프고 가련하여 눈물로 옷깃을 적신다는 안타까움은 '심신이 창망하여 눈물이 옷에 젖네'라고 절절히 노래할 수밖에 없다. 이는 송강이 잠깐 풋잠이 들자 꿈속에 임금과 만나 군신 간의 정을 다하지 못하고 있는데, 때 이른 닭 울음소리에 잠에서 깨어나 다시 답답하고 어두운 현실을 깨닫게 되는 속미인곡의 정조情調와도 궤를 같이 하는 애달픈 상사지정相思之情이다.

영조 39년(1763) 겨울 가뭄이 극심했는데 동짓날 눈이 많이 내리자, 영조는 친히 춘추관에 나와 잣죽과 꿩구이를 내려 격려하였다. 그러므로 장현경이 이에 감복하여 「백설白雪」[25]이란 율시를 지어 바쳤는데, 영조

25 주나라 노래 우로지정雨露之情 읊조리니/ 가슴에 품은 과일 넘쳐나도다/ 한나라 임금 사냥고기 풍성히 내리시니/ 모두들 바로 앉아 나누어 먹네/ 임금님 하사하신바 넘치오니/ 뜰 안에 구름비 몰리듯 하네/ 우리 임금 후덕으로 배부르니/ 순임금적 태평성세가 바로 지금이구료.

도 이를 기뻐하며 한시를 친히 써서 이에 응답해 주었다. 장현경은 말년인 정조 23년(1799), 고향인 장수 번암에 어서각御書閣을 짓고 영조가 자신에게 하사한 이 친필 어서를 자신이 지은 「백설」과 함께 잘 보관하였는데 250년이 지난 지금까지도 그대로 전해지고 있다. 공교롭게도 장수군 산서면 오성리에도 태종 이방원이 사간공 안성安省에게 내린 왕지王旨를 보관한 어필각御筆閣이 세워져 영조의 어서각과 더불어 좋은 대조를 이루고 있다.

7. 청산은 에워들고

필자가 세상에 알려지지 않았던 『옥경헌유고玉鏡軒遺稿』를 접하게 된 것은 1987년 전주대학교 도서관에 근무했던 김종진 씨로부터다. 마침 호남을 중심으로 수집한 고서의 해제 작업을 준비하고 있던 그로부터 이 문집에 실려 있는 「고산별곡가사孤山別曲歌詞」를 접할 수 있었기 때문이었다.

그러나 이 문집에 실려 있는 것처럼 가사 문학 작품이 아니었다. 대부분의 고전 작품에서 볼 수 있듯이 이 작품은 문학 장르상으로 통칭되는 가사歌辭문학 장르가 아니라, 창唱으로 향유하기 위한 가사歌詞 장르로 10수의 연시조였다. 이 「고산별곡」은 필자의 작품 연구를 거쳐 1988년 『국어국문학』 102집에 실리게 되었다.

광해군 9년에 전북 임실군 지사면에서 태어난 장복겸張復謙(1617~1703)

은 영천 위에 있는 고산孤山(일명 독뫼)의 승경과 아래로 아름다운 서호西湖의 중간에 외롭지 않다는 '불고정不孤亭'이라는 정자를 짓고 '가사歌詞 10장'이라는 연시조 「고산별곡」 10수를 창작하였다.[26] 강호한정江湖閑情을 노래한 이 「고산별곡孤山別曲」은 조선 중기의 은일 처사 옥경헌 장복겸이 남원부 거녕현(현 전북 임실군 지사면)에 살면서 지은 연시조이다.

장복겸은 아버지 흥성(현 전북 흥덕)인 장사랑 담膽과 효령대군 2세손인 어머니 석성石城의 정증손녀 슬하에서 태어났으나, 7~8세에 어머니를 여의고 외조모의 슬하에서 외롭게 자랐다. 고산 윤선도가 6세의 어린 나이에 친부모의 슬하를 떠나 물설고 낯설은 전남 해남의 백부에게 양자로 입양된 고독한 문학적 환경과 동질적이다.

그래서인지 장복겸은 고산 윤선도보다 30년 후세인으로 자신이 지은 「고산별곡」은 윤선도(1587~1671)의 「산중신곡」이나 「어부사시사」의 영향을 많이 받은 것으로 보인다. 옥경헌은 그가 양육되었던 외가에 후사가 없고 서자만 있으므로 국전에 따라 전답을 고루 분배함으로 제사를 지낼 서자를 위해 자신에게 분배된 재산을 내놓을 정도로 당시의 서얼제도에 대해 비판적인 선각자였을 뿐만 아니라, 핍박받던 민중에 대해서도 남다른 애정을 지닌 사대부였다.

그는 현종 11년(1670) 극심한 흉년으로 기근이 심해지자, 백성들을 위한 환상還上제도가 오히려 고리高利의 이식利殖으로 민생고를 부추기는 원인이 되며, 사농공상 중 농사짓기가 가장 힘든 업인데 선비는 무위도

26 졸저, 『옛시 옛노래의 이해』, 제이앤씨, 2008, pp.151~169.

식하는 계층이기 때문에 소학과 사서를 터득한 업유業儒, 활과 말 타기를 익힌 업무業武, 나머지 무리를 업농業農 등 3등급으로 분류하고 유의유식遊衣遊食하는 무리들을 없애야 한다는 「구폐소救弊疏」[27]를 올린 민주적 의무론을 제기한 선각자였다는 것이다.

실제 이 당시에는 굶주림에 시달리는 백성들에게 높은 이율로 국고의 쌀을 대여하고 가을에 수확한 곡물을 무자비하게 고리高利로 착취하여 자신의 재산을 축적하는 가렴주구의 지방관들이 많았다. 그래서 지방 곳곳에서 민란이 자주 일어났고, 마침내 동학혁명의 농민전쟁이 일어난 도화선도 되었다.

옥경헌은 지배계급인 사대부 계층을 혁신하여 각자 소임을 다함으로써 공정한 사회를 이루어야 하고, 민중들을 이러한 지배자의 부당한 수탈에서 벗어나게 함으로써 백성들이 잘 살 수 있는 좋은 사회를 만들어야 한다는 선진민주사상의 소유자였다. 그런 사대부였기 때문에 고리의 환상제도의 폐해를 없애야 하고 무위도식하는 유학자들을 각자 소양에 따라 업유業儒, 업무業武, 업농業農의 3부류로 나누어 일하게 해야 한다는 혁신적인 「구폐소」를 왕에게 올리기도 했다. 이러한 사대부들이 있었기

27 졸저, 앞의 책, 2008, p.154.

때문에 전쟁이 나면 분연히 의병에 가담하여 나라를 위기에서 헌신적으로 구해낸 선진 지배자나 민중들이 많았고, 이로써 조선 사회의 삶의 문화가 세계적인 선진 대열에 설 수 있었던 것으로 보인다.

옥경헌 장복겸은 집문 밖 시냇가 독뫼에 불고정不孤亭을 짓고 수많은 시문을 남겼는데, 그중에서도 아름다운 우리말과 글로 「고산별곡」 10수의 연시조를 남겼다는 사실이 주목된다. 이 작품은 『옥경헌유고』 가사歌詞편에 「고산별곡」이라는 제하에 실어 놓았는데, 고산과 서호의 절경에 옥경헌과 불고정을 짓고 달 밝은 밤, 서늘한 바람, 흐드러지게 핀 꽃들 속에서 자연처럼 살아가는 자신의 삶이 그 연시조에 담겨있다. 대부분의 강호류의 시가들이 자의든 타의든 환로宦路에서 벗어나 자연에 묻혀서 그 아픔을 달래고 자위하는 수단으로 음풍농월한 것과는 달리 장복겸의 「고산별곡」은 애당초 벼슬길과 무관한 순연한 자연의 아름다움 속에서 가치 있는 처사處士적 인생을 노래했다는 데 남다른 의의를 찾을 수 있다.

(1) 청산靑山은 에워들고 녹수綠水는 돌아가고
석양夕陽이 거들 때에 신월新月이 솟아난다
일존주一尊酒가지고 시름 풀자 하노라

(2) 산림山林에 늙은 몸이 시주詩酒에 병病이되어
앉으면 잔盞을 잡고 취醉하면 붓을 잡네
이밖에 여나믄 인사人事는 전미全未전미全未하노라

(3) 강산江山에 눈이 익고 세로世路에 낯이서니
어디서 뉘문門에 이 허리 굽닐손고
일존주一尊酒 삼척금三尺琴 가지고 백년소일百年消日하리라

(4) 내말도 남이 마소 남의 말도 내아닌내
고산孤山 불고정不孤亭에 조히 늙는 몸이로세
어디서 망녕妄佞의 손이 검다세다 하나니

(5) 옥경헌玉鏡軒 잠을 깨어 눈유장嫩柳莊 안니다가
청계석靑溪石 흩디디어 불고정不孤亭 올라가니
아이야 일호주一壺酒 가지고 날을 찾아 오너라

(6) 엊그제 빚은 술이 다만 세 병甁 뿐이로다
한 병甁은 물에 놀고 또한병甁 뫼에 노세
이밖에 남은 병甁가지고 달에 논들 어떠리

(7) 생애生涯도 고초苦楚하고 세미世味도 담박淡泊하다
흰술 한 두잔에 푸른 글귀 뿐이로세
옥경헌玉鏡軒 평생행장平生行狀이 이 밖에는 없어라

(8) 인생人生이 백년百年내에 우환憂患에 싸였으니
잔盞잡고 웃는날이 한달에 몇적일고
술두고 벗만날날이야 아니놀고 어이리

(9) 칠현七絃이 냉냉冷冷하니 옛소리는 있다마는
종기鍾期를 못만나니 이 곡조曲調 게뉘알리
창공蒼空에 일륜명월一輪明月이 내벗인가 하노라

(10) 국 안주安酒 깊은 잔 좌상座上께 나소오고
노래 춤 장고 북은 젊은이 맡겨두고
아이야 종이 붓 먹 들여라 연구聯句한 작 하옵세[28]

(1)의 '청산은'은 여타 은일류의 작품이 그러하듯 청산青山, 녹수綠水, 석양夕陽, 신월新月, 일호주一壺酒를 주된 소재로 하고 있다. 청산은 첩첩이 안으로 에워싸고 있지만 녹수가 돌아서 주야장천 흘러가는 공간을 제공하는 가운데 한낮이 지나면 석양이 오고, 석양이 지나면 동녘에 청신한 새달이 솟아오른다는 만유불변의 이법을 제시함으로써 상대적으로 왜소하고 변화무쌍한 인간들에 대한 서글픔을 노래하고 있다.

(2)의 시조 '산림山林에'는 산 속에서 시를 읊고 술을 마시는 것을 병적인 즐거움으로 노래한 작품이다. 앉으면 술잔을 기울이고 취하면 붓을 잡아 시를 읊조리는 생활이 인생의 전부이며, 여타 다른 사람이 일은 알 바 아니라고 역설하고 있다. 이러한 정서는 시조 (3)의 '강산江山에'에서도 두드러지게 나타난다. 강산에는 익숙하지만 세상일에는 낯설기만 하니 어느 누구에게 다가가 부탁하겠는가 하는 고독한 심회가 넘쳐난다. 이런 번뇌에서 벗어나는 방법을 (2)의 시조에서처럼 시주詩酒라기보다 한 걸음 나아간 삼척금三尺琴 곧 거문고로 소일消日한다는 것에서 찾고 있다.

그러나 세상사란 이렇게 살아가는 은일군자를 스스로 자오자락自娛自樂하도록 허여하질 않는다. 그러한 야속한 세정世情이 (4)의 시조 '내말에' 이어져 가슴앓이에 젖는다. 세상 사람들은 은자隱者를 그대로 놓아주질

28 張復謙, 玉鏡軒遺稿 下 歌詞 孤山別曲.

아니하고 시시비비를 하는 법이어서 그런 냉정한 세상에 대한 원망스러움을 종장에서 '어디서 망녕妄佞의 손이 검다 세다 하나니'로 꾸짖으며 가슴 아파하고 있다. 사람들은 누구나 자신이 생각하는 척도에 따라 남의 일을 검다고도 하고 때론 희다라고 주관적으로 재단하여 비난을 일삼는다는 것을 못마땅해 하고 있다.

(5)의 '옥경헌'은 하루의 일상을 압축하여 마치 일기 쓰듯 서술하고 있다. 옥경헌에서 잠을 깨어 눈류장嫩柳莊에 있다가 푸른 이끼가 낀 징검다리를 지나 불고정에 올라가서 술과 벗하며 살아간다는 것이다. 빚은 술이 세 병뿐인데 한 병은 물과 벗하며 놀고, 다른 한 병은 산과 벗하며 놀며, 또 한 병은 달 속에서 신선처럼 노닐겠다는 정조를 시조 (6)의 시조 '엇그제'에서 노래하고 있다.

시조 (7)의 '생애生涯도'도 시주詩酒의 생활로 일관하고 있다. 생활도 고통스럽고 세상도 무미하니 소주 한두 잔에 시를 읊조리며 평생을 지내겠다는 작자의 이미지가 그대로 나타나고, (8)의 작품 '인생人生이'는 인간세상을 떠나 산림에 묻혀서 살아가더라도 인생의 생노병사의 질곡 속에서 벗어나지 못하는 가련한 사람살이를 풀어내고 있다.

또한 인생이란 사람과 사람 사이의 갈등으로 늘 우환이 끊일 날이 없기 때문에 술잔을 기울이며 세상사를 잊고 즐길 수 있는 날이 많지 않다는 진솔한 고백을 한다. 그러면서 그런 우환을 치료하는 한 방편으로의 전환방법을 친한 벗과 만나 교분을 나누는 것에서 찾는데, 동반되는 거문고도 주된 소재로 등장을 함으로써 일상의 변환을 꾀하는 것으로 나타난다.

(9)의 '칠현七絃이'에서 거문고 소리는 옛적의 그 소리이지만 거문고 소리를 듣고 이해할 수 있는 종자기鍾子期[29]를 만날 수 없으니, 오로지 밤하늘에 떠 있는 달만이 내 벗일 수밖에 없다고 한스러워 하고 있다. 이는 고산 윤선도의 「고금영古琴詠」의 정조에 다름 아니다. 즉 '칠현七絃이 냉냉冷冷하니 옛소리 있다마는 종기鍾期를 못 만나니 이 곡조曲調 게 뉘 알리'는 고산의 '버렸던 가얏고를 줄 언저 놀아보니/ 청아淸雅한 옛소리 반가이 나는고야/ 이 곡조曲調 알 리 없으니 집겨 놓아 두어라'라는 윤선도의 정서와 동질적이라는 것이다. 또 인간에게서 기대할 수 없는 옥경헌 장복겸은 고산 윤선도가 「오우가」에서 수水, 석石, 송松, 죽竹, 월月의 자연물을 통해 수시로 변함을 거듭하는 인간과 다른 불변성을 노래한 것처럼 일륜명월一輪明月을 벗으로 삼고 있음도 우연의 일치라고만 보아 넘길 수 없을 것 같다.

(10)의 '국안주'는 「고산별곡」의 마무리 장으로서 시주詩酒와 벗, 달, 거문고로서 위안을 삼아 보지만 그것만으로 자위할 수 없는 화자는 고려 속요 「청산별곡」의 마지막 8연과 같이 '깊은 잔盞' 많은 술에 자신을 의지하여 현실의 아픔을 달래었고, 더욱이 노래, 춤, 장고, 북소리를 즐기며 인간 본연의 고독을 치유하려 안간 힘을 쓰고 있음을 알 수가 있다. 그러면서도 사대부 시가에서 관행적 수단으로 동원되었던 것처럼 옥경헌도 동일한 시작詩作으로 귀결짓고 있다는 데서 작자의 이지적인 성격이 우러나고 있다.

29 춘추전국시대 거문고의 명수 백아伯牙는 자신의 거문고 소리를 알아주던 유일한 벗인 종자기鍾子期의 죽음을 한탄하고 거문고 줄을 끊었다는 백아절현伯牙絶絃의 고사가 전해진다.

이로써 고시조에 있어서는 이념을 앞세운 '정제된 소재 또는 공식화된 소재'[30]로서 시조작품을 다루고 있다는 사실을 이 「고산별곡」에서도 동일하게 느낄 수 있다. 출세하지 아니하고 초야에 묻혀 지절志節을 노래할 때 으레 관례적으로 물이나 달을 주된 소재로 등장시키면서 더욱이 인간이 아닌 달을 유일한 벗으로 삼고 노래하고 있는 옥경헌 자신의 모습이 일목요연하게 나열되고 있다. 「고산별곡」 10수의 연시조는 개개의 작품으로 독립되지 않고 소재나 주제가 하나의 연결고리로서 연쇄적으로 연결 구성되어 있는 것도 특이하다 할 수 있다.

「고산별곡」은 청산, 녹수, 석양, 신월, 술, 삼척금三尺琴 등 자연을 주요 소재로 삼아 시를 읊조리는 가운데 세상 시름과 번뇌를 잊고 자연과 더불어 소일하면서 자오자락自娛自樂하는 게 작자의 주된 정서다. 옥경헌의 작품도 이념을 앞세운 정제된 소재나 공식화된 소재로서 시조 작품을 생산하는 일반적인 고시조와 마찬가지로 작품화되었다는 사실이다.[31] 출세出世하여 세상에 나가지 아니하고 초야에 묻혀 지절志節을 노래할 때 으레 관례적으로 물이나 달을 등장시키면서 더욱이 인간이 아닌 달을 유일한 벗으로 노래하고 있는 것은 고산 윤선도가 수석송죽월의 자연을 오우五友로 삼고 있는 경지와도 동질적이어서 이 두 작품의 상관성이 있었음직도 하다.

옥경헌의 문학적 배경이 된 불고정은 남원부 거녕현(현 전북 임실 지사면 영천리)에 장복겸이 세운 정자이다. 집문 밖에 '독뫼'라 부르는 작

30 임종찬, 『시조문학의 본질』, 대방출판사, 1986, p.133.
31 졸저, 앞의 책, p.167.

은 '고산孤山'이 있는데, 그 산 위에 정자를 지어서 '불고정不孤亭'이라 하였다. 이는 정극인이 전북 정읍 칠보 동진강 가에 초옥을 짓고 근심 걱정을 하지 않는다는 뜻으로 '불우헌不憂軒'이라 이름한 것과 궤를 같이 한다.

'고산孤山'과 '불고不孤'의 아이러니는 옥경헌 장복겸 스스로의 심회를 드러낸 것이지만, 그 행장行狀을 보면 소동파가 '산은 외롭지 않다'라고 한 말에서 취의取義했다고 기록되어 있다. 장복겸은 때로 이 정자에 노닐며 스스로 외로움을 달래고 외롭지 않음을 읊조리기도 했고, 달 밝은 창가에 고요히 앉아 도의를 강론하고 학문을 닦는 즐거움을 스스로 누리며 살았는데 바로 이러한 것들이 '불고정不孤亭'이라고 명명한 작자의 의취였다는 것이다. 이러한 「고산별곡」 10장의 연시조가 300여 년 전에 전북 임실 영천에서 장복겸에 의해 지어져, 고산 윤선도의 「어부사」나 「산중신곡」과 더불어 나란히 어깨를 겨루고 한국 문학의 시가 작품의 질량을 높였다는 사실은 자못 자랑스러운 일이 아닐 수 없다.

8. 호미를 들고 청산에 나가

여암 신경준申景濬(1712~1781)은 1455년 세조 찬탈의 정란 이후 전북 순창 남산대로 낙향하여 귀래정歸來亭을 짓고 자연과 더불어 살아온 신말주의 11대손이다. 영조 30년(1754) 증광문과에 급제하여 휘릉별검, 정언, 장령, 서산 군수, 좌승지, 순천 부사, 제주 목사 등을 지냈다. 『문헌비

고』 편찬에서 『여지고』를 담당했고, 『훈민정음운해』, 『평측운호거平仄韻互擧』, 『산수경山水經』 등 비중 있는 많은 저술을 남겼다.

이 가운데 『산수경山水經』은 일본의 산맥 지리서보다 앞선 것으로, 백두산을 우리나라 산줄기의 시원始原으로 날과 씨로 구분하여 과학적으로 그려낸 지리서로도 유명하다. 시의 창작과 이해에 관한 이론서 『시칙詩則』도 서구의 이론서에 못지않은 저작이라고 할 수가 있다. 『시칙』은 『여암유고』 권 8에 전하는데 그의 나이 23세 때 고서에서 읽은 것과 스승에게서 들은 바를 바탕으로, 한시의 이해와 작법을 5개의 도표와 그에 관한 해설로 엮어 시 창작기법을 겸한 시론서이다.

시의 근본적 기본 요소를 체體와 의意, 성聲의 세 골격으로 나누고, 성은 다시 가歌, 사辭, 행行, 곡曲, 음吟, 탄歎, 원怨, 인引, 요謠 등의 장르로 분류하여 대개 5언과 7언을 기본 음수율로 하고 있다. 그리고 궁상각치우의 5음은 황종黃鐘, 대려大呂, 태족太簇, 내종來種, 고세姑洗, 중려中呂, 임종林鐘, 이칙夷則, 남려南呂, 무사無射, 응종應鐘 등 12율과 밀접한 관계를 이룬다고 하였다. 의意는 주의主意와 운의運意의 둘로 나누고, 다시 주의는 송미頌美, 기자奇字, 우애憂哀, 희락喜樂으로, 운의는 점배占排, 취사取捨, 활축闊蹙, 구결口訣로 나누어서 시의 내면적 서정의 표현 방식을 구체화 하였다. 말하자면 여암은 시 창작의 원리와 방법론에서 사事와 물物, 정情의 문제를 제기하여 이에 대한 시 창작의 상관관계를 설명하였고, 전체적인 시의 짜임도 기승전결의 일반적 구조로부터 기起, 승承, 전轉, 식息, 숙宿, 결結, 졸卒로 세분화하여 풀이하였다는 특성을 지닌다.

이는 시가 본디 음악과 불가분의 관계가 있음을 강조한 것으로 시에 있어 외형률의 음악성 외에 내면적 운율성을 강조한 것이다. 시의詩意는 5성과 12율이 가지는 정취와 조화시키려 했다는 점이 남다르다. 시어마다 성聲을 다시 5성五聲으로 배분해 보려는 시도를 한 것을 보면 당대로서는 전례가 없는 독창적인 시도였다고 할 수가 있고, 5음과 12율의 배합 속에 시에서의 음악성의 중요성을 강조했다는 것을 보여주고 있다.

또한 시에 있어서 시의 강령綱領, 시의 재료, 시격詩格, 시례詩例의 대강, 시작법총詩作法叢, 시의 기품氣稟, 시의 대요大要, 시의 형체 등 8항목으로 분류하여 이러한 요건이 충족되어야 한다고도 하였다. 그리하여 시의 강령은 다시 체體와 의意, 성聲과 시격 48가지 표현 방법, 시례는 14가지 표현 기교의 예증, 시의 기품은 10가지, 시의 대요엔 생각에 사악함이 없어야 한다는 『시경』의 사무사思無邪의 정신이 시 창작의 표준이며, 마지막으로 시의 형체는 8가지 격식의 작시법을 금기와 바람직한 방법으로 나누어서 설명하였다.

그가 남긴 『여암유고』 권 1에는 시 62제하에 145수의 많은 시가 남아 있는데, 그가 관직에 있을 때나 일상생활 속에서 느껴지는 것들을 놓치지 않고 자신의 시 세계를 구축했음을 보여주고 있다. 신경준의 시 세계는 대개 세 가지로 압축할 수 있다.

첫째, 그가 53세 때 장현현감으로 부임한 시절, 백성들의 어려운 삶 속에서 우러나 지은 민은시民隱詩 10장, 둘째, 자연의 미물 – 개구리, 개똥벌레, 개미, 매미, 귀뚜라미, 거미, 파리, 모기 – 까지 현미경적인 분석 관찰을 통한 74구의 5언 고체시 「야충野蟲」과 7언절구 「소충小蟲」의 10장, 셋째, 전통적인 한시의 형식을 깨뜨리면서 실질을 추구한 고체시 65수로 대별할 수 있다.

박명희 교수는 「여암 신경준의 생애와 학문관」에서 이러한 신경준의 시 세계의 성과를 신경준 개인의 사유와 학문적 지향 및 성과와 무관치 않다고 보고 이를 '박博'과 '실實'이라 하였고, 특히 시를 통해 실질을 여실히 드러낸 것이 '무실務實'이었으므로 그의 시작태도를 무실적인 시작태도[32]라 정의하였다. 신경준은 관직 생활에 안주하지 않고 『강계지』, 『동국문헌비고』, 『여지고』 등의 저서 외에 『여암유고』에 전해지는 「일본증운日本證韻」, 「언서음해諺書音解」, 『평측운호거』, 「거제책車制策」, 「수차도설水車圖說」, 「논선거비어論船車備禦」, 「의표도儀表圖」, 「산수고山水考」, 「도로고」, 「사연고四沿考」, 「가람伽藍고」 등 실로 다양하고도 많은 저술을 남겼다. 그뿐만 아니라 잡학이라고 홀대했던 천관天官, 직방職方, 성률聲律,

32 박명희, 『국제학술대회논문집』, 2012, p.40.

의복醫卜에 이르는 학문과 기벽한 서책 등 정통 사대부들이 기피했던 분야까지 통달했던 선비였기 때문에 그의 학문의 요체를 '박학博學'이라고 하는 의미에서 '박博'이라고 줄여서 말한 것 같다.

신경준의 한시는 일상생활에 밀착되어 있거나 사물에 대한 사실적 관찰을 바탕으로, 고전적인 한시의 기존 형식을 깨뜨리면서 실질을 추구했으므로 이러한 시문학적인 자세가 '무실務實'이라는 데 이의를 달 수가 없다. 홍양호가 쓴 서문을 보더라도 결국 신경준의 『시칙』은 전 시대인들의 시를 그대로 답습하지 않았다. 구차히 기존의 일정한 규칙에 얽매이지 않고 정통시의 율격을 자유자재로 깨뜨리면서 나름의 개성을 드러낸 것이라 할 수 있고, 「야충」이나 「소충」에서처럼 하찮은 미물 가운데에서 문학적 의미를 캐낸 시인으로서의 여암의 남다른 시 철학을 엿볼 수가 있다.

모양이 이상한 벌레도 있네	有蟲狀貌異
검은 색에 허리와 어깨도 가늘고	黎色細腰胛
족속 떼들은 개미 같은데	黨族於蟻近
족보상으론 같질 않구나	未宜同譜牒
『이아』 편에도 기록이 없으니	爾雅不之記
옛 성현도 알지 못했구료	古聖識未及
대지 또한 넓다할 수 있지만	大地亦云寬
어찌하여 성밖 언덕 습지만 탐하는지	奚貪郊墟濕
땅을 파서 집을 짓고	鑿地爲家舍
하늘 향해 창을 내었네	向天開戶翕
비를 만나면 꼬리로 막고	逢雨尾以窒
맑은 날엔 주둥이로 누르네	値晴嘴以押

파리 같은 벌레가 지나갈 때	有時虫蠅過
벼락같이 혀로 낚아 물고	吞捕如電輒
구멍 속으로 끌고 들어가	携將入穴去
즐거운 조석 밥을 짓는 구나	賀作卯酉饁 (중략)

유교 13경 중의 하나로 자연의 초목들을 상술한『이아爾雅』편에도 없고, 다른 성현들의 책에서도 찾아볼 수 없는 이름 모를 이상한 벌레의 생태를 현미경적으로 관찰하면서 쓴「야충野蟲」이란 74구의 5언 고체시의 일부이다. 개미처럼 생겼으나 이름도 모르고 계보도 알 수 없는 벌레는 성 밖 언덕바지 습지에 집을 짓고 살면서 하늘로 향한 창문을 내고 비가 오면 꼬리로 막고 맑은 날에는 주둥이로 눌러 연다. 파리 같은 벌레가 지나가면 마치 개구리가 벌레를 잡듯이 번개처럼 낚아채서 아침 저녁밥으로 잔치를 한다는 야충의 희화적이고도 해학적인 생태를 사실적으로 그리고 있다.

너 사랑하는 이는 없고 미워하는 이들 많으니	愛爾人無憎爾多
어질고 후한 구양수 또한 안타깝다 했다더구나	歐公仁厚亦云嗟
사람들께 받는 사랑과 미움과 모두 다 나 때문인데	令人憎愛皆由我
네 하는 몹쓸 짓 고치지 않으니 너를 어찌할거나	不改營營奈爾何

여름날 귀찮게 달려드는 더러운 파리를 보면서 세상 사람들이 그렇게도 미워하고, 어질고 후덕하다고 이름난 구양수歐陽脩마저도 안타까워했다는 사실을 전고용사[33]하였다. 전결구轉結句에서는 사랑과 미움은 본디

자신에게서 나오는 법인데, 항상 사람들만 귀찮게 하고 있으니 너를 어찌할거냐고 오히려 애처로워하는 작자의 인자한 관점이 인상적이다. 마치 부처가 중생을 바라다보는 자비적인 철학처럼 자연물에 대한 애착을 느끼게 한다. 여암은 자연물을 보는 관점 자체가 아무리 미물일지라도 자신의 관념을 이입시키지 않고, 있는 그대로를 인정하고 존중하는 태도를 보이고 있다.

호미를 들고 청산에 가서	提鋤去靑山
맑은 물 논밭에 대고	白水稻田
달 밝은 밤 호미 들고 돌아오니	提鋤歸月明
앞마을엔 푸른 안개 끼었어라	前邨翠烟
하얀 호미자루 겨우 세치	白木柄强三咫
일년 삼백육십오일	一歲三百六十五日
내 생명 너에게 맡겼네	我命托子

「호미를 들고提鋤」[34]

시제는 「제서提鋤」 즉, 「호미를 들고」이다. 4구까지는 청산에 있는 밭에 나가 달이 동산에 떠오를 때까지 일하다가 푸른 저녁 안개가 내려 깔리는 달밤에 집으로 돌아온다는 한가로운 농촌의 정경을 노래하였고, 나머지 시구에서는 비록 작은 호미로라도 농사를 지어야만 우리의 삶을 이어갈 수 있다는 노동과 농사의 중요성을 강조하였다. 이는 여암의 무실의 시 세계를 그대로 대변해 주는 대목이 아닐 수 없다. 또한 4언과 5언,

33 한시를 지을 때, 옛날의 뛰어난 글들에서 표현을 이끌어 쓰는 일.
34 申景濬, 『旅菴遺稿』 卷一, 農謳.

6언, 8언 등 정격의 형식을 깨뜨리는 변칙의 운율적 효과를 실험하기도 했다. 이러한 경향은 신경준의 '잡언고시' 중 10구의 「우양약雨陽若」이나 6구의 「앙양仰陽」 등에서도 흔히 찾아볼 수 있다.

여암 신경준은 전북이 낳은 실용성을 중시한 선비로 관직 생활과 시문학을 통해 박학博學과 무실務實의 학문과 시 세계를 구축하여 국가 사회에 이바지함으로써 우리나라에 큰 족적을 남긴 분이다. 1934년 암담한 일제 강점기하에 국학 운동을 벌였던 위당 정인보鄭寅普가 아니었다면 자칫 실학적인 여암의 훌륭한 박학과 무실의 족적이 사라질 뻔하였다.

1939년 위당 정인보의 헌신적인 노력으로 『여암전서』가 활자본으로 간행되었다. 정인보가 '여암이 만약 그 시절에 국정을 담당하는 중요한 자리에 있었다면 우리나라가 일본에게 망하지도 않았고, 오히려 일본을 능가했을 것'이라고 평한 것처럼 신경준의 다양한 저술 활동은 우리나라를 위해 절대적인 것이었다.

하지만 이러한 여암의 학문은 사승師承 관계가 미미해 후대에 이어지질 못하였고, 자신이 스스로 자득自得한 학문에 그쳤지만, 기술과 실용을 중시한 실질적인 학문이었다는 점에서 조선 후기 문학사상사에서 중요한 위치를 점한다고 할 수 있다. 실로 신경준의 저술 가운데 실용적인 학문과 과학 기술은 어느 누구도 추종할 수 없는 독자성을 구축한 업적들, 예컨대 천문 관측기구를 비롯한 도로와 강하의 연구, 독창적인 조선 지리의 정리, 수레와 선박, 화차 등의 기술적 탐구, 탁월한 언어학적 연구 등은 모두 우리들의 삶의 질을 향상시키려 했던 그의 실사구시의 결과였다고 할 수 있다.

그는 전근대적인 성리학의 학문과 문학 정신에서 의고擬古주의적인 사고나 몰개성적인 철학에서 과감하게 벗어나 실용적인 측면을 몸소 실천궁행했던 근대지향의식을 지향한 실험자요, 선각자였다. 그러나 위당이 지적한 바와 같이 예나 지금이나 이런 훌륭한 인재들이 나라의 주요 자리에 등용되어 국가 사회에 왜 공헌하지 못했는지 참으로 알 수가 없고, 지금까지도 그러한 안타까운 현실이 이어지고 있는지 모르겠다. 인재의 등용은 적재적소에 이루어져야만 바른 세상이 이루어지는 법인데 정말 사람 사는 세상은 알 수가 없다.

제4장

조선 규방 여인들의 목소리

1. 이화우 흩날릴 제

매창(1573~1610)은 선조 대에 태어난 부안 기생으로, 황진이와 더불어 조선에서 쌍벽을 이룰 만큼 시재가 출중한 조선 중기의 여류 시인이다. 호가 매창梅窓이며 본명은 향금香今인데 계유년에 태어났기 때문에 계생, 계랑이라고도 불렀다. 아전 이양종의 딸로 거문고와 시문, 노래에 뛰어나 허균, 유희경劉希慶, 이귀 등 당대 유명한 문사들의 사랑을 독차지했고, 그들과도 매우 깊은 교분을 맺었다. 유희경(1545~1636)은 을사사화가 일어난 때에 강화에서 천한 신분으로 태어나 병자호란이 날 때까지 92세의 장수를 누린 당대 이름난 시객詩客이었다.

그가 남긴 문집 『촌은집』에는 '천얼賤孽' 출신이라 명기되어 있는데, 불행히도 이는 평생 벼슬할 수 없는 문객의 일생을 운명적으로 밝혀주고 있다. 천얼이란 첩 소생인 서자도 아니고 비첩婢妾과의 사이에서 낳은 천한 얼자孽子란 뜻으로, 계급사회인 조선조에서 살아가기 어려운 계층이다.

그러한 유희경이 당대 이름 있는 사대부들과 교유할 수 있었던 것은 조선조가 성리학을 기본으로 한 문치文治주의의 사회였기 때문에 가능한 일이었고, 또 임진왜란이라는 국가 사회적인 대변혁의 시기를 거치면서 신분 상승을 할 수 있었기 때문으로 보인다.

유희경은 1591년 46세 때, 남도를 방랑 유람하다가 부안에서 처음으로 매창과 운명적인 조우遭遇를 하였다. 말로만 전해 듣던 18세 꽃다운 매창을 비로소 만나게 되자 만남의 감동을 주체하지 못하고 벅차오르는 기쁨을 다음과 같이 시로서 읊었다.

일찍이 남국의 계랑 이름 들어 알고 있었네	曾聞南國癸娘名
시 재주와 노래 솜씨 장안까지 울려 퍼졌는데	詩韻歌詞動洛城
오늘에야 그 진면목 서로 마주하고 보니	今日相着眞面目
마치 선녀가 천상에서 내려온 것 같구나	却疑神女下三清

「증계랑贈癸娘」[1]

유희경과 매창은 이때 처음 서로 만나게 되었지만, 이미 서로 상대방의 시 세계를 통해서 익히 알고 있던 터였다. 그러나 오래도록 만나지 못했다가 꿈에 그리던 매창을 만나게 된 유희경은 천상 세계의 선녀가 하강한 듯 이내 황홀경에 빠지게 된다. 그리고 천민 출신과 기생이라는 유유상종의 조화적 공감대가 형성되어 그들은 곧바로 깊은 사랑에 빠져들었다. 매창은 유희경의 「증계랑」이라는 증시贈詩에 아래와 같이 화답을 했다.

내게는 오래전 연주하는 거문고 있어	我有古奏箏
한번 타면 온갖 정감들이 일어나네	一彈百感生

1 劉希慶, 『村隱集』(寫本).

세상에선 이 곡을 알아줄 이가 없더니　　　世無知此曲
비로소 임의 피리 소리에 맞추어 보네　　　遙和俱山笙

이 두 사람은 28년이란 많은 나이 차이도 아무런 문제가 되지 않았다. 밤이 이슥하도록 시에 화답하며 술잔이 오갔고 그럴수록 두 사람의 정분이 깊어졌다. 이윽고 이내 두 사람은 그날 밤 원앙금침에 들어가 운우지정雲雨之情을 나누었다.

그러나 한 쌍의 원앙같이 아름답던 이들의 사랑도 그리 오래가지 못하였다. 꿈결 같던 매창과의 1년여의 세월이 흐른 뒤 임진왜란이 일어났기 때문이었다. 임진왜란은 단군이 나라를 세운 이래 처음으로 조선 사회에 엄청난 국가 사회적 대변화를 가져오면서 민중들의 의식을 일깨운 개안開眼의 혁신을 불러온 계기를 마련했다.

위기에 처한 왕과 지배계급들은 민중의 힘을 인식하기 시작하면서 이들에게 도움을 요청하게 되고, 민중들은 분연히 앞장서서 의병 봉기를 함으로써 왜병들을 물리치는 전공을 크게 세웠을 뿐만 아니라, 승병들까지도 이에 합세하면서 나라를 누란의 위기에서 구할 수 있었다. 조선조의 사대부들도 정의가 도전을 받고 나라가 위기에 처할 때 의연히 구국의 길에 들어서서 헌신하는 그런 선민적 의리나 선비 정신이 투철한 이들이 많았고, 일반 평민이나 천민들까지도 이에 동참하여 앞장을 선 사람들이 줄을 이었다.

왜란이 평정되자, 선조는 전공戰功에 따라 비복婢僕들에게도 면천을 해주었고, 사대부들에게도 통정대부 같은 정 3품의 벼슬을 내려 신분 상승의 기회를 주어 보상해 주었다. 유희경도 매창과 1년여 밀월의 단꿈을 박차고 나가 왜놈들에게 짓밟힌 나라를 구하기 위해 의병 활동에 앞장을 섰다. 배꽃이 봄비처럼 흩날리던 어느 봄날, 유희경이 구국의 길을 가기 위해 매창의 곁을 떠나가게 되자, 매창은 단장斷腸의 이별의 아픔을 '이화우梨花雨'의 시조 한 수에 담아 다음과 같이 노래하였다.

> 이화우梨花雨 흩날릴 제 울며 잡고 이별한 님
> 추풍낙엽秋風落葉에 저도 날 생각는가
> 천리千里에 외로운 꿈만 오락가락 하노매라[2]

매창의 대표적인 시조 「이화우」는 당대문사이자 천민 시인이었던 촌은村隱 유희경과 이별한 뒤, 그를 그리워하며 지은 시조라는 주가 붙어 시조집인 『가곡원류』에 실려 전해 온다. 봄비처럼 배꽃이 비에 젖어 흩날리는 모습을 흡사 임과 이별하며 함빡 젖은 화자의 눈물에 비겨 노래한 이 시조는 우리나라 별리別離의 연가 가운데 절창이 아닐 수 없다. 이별한 임과 봄비의 배꽃 낙화에서 가을 추풍낙엽으로 이어지는 별리의 시공을 초월한 이러한 시심은 오로지 유희경으로만 향하는 그리움과 사랑의 절정을 이룬다.

예나 지금이나 사랑하는 임과의 이별은 인간사에 있어 가장 슬프고 안타까운 극한 상황이다. 더구나 사랑하는 사람이 죽음의 전장터로 출정하는 마당에 서게 되면 하늘이 무너지고 땅이 꺼지는 절망으로 미래가

2　李桂生, 『梅窓集』, 부안문화원, 2010.

보이지 않는다. 오죽했으면 고려조 시인 정지상도 7언절구 「송인送人」에서 떠나는 사람, 고이 보내는 사람이 흘린 눈물로 하여 대동강 물이 언제 마르겠냐는 발성을 토해 냈을까 싶다.

유희경이 사랑하던 매창의 곁을 떠나간 지 1년 후에 간단한 편지 한 장과 동봉한 시 한 편이 바람처럼 전해 왔다. '헤어진 그대는 아득히 멀기만 하고/ 떠도는 나그네는 그리움에 잠 못 이루네/ 소식조차 끊겨 애가 타는데/ 오동잎 찬비 소리는 나를 울리네.' 매창은 유희경을 그리워하며 보내온 편지와 동봉된 시를 밤새워 눈물로 읽고 또 읽으며 임께로 향한 이 같은 그리움을 수많은 시로 남겼다.

봄날이어도 추워서 엷은 옷을 깁는데	春冷補寒衣
따스한 햇볕이 임 마냥 사창을 비치네	紗窓日照時
손길 가는 데로 머리 숙인 채 놓아두니	低頭信手處
구슬 같은 눈물이 실과 바늘만 적시우네	珠淚滴針絲[3]

유희경이 매창에게 보낸 시가 10여 수가 넘듯이 매창도 유희경을 그리워하여 읊은 시가 당대의 문사들 가운데 가장 많다. 허균의 문집 『성소부부고』에도 허균이 계생과 주고받은 시에 대한 이야기가 많이 실려 있을뿐더러 매창이 37세로 요절하자, 허균이 곡을 하며 몹시 애도했다는 기록이 전해오고 있다. 계랑의 문집 『매창집』엔 그리움과 보고픔이 응결된 상사지정의 유려한 여성적 정서가 형상화된 「추사秋思」, 「춘원春怨」,

3 앞의 책.

「증취객贈醉客」, 「견회遣懷」, 「부안회고扶安懷古」, 「자한自恨」 등이 실려 전한다.

이 문집은 현종 9년(1668) 부안 변산 개암사에서 부안현의 아전들이 대대로 이어 암송해 오던 매창의 한시 수백 수 가운데 5언절구 20수, 7언절구 28수, 5언율시 6수, 7언율시 4수, 총 58수를 모아 목판본 2권 1책으로 펴낸 것이다. 실전된 매창의 주옥 같은 수백 수의 한시를 대할 수 없어 안타깝지만, 그래도 뜻있는 아전들에 의해 구송되어 오던 작품들을 모아 『매창집』으로 발간되었기 때문에 이 정도만이라도 유전되어서 매창의 시 세계를 더듬어 볼 수 있는 것은 천행이 아닐 수 없다.

유희경이 의병에 가담하기 위해 매창과 이별하고 부안을 떠난 후, 임진왜란이 끝난 지도 15년이 지났지만 사랑하는 매창을 만나지 못하였다. 그는 의병 활동을 마치고 서울에 살면서 의병 활동의 전공으로 정 3품 통정대부, 종 2품 가의대부를 받아 신분이 상승되었고, 당대의 문사들과 시로서 교유하느라 매창을 찾지 못한 것으로 보인다.

유희경은 창덕궁 서편 원동의 금천 상류 부근에 집을 지어 '침류대枕流臺'라 이름하고 살았다. 이곳은 17세기 당대 유명한 시인과 학자들이 모이는 상류층 문화 사랑방이었다. 그리고 종내는 '삼청시사三淸詩社'로 이어져 중인 평민들의 '위항문학委巷文學'의 산실이 되었다.

완평부원군 이원익과 장유, 이수광, 차천로, 신흠, 조우인 등 당대의 이름난 시인과 학자들이 이 침류대를 수시로 드나들며 풍류를 즐겼다. 이수광은 그가 쓴 침류대기에 '대臺, 즉 너른 바위 둘레에는 복숭아나무 여러 그루가 둘러 심어져 있어 때로는 시냇물 양쪽으로 복숭아 꽃비가

▲ 부안 매창 공원 시비

흩뿌려져서 마치 비단물결이 춤추는 것 같으니 옛 무릉도원이 어찌 이보다 더 아름답다고 할 수 있으랴'라며 찬탄하기도 했다.

그런 세월을 보내면서도 유희경은 매창을 꿈에도 잊지 못하고 그리워하였다. '그대의 집은 부안에 있고/ 내 집은 서울에 있어/ 사무치게 그리워도 서로 만날 수 없고/ 오동나무에 비 뿌릴 땐 나의 애가 끊어지네'와 같은 그리움의 연시戀詩들이 10여 편 이상이나 『촌은집』에 실려 전하는 걸 보면 매창에 대한 깊은 사랑을 짐작할 수가 있다.

지금은 부안과 서울이 두세 시간이면 닿을 수 있는 지척 간이지만, 그 옛날엔 산 넘고 물 건너가야 할 천 리, 만 리 길이었을 것으로 보인다. 더구나 서로 처한 여건과 환경은 물리적인 시공보다 더 훨씬 더 멀고 힘들었기 때문에 보고 싶어도 만나기 어려웠을 게 틀림없다.

푸른 송백 앞에 두고 맹세하던 날 松柏芳盟日
사랑은 바다보다 훨씬 더 깊었더라 恩情與海深
강남 간 파랑새는 날아 올 줄 모르니 江南青鳥斷
이 한밤 나 혼자만이 애간장을 녹이네 中夜獨傷心

고운 뜰엔 배꽃 피고 두견새 피를 토해 우는데 瓊苑梨花杜宇啼
달빛만 뜰에 가득 차니 더더욱 서러워지네 滿庭蟾影更凄凄

꿈에서라도 볼까 해도 잠은 더욱 오지 않아　　　相思欲夢還無寐
매화 핀 밤 창가에 기대서니 새벽닭 소리 들리네　起倚梅窓聽伍鷄

「규중원閨中怨」[4]

매창은 유희경을 처음 만나 사랑을 나누었던 옛날을 회억하며 그리움과 보고픔을 이토록 애절하게 시로 승화시켰다. 사랑이 익어갈 땐 누구나 눈서리가 내려도 변함이 없는 소나무나 잣나무에 비겨, 서로 변치 않을 것을 맹세한다. 『논어』「자한」 편의 '추운 겨울날이 되어야 소나무나 잣나무가 시들지 않음을 안다'는 그 세한송백歲寒松柏의 지조와 절개를 들어 사랑의 굳은 맹세를 해 보지만, 그런 사랑도 머지않아 허무에 젖어드는 게 우리 인생사다.

서울로 간 그 임은 1년이 가고 10년이 되어도 돌아올 줄 모르기 때문에 강남 간 파랑새는 다시 돌아올 줄 모른다고 애태우며 독수공방의 고독 속에서 시적화자는 괴로워한다. 이러한 고독을 더욱 상승시키는 소재로 두견새, 달빛 가득한 뜰, 매화 핀 창가, 새벽닭 울음소리 등이 동원되면서 그리움은 고조된다.

예로부터 두견은 사랑을 못다 이룬 피맺힌 사랑의 한조恨鳥다. 고려조 의종 때 정서鄭敍의 「정과정곡」에서 소월의 「진달래꽃」에 이르기까지 죽어서라도 못다 한 슬픈 사랑을 상징했던 주요 소재였다. 그래서 귀촉도, 촉혼, 소쩍새, 불여귀, 자규, 두견새 등 시제나 시의 내포된 의미에 따라 제각각 이름을 달리하며 자주 용사用事되었다.

4　앞의 책.

매창도 달빛 교교히 쏟아지는 한밤 피를 토해 우는 두견처럼 자신을 한조恨鳥에 의탁하여 상사相思의 한을 담아내었다. 꿈에서라도 임을 만나 사랑을 나누려 하지만 짓궂은 새벽닭의 울음소리로 그것마저 이룰 수 없는 화자의 애틋한 상사의 정이 마음을 더욱 아프게 한다.

그러나 이들의 운명적인 재회는 헤어진 지 15년 만인 선조 40년(1607), 유희경이 회갑을 넘은 나이에 이르러서 이루어졌다. 그것도 불과 열흘 남짓의 짧은 만남이었음을 촌은이 매창에게 남긴 「중봉계랑」의 시제 중봉重逢에서 읽을 수 있다. '예부터 임 찾는 일은 다 때가 있다하는데/ 시인께는 어찌하여 이리도 늦어졌는지/ 내 온 것은 임 만나려는 뜻만이 아니라/ 시를 논하자는 열흘 기약이 있었기 때문이라오', '외로운 산비둘기 물가로 돌아 날고/ 날 저문 모래밭엔 안개까지 드리운데/ 술잔을 맞들고서 마음을 주고받지만/ 날이 밝으면 이몸이야 먼 하늘 끝에 가 있으리'라며 만남의 기쁨과 이별의 아픔을 동시에 드러내었다.

그리고 시제 「중봉계랑」처럼 이들은 열흘 만에 다시 헤어졌다. 서울 '침류대'에 두고 온 문화 사랑방 일도 그러려니와 가정을 가진 유부남과의 기구한 인연이었기 때문이었을 것으로 보인다. 유희경이 떠난 3년 후인 광해조 2년(1610)에 매창은 사랑하는 임을 그리워하다가 마침내 그리움을 한으로 승화시키는 절명絶命시를 남기고 나이 서른일곱에 홀연히 한 많은 세상을 떠났다.

도원에서 맹세할 땐 신선 같던 이 몸이	結約桃園洞裏仙
오늘 이다지도 처량할 줄 그 뉘 알았으리	豈知今日事悽然

애달픈 이 마음 거문고에나 실어 볼까	坐懷暗恨五絃曲
만 가닥 온갖 사연 시로나 달래 볼까	萬意千事賦一篇
이 풍진세상 고해에는 시비도 많은데	塵世是非多苦海
홀로 지새는 이 밤 수년 같이 길기만 하네	深閨永夜苦如年
덧없이 지는 해를 머리 돌려 쳐다보니	藍橋欲暮重回首
구름 속에 첩첩청산 눈앞만 가리우네	青疊雲山隔眼前[5]

허무한 사랑에 지치다 못해 세상을 버린 매창의 부음을 접한 유희경은 '맑은 눈 하얀 이에 푸른 눈썹을 지닌 계랑아/ 홀연히 뜬구름 따라 네 간곳 어디 멘가/ 꽃다운 그대의 혼백 저승으로 갔느냐/ 그 누가 있어 임의 옥골 고향 땅에 묻어주리/ 다행히도 정미년에 그대 다시 만나 즐겨웠는데/ 이제는 슬픈 눈물만 내 옷을 함빡 적시네'라 부시賻詩하고 통곡하며 애도하였다. 10년간이나 정신적 교유를 하며 매창을 사랑했던 허균도 한바탕 소리 내어 곡을 하고 율시 2편을 지어 매창을 애도했다는 기록이 허균의 『성소부부고』[6]에 전해 진다.

매창은 문재가 탁월하고 옛 백제의 여인들처럼 지절志節이 높은 기생이었다. 허균의 끈질긴 구애에도 몸을 끝내 허락지 않았고, 대신 자신의 질녀를 허균의 침소에 들여보낼 정도로 몸가짐이 단정했음을 허균의 문집에서 엿볼 수 있다. 또한 매창이 술취한 사람에게 준 「증취객贈醉客」이란 5언절구 '술 취한 손님 비단저고리 잡으니/ 그 저고리 손길 따라 소리 내며 찢기우네요/ 그까짓 비단 저고리 하나쯤이야 어쩌리오만/ 임이 주

5 앞의 책.
6 惺所覆瓿藁. 桂生扶安娼也 工詩鮮又善謳彈 性孤介不喜淫 余愛其才交莫逆 雖談狎處不及於亂 故久以不衰 今聞死爲之 一涕作二律哀之

신 사랑까지 찢겨질까 두려웁네요'란 절창에서도 매창의 이 같은 면모가 읽혀진다.

가람 이병기도 이러한 매창의 절조를 담아 지은 「매창뜸」 연시조 3수가 부안 매창 공원의 시비에 새겨졌다. 신석정은 『매창시집』을 대역對譯하면서 매창을 '천생의 서정 시인'이라 추앙하며 서정적이고 아름다운 필치로 매창의 한시를 재창작하듯 번역하여 세상에 내놓았다. 그리고 개경에는 박연폭포, 황진이, 서화담의 '송도삼절'이 있었다면, 부안엔 직소폭포, 매창, 유희경의 '부안삼절扶安三絶'이 있었노라고 하였다. 이렇듯 매창은 당대의 혁혁한 문사들이 찬탄했던 조선의 단아한 기생이었고, 황진이의 시재를 뛰어넘은 전북 부안의 대 여류 시인이었다.

2. 꽃님 달님의 노래

영조 45년(1769) 10월 13일 동년월일 날에 남원 서봉방(현 향교동)에서 태어난 청동옥녀靑童玉女 담락당 하립과 삼의당 김씨가 그들 나이 18세가 되던 해인 정조 10년(1786)에 결혼을 하였다. 삼의당 김씨는 연산군 때 김종직이 쓴 조의제문弔義帝文을 사초에 실은 일로 영남학파들이 모조리 사형을 당하게 된 무오사화의 단초를 제공했던 사관 김일손의 11대손인 김인혁의 딸이다. 담락당 하립(1769~1830)은 세종조 영의정을 지낸 하연의 12대 손으로, 두 집안 모두 몰락한 사대부 집안의 후예다.

『김삼의당시문집金三宜堂詩文集』은 하립이 신혼 초야 화답시와 20세 때 과거를 위해 상경한 뒤 10년간의 긴 이별과 33세 해우할 때까지 부부의 그리움과 고운 정을 아름답게 형상화한 253편의 한시와 서로 주고받은 서간문 22여 편이 담겨져 있다. 남원이라는 동일한 공간적 배경을 지닌 『춘향전』과 다를 바 없는 아름다운 사랑의 시화詩話이며, 매창과 쌍벽을 이룬 여성 문학이 아닐 수 없다.

담락당(1769~1830)은 '우리 서로 만나 가연 맺으니 광한루의 신선이네 / 오늘 밤 우리가 부부되니 옛 인연 분명 하네요/ 남녀의 결합은 본디 하늘의 뜻인데/ 공연히 세간의 중매만 분주했구려'라 초야의 밤을 노래하자, 삼의당도 '열여덟 신선 낭군 18세 신선낭자/ 동방화촉 밝히니 좋고도 좋은 인연/ 동년 동월 같은 동네 태어나 살다가/ 이 밤에야 서로 만남이 어찌 우연이리까'라 화답하였다. 담락당이 신혼 초에 신부 김삼의당과 주고받은 이 화답시는 자신들이 마치 춘향과 이도령이 현세에 다시 환생된 것처럼 자랑스러워하고 있음이 은근히 드러난다.

오동잎 비	梧桐雨
부채마냥 커다란 잎	
야삼경 밤비 내리네	梧桐雨
연잎에 맺힌 은구슬처럼	葉葉如大扇
쪼르르 방울져 떨어지네	半夜雨
방울 방울 또 방울 방울	雨鈴却似荷珠轉
눈물 흘리듯 또닥 또닥	滴滴復滴滴
소리내며 내리네	依如復更淚
떨어지고 또 떨어지는	一聲復一聲
낙수물 소리	聲聲鳴入戶

문틈으로 울려오네	佳人夢不成
임 생각에 잠 못 이루는데	相思淚如雨
그리움의 눈물이 빗물처럼 흘러내리네	

삼의당 김씨(1769~1823)가 자서한 서문을 보면 '난 호남의 우매한 부녀자로 깊숙한 규방에서 자라나 경사經史를 넓게 알지 못하고 언문으로 소학을 읽어 제가諸家들의 시문을 보았다'라 했으니 스스로 한문을 배우고 한시를 익혔음을 알 수 있다. 결혼을 한 이후 이들 부부는 마치 춘향과 이도령과 같은 아름다운 사랑과 이별의 세월을 보내며 그들이 주고받은 사랑과 그리움을 한시에 고이 담아내었다.

이들 부부는 거의 4언 시경시체를 중심으로 하면서도 때론 3언과 5언, 7언시를 자유자재로 넘나들며 정체시의 규격을 벗어난 새로운 시격詩格을 이루어 냈다. 그리하여 마치 언문일치의 국문을 쓰듯 사랑과 이별, 슬픔, 자연의 경물들을 물 흐르듯 유려하게 엮어 내었다.

앞에서 예거한 「오동우梧桐雨」는 삼의당 김씨의 시재詩才와 시체詩體를 가장 잘 드러낸 대표적인 시라 할 수 있다. 4언 이나 5언, 7언의 시격을 넘나들며 서울로 간 담락당 하립을 그리워하면서 상사相思의 정을 가장 농밀하게 형상화한 연정시라 생각된다. 예나 지금이나 그리움의 절정을 노래하는 시제로 잠 못 드는 가을 밤 낙엽 지는 소리나 바람소리, 귀뚜라미 소리, 빗소리 등이 등장을 하여 그리움이나 보고 싶음을 절정의 경지로 끌어 올린다. 규방 가사인 「상사별곡」에서도 흔히 대할 수 있는 상사지정相思之情의 주요 소재들로 이러한 자연물들을 등장시켜 그리움을 부채질한다.

삼의당 김씨는 그런 일상적인 소재로부터 한층 더 끌어 올려 오동잎에 내리는 비, 즉 「오동우梧桐雨」를 통해서 남편에 대한 그리움과 사랑을 극대화하고 있다. 기다림은 오동잎 떨어지는 소리를 듣고 행여 임이 오는 발자국 소리로 착각한 나머지 방문을 활짝 열어젖히다 절망으로 이어지고, 오동잎에 떨어지는 빗소리를 들으며 빗물 같은 눈물을 뚝뚝 떨어뜨린다.

1982년 오초吾超 황안웅이 마이산 금당사에서 원문에 담긴 사랑의 시정을 오롯하게 시조형에 담아 다시 엮어 내니[7] 이들 부부의 작품이 더욱 아름다운 빛을 발하고 있다. 그는 '이 한 봄 고운 꽃에 달빛마저 드리우니/ 달빛에 비친 꽃이 그 더욱 고웁고녀/ 곱고도 또 고운 빛이 우리 집에 비치오' 라며 담락당이 읊자, '밝은 달 고운 빛이 서로 엉겨 가득한데/ 꽃 같고 달도 같은 우리 임을 마주 대하노니/ 그 뉘 세간 영욕이 이보다 더하리오'라고 신부 삼의당이 서로를 달님과 꽃님이라 칭하였다. 이처럼 곱고도 아름다운 사랑을 시로 화답하면서 한 생애를 살다 간 담락당과 삼의당의 사랑과 진실이라고 하였다.

미당 서정주도 이 시문집에서 '삼의당 김씨는 때때로는 그 얼굴에 예

7 황안웅, 『金三宜堂詩文集』, 도서출판 제일사, 1982.

쁜 분홍꽃빛도 잘 나타내는 미인이시기도 하였던 것 같은데, 『시경』 도요桃夭 편의 그 윈 집안宜其室家과 가족宜其家室과 심부름꾼宜其家人에게까지 세 가지로 다 얌전하고 의젓이 두루 좋은 삼의三宜의 미덕으로만 종생終生하셨다니 그 더욱 가찬可讚할 일이다'라 했다. 또한 '낭군郎君은 벼슬길에서도 낙제落第나 하고 궁거窮居하던 촌村선비였음에도 불구하고 늘 사랑을 다 해서 끝까지 그를 도와 깨끗한 집안을 이루어 내셨다니 참으로 공경해 모실만한 어른이시다. 주부主婦가 요로코롬(이처럼) 시인詩人노릇도 하기라면 세상의 가장家長들은 누구나 다 그 아내가 시인을 겸하기를 바라마지 않을 것 같다'라고 찬讚하기도 했다.

정비석도 '부부 사이의 화락和樂함을 일컬어 금슬이 좋다고 하는데 의誼좋은 부부 사이를 두고 이런 말을 쓰는 뜻은 참으로 의좋은 부부가 그리 많지 않다는 뜻이 다분히 내포된 듯싶다'라고 할 정도로 금슬 좋은 부부간 사랑의 정화精華가 아닐 수 없다. 그리고 오초吾超가 온갖 어려움을 무릅쓰고 호남의 한구석에서 그대로 묻힐 뻔한 200여 년 전의 금슬琴瑟을 재치 있는 솜씨로 다시 손질하여 고운 금슬의 소리를 재현했다는 『김삼의당시문집』 번역 발간의 의미를 높이 평가하였다.

그립고 보고 싶어 괴로운데	相思苦 相思苦
닭이 세 번 우니 새벽 오경이네	鷄三窓 夜五鼓
맥맥이 잠 못 이뤄 원앙침 대하니	脈脈無眠對鴛鴦
눈물이 나서 흐르네 비 내리듯이	涙如雨 涙如雨

임 만나기 어려워 정말 어려워	待君難 待君難

어느 때나 돌아와 임을 만날까 待君幾時還
길고 짧은 정자 사이 사람그림자 어리어도 人影長亭短亭間
저녁놀 지는데 임 오지 않고 임 만나기 너무 어렵네 夕陽盡 君不來 待君難[8]

삼의당 김씨가 혼인한 2년 후, 남편이 과거 공부를 위해 남원을 떠나자 서울로 올라간 낭군을 그리워하며 노래 부른 연가다. 그리움과 보고 싶은 마음을 '상사고相思苦 상사고'라 하고 '대군난待君難 대군난'이란 3언의 반복과 7언을 혼용한 파격은 이미 『시칙』이란 시론을 펼친 여암 신경준(1712~1781)의 실험적인 시 창작 기법이었다. 이러한 3언의 반복법은 '그립고', '보고파'라거나, '기다리고' '또 기다리네'라는 순수 우리말의 간절하고 절절한 심사의 다름 아니다. 이렇게 본다면 이 두 사람이 주고받은 한시는 어려운 문자로 구속되고 제한된 서정의 표출 방법에서 벗어난 자유로운 언문일치적 작시법이라 할 수 있다.

그리움에 잠 못 든 야삼경夜三更을 새벽닭이 우는 '계삼창鷄三窓'이라 하고, 보고 싶어 뜬 눈으로 지새운 새벽 야오경夜五更을, 북을 다섯 번 쳐서 새벽을 알리는 '야오고夜五鼓'라 그린 것도 삼의당 김씨만의 특이한 시심과 시 작법이다. 원앙침 베개에 의지하여 잠을 청해 보지만 오매불망 임을 그리는 마음에 잠은 오지 않는다. 오히려 하염없는 눈물만 빗물처럼 흘러 내려 베개를 적시는 정경을 '누여우淚如雨 누여우'라 반복함으로써 그리움이 절정에 달하고 있음을 절절하게 그려낸 서정이 아닐 수 없다.

8 황안웅, 앞의 책, p.56.

이러한 시적 정서는 부안 태생의 매창이 서울로 떠나간 유희경에게 읊어 낸 시조 「이화우梨花雨」의 경지와도 같고, 이후 15년간이나 돌아오지 않는 임을 그리워하며 읊은 「규중원閨中怨」 '고운 뜰엔 배꽃 피고 두견새는 슬피 울어/ 달빛이 뜰에 가득 차니 더더욱 서러워지네/ 꿈에서라도 사랑코자 해도 잠은 오지 않고/ 매화 핀 창가에 기대서니 새벽닭 우는 소리 들리네'를 노래하는 듯하다.

삼의당은 이 같은 그리움과 기다림을 유려한 서정시와 서간문에 오롯이 담아내었다. 특히 자유로운 감정을 표현하기 위해 정격시를 깨뜨리고 때론 3언과 5언, 7언과 함께 혼용하면서 마치 언문일치의 한글처럼 시를 읊조리듯 자유자재로 한시를 실험한 선각의 여류 시인이었다는 사실에 주목하고 싶다.

삼의당 김씨는 1801년 12월 남원을 떠나 진안 마령 방화리로 이주하여 1823년 55세로 세상을 떠날 때까지 농사를 지으며 전원시인으로 살았다. 당시 조선 사회는 허난설헌이나 황진이, 매창처럼 사대부가의 여인이나 기녀도 아닌 여염집의 평범한 여인이 한시를 지으며 이를 향유하기가 대단히 어려웠다.

하지만 논밭 일까지 마다치 않아야 하는 어려운 농촌의 삶 속에서도 때때로 부부의 애절한 사랑과 계절에 따른 그리움을 한시 속에 이렇듯 유려하게 녹여낸 삼의당의 문학 정신이 드높지 아니할 수 없다. 100여 년이 지난 1930년 광주에서 『김삼의당 김부인 유고』가 출간되어 세상에 드러났다. 1983년 이들 부부를 기리는 기념 사업회에서 그들이 살다 간 진안 마령에 부부 시비를 세워 이들을 찾는 방문객들을 맞이하였고, 이들 부부의 사랑과 시 정신을 기리도록 하였다. 『김삼의당시문집』은 부안의 매창이 남긴 시조나 한시와 더불어 조선 중기 전라 문학의 보고라 할 만하다.

3. 치부致富의 목소리

「치산가」는 부녀자를 가르치기 위한 계녀가류誡女歌類의 가사로서 주로 재산을 늘려 집안을 일으키는 것을 내용으로 한 작품이다. 이 가사는 죽은 남편을 그리워하여 노래한 망부가나 명당을 찾아 산천을 답사하면서 쓴 「답산가」와 마찬가지로 재산을 잘 다스려 집안을 일으키는 내용을 중심으로 한 가사라는 뜻을 지닌 「치산가治産歌」이다.

이 작품은 오래전에 필자가 전주의 한 고서화점에서 발견한 것으로, '신유년 정월 팔일 효심곡 열녀전합부'라 병기하고 한글로 「열녀젼」이라고 표제한 것 중의 일부이다. 창작 시기는 「치산가」의 결구 뒤에 '임슐년 졍월 쵸파일 치산가 쓴디노라'로 보아 임술년 1월 8일인 것은 분명하나, 임술년의 간지가 어느 해인지 분별하기란 그리 쉬운 일이 아니다.

그러나 이 작품의 사상적 배경으로 보면 이용후생과 실사구시의 실학이 성행했던 조선 정조 대 이후로 추정할 수가 있다. 그렇다면 순조 2년 1802년이 임술년이고, 철종 13년인 1862년이 임술년인데, 사용된 국어법이나 종이의 지질, 또는 사상적 배경 등으로 보면 1862년 정월 팔일에 창작된 것으로 추정할 수가 있다.

그리고 '치산가'라 표제한 뒤 32×21cm 크기의 한지를 접어 '궁체흘림 붓글씨체'로 14장 28쪽으로 쓴 252행 501구의 장형가사작품과 「쑥겁젼」이라 한 산문체의 한글 소설이 18장 36쪽으로 병합된 수제본이다. 끝에는 '고창군 대산면 성남이 成소저시라'라고 기록된 것으로 보아 성소저成小姐는 이 작품을 필사한 사람으로 추정된 여성이다. 이외에 '기묘 8월 득용기得用記'라고 한 동명이작의 「치산가」가 「별회심곡」과 합본된 작품이 또 있으나 취급하지 않고 이 「치산가」만을 소개하려 한다.

작품 내용으로 보면 안빈낙도하는 도학자풍과는 달리 치산을 잘 해야만 집안이 풍족해 지고 자식도 잘 가르쳐서 번성할 수 있다는 근세 실학적 물질 사상이 근간을 이루는 특성을 지닌다. 그것도 조선조를 주도해 왔던 남성적 언어가 아니라, 규중 여인네의 목소리였다는 데 주목하고 싶다.

대개 '계녀가'란 근검절약하여 가산을 잘 보존해야 한다는 것을 치산의 개념으로 삼고 있지만, 이 「치산가」는 그러한 소극적 차원에서 벗어나 치산의 구체적이고도 실천적 방법을 제시하고 있는 것이어서 다른 계녀 가사와 다른 특성을 보인다. 그러므로 「홍규권장가」, 「상사별곡」[9]과 더불어 영성한 호남 지방의 규방 가사 가운데 질량을 더해줄 귀중한 자료인 셈이다.

이 「치산가」는 서사, 화동생지친和同生至親, 사구고事舅姑, 행신行身, 접빈객接賓客, 봉제사奉祭祀, 치산, 태교, 육아, 장원 급제 및 도문到門, 진심갈

9 졸고, 「상사별곡 연구」, 『전주대논문집』, 전주대학교, 1991, p.6.

충盡心竭忠, 결사[10]로 구성되어 있는 영남의 일반적인 계녀가류와는 여러 측면에서 다르다. 「치산가」의 결언 가운데는 '유전有錢이면 가사귀家事貴'라 하여 치산을 잘해야만 자식의 권학에 힘쓸 수 있고, 이후에 온갖 영화를 누릴 수 있다는 진보적인 자본주의의 물질관도 엿볼 수 있기 때문이다.

천지간 만물중의	신령神靈한 게 사람이라
얼굴로 이른 것과	행실로 이름이라
신체발부 이내몸은	부모님께 받아있다
효도로 지애至愛하고	지성으로 봉양하소
가막 까치 저 짐승도	반포反哺할 줄 능히 아네
하물며 사람이야	부모봉양 섬서하랴
부모은덕 논란하면	태산이 가벼우니
정성 충양 극기하나	반분인들 갚을소냐
귀하도다 우리형제	부모정기 함께 받아

10 이재수, 『내방 가사 연구』, 형설출판사, 1976, p.61; 권영철, 『규방 가사 연구』, 이우출판사, 1980, p.190.

형수 동기 형제간의 우애화목 아니하랴

(중략)

행동거지 조심하고 언어수족 삼가하소
과년過年에 출가하기 여자의 예사로다
이친출가離親出嫁 무삼인고 삼종三從이 지중하다
오륜五倫이라 하는 뜻은 부부간 친애親愛하고
님군신하 충의忠義 있고 부자간에 분별分別있고
어른 소년 차례있고 삼강오륜 뜻을 알면
너 행위도 유조有助하리
출가出嫁 삼일 지낸 후에 감지숙수甘旨熟手 조심하소
시부모께 효양孝養하면 여중효부女中孝婦 네가 되고
가장에게 공경恭敬하면 이륜열녀彛倫烈女로다
구세동거九世同居 어이한고 참을 인자忍字 백자百字로다
참을 인자 명심銘心하면 구세동거 나도 하리
노비사랑 하는 것이 내의 수족手足 아닐런가
환난천 수화중에 불원사생不願死生 거행하랴

이목총명耳目聰明가다듬어 칠거지악七去之惡 뜻을 듣소
한 가지는 불순부모不順父母요 두 가지는 음행淫行이요
세 가지는 무자식無子息이라 네 가지는 투기妬忌로다
구시화문口是禍門 일렀으니 부디 말을 삼가하소
방외여성房外女聲 일렀으니 병甁입같이 막아두소
행동거지行動擧止 조심하고 언어수족言語手足 삼가소
악성惡聲으로 하지 말고 온연순설溫然脣舌 할라시면
가중家中도 무사無事하고 이웃도 종용從容하리
남의 노고勞苦 공경恭敬하면 남도 또한 그러하리
남의 자식 사랑하면 남도 또한 그러하리

노오노급 긔인노와 유오유급 긔인유를
만고성인萬古聖人맹부자孟夫子가 후학경계後學警戒 하시도다[11]

천지 간 만물 가운데 가장 신령한 게 사람이라고 시작하는 것은 규방 가사의 일반적 형식에 맞춘 것으로 유교적 윤리의 전범에 의거하였다. 훈계가의 '천생만물 하올적에 유인이 최귀로다'도 유교적 윤리를 바탕으로 한 것으로서 소학의 '천지지간 만물지중 유인최귀天地之間 萬物之衆 唯人最貴'를 그대로 용사한 것에 지나지 않는다. 이런 것은 '신체발부 이내몸은 부모님께 받아있다身體髮膚 受之父母'라든가 '까막까치 저 짐승도 반포反哺할 줄 능히 아네' 등이 모두 논어, 맹자, 소학, 대학 등의 유교 전서에 전거하고 있다는 것과 같다.

이런 바탕 위에 송나라 때의 『주자가훈』이나 주천구가 찬한 『여범女範』이 근간이 된 인효문황후(1407)의 『내훈內訓』 등은 조선조 규방 가사의 전범이 되었다. 『내훈』은 우리나라에서는 이보다 70년이 지난 조선 성종비인 소혜왕후가 쓴 것이 있지만 목록은 비슷하나 내용은 서로 다르다.

명나라의 『내훈』은 영조 12년(1736)에 이덕수가 『여사서女四書』의 권 2에 전문을 수록하여 놓았는데 그 목록들은 유교 전서 외에도 『주자가훈』이나 『여범女範』, 『내훈內訓』, 『여사서』, 『여훈女訓』 등에 들어있는 덕목으로 여자로서 말을 삼가하는 일, 덕성을 기르는 일, 부지런함, 남편을 모시는 일, 형제간의 우애와 친척 간의 화목을 도모하는 일 등, 20가지 덕목을 구체화하여 진술하고 있다. 천지 간 만물 중에 인간만이 가장 신

11 치산가라(寫本)

령스럽고 귀중한 존재이며, 사람의 신체발부는 부모께 받은 것이므로 지성으로 효도하여 봉양해야 한다는 점을 강조하고 있다.

새끼들은 어미가 물어다 준 먹이를 먹고 자라지만, 성장한 뒤에는 어미를 되먹여 살린다는 반포조反哺鳥인 까마귀를 용사用事하여 때론 인간이 미물인 까마귀만도 못하다는 것을 대조적으로 강조하였다. 부모 정기를 함께 받아 태어난 형제간에는 우애하며 화목해야 하고 출가하면 후회하지 않도록 규중범절을 익히면서 침선針線과 주조酒造도 게을리해서는 안 된다고 경고하고 있다. 행동거지를 조심하고 언어와 수족을 삼가야 한다고도 하였다. 특히 언문 공부를 게을리하지 않고, 열심히 해야 한다는 것을 보더라도 언문은 학문이라기보다 규중 여자들의 필수적 수신 과목이었음을 알만하다.

여자가 과년하면 의당 출가하는 것이 예사로운 일이나 부모 곁을 떠나는 게 무엇인지 스스로를 확인해 보지만, 여자는 삼종三從의 질곡이 운명이라고 체념을 하기도 한다. 삼종의 의미를 일일이 설명하고 삼강오륜의 뜻을 알고 몸소 실행을 한다면 여자의 행실은 자연 아름다워진다고 호소하고 있다. 삼강 중에서 임금이 신하의 벼리가 되어야 한다는 강상은 지적함이 없이 자식의 벼리는 아버지인 것이며 부처夫妻의 벼리는 가장이라고 서술하고 있다.

오륜은 부부간에 친애하고 임금과 신하 간에는 충의가 있어야 하며, 부자간에는 분별이 있어야 하고 어른과 소년 간에는 차례가 있어야 한다고 강조하였다. 그러면서도 삼강에서 군신 간의 벼리가 빠진 것처럼 오륜에서도 벗들 간에 믿음이 있어야 한다는 덕목이 결여되어 있다.

출가하여 3일을 지낸 뒤에는 음식을 맛있게 만들어서 시부모에게 공양을 잘 해야 하는데, 시부모께 효양을 잘 하면 세상 여자들 중에서 가장 훌륭한 효부가 되고 또 가장을 공경하면 세상에서 범상치 않은 열녀가 된다고 하였다. 시부모는 남편의 부모이자, 곧 나의 부모가 되기 때문에 어육과 떡, 과실을 얻게 되면 먼저 부모에게 받들어 모셔야 한다고 예거하고 있다.

벗들 간에는 신의가 첫째요, 일가친척 간에는 화목해야 하며 슬하의 노복奴僕들은 나의 손발같이 사랑해야 한다는 '체하逮下'의 도리를 강조하였다. 그리고 그 옛날 당나라의 장공예張公藝(원문에는 '종공예'로 잘못 기록됨)는 9대에 걸쳐 집안 화목을 이루었다는 사실을 들어 용사하면서 구세동거九世同居의 중요한 요인은 참는 일이며, 따라서 백인지당百忍之堂의 집안이면 반드시 화목이 이루어진다고도 하였다.

칠거지악七去之惡이란 부모에게 불손, 음탕한 행위, 무자식, 투기하는 마음, 병든 몸, 그릇되고 간특한 말, 도적질 등인데 이 가운데 부모에게 불손한 것은 대죄에 속한다고 설파했다. 투기하는 마음이나 도적질은 명심하여 조심하고 특히 간특한 말이 많고 음탕하면 망신亡身과 망가亡家가 저절로 이루어지는 것이므로 각별히 근행謹行해야 한다는 것이다. 인간사란 한 번의 실수를 하게 되면 돌이킬 수 없을 뿐만 아니라, 시가와 본가 양가가 다 망할 수밖에 없는 법이므로 사설邪說을 삼가야 한다고 강조하고 있다.

특히 '장醬단 집에 자주가도 말 단 집에 가지마소/ 옛 늙은이 증험證驗하여 속담으로 일렀도다'는 홍만종의 『순오지』에 있는 '언감가言甘家 장불감醬不甘'의 속담으로 실증되는 일이며, '구시화문口是禍門 일렀으니 부디 말을 삼가하소/ 방외여성房外女聲 일렀으니 병甁입같이 막아두소'는 연산군이 무오사화 이후 사림士林들의 입을 막기 위해 입은 화禍를 불러오는 문門이요, 세치 혀는 사람을 죽일 수도 있다는 말을 용사用事한 것이라고 할 수 있다.

온갖 행실行實 닦은 후에 치산治産하기 힘을 쓰소
어와 소년少年 여자女子들아 치산治産하기 힘써서라
원수로다 여자들아 치산治山하기 힘써서라
원수로다 세상가난 원수로다 원수로다
인간세상 원통한 게 가난 밖에 또 있는가
백발청상白髮靑孀 이 노인은 어이 치산 못 하였던고
치산하라 이른 말이 우선농사 힘을 쓰소
산상육등 박토라도 거름하면 곡식되리
옛 사람은 전하되 농불실시農不失時 일렀도다
상평전上坪田에 하평전에 농사하기 재미내소
(중략)
농사도 하려니와 질삼일도 하여서라
여자몸이 되었으니 질삼말고 무엇하리
춘하양절春夏兩節 풍화시豊花時에 마포麻布저포苧布 심써낫소
석달농사 잠농蠶農이니 누에치기 공부하소
우마계牛馬鷄돝 양식동물 암 짐승을 가려두소
육축짐승 잘되기는 사람에게 있나니라
온갖 채소 잘 가꾸어 삼시반찬 장만하여서라
좋은 반찬 곁에 두고 값진 고기 사지마소
(중략)

난전단속 한닉하여	후원송죽後園松竹 키워내소
송죽松竹이라 하는 것은	여염가에 허다 있어
쓰고 남은 송죽베어	팔아다가 전답사소
밭을 사고 논을 사면	가세家勢 자연 요부饒富하리
앞에 노적 뒤에 노적	석숭왕가 가소可笑로다

「치산가」의 주제인 살림살이와 가난 퇴치의 방법이 구체적으로 서술된 단락이며, 재산을 늘려야만 집안이 번성할 수 있다는 자본주의적 물질 철학이 두드러진 부분이다. 이는 아마도 실학 정신이 들어온 정조 대 이후 조선조 말엽의 사회의식이 그대로 반영된 것으로 보인다.

가난은 이 세상에서 가장 어렵고 힘든 일이다. 길고 긴 봄날 하루를 죽 한 사발로 연명하고, 아들 손자가 굶주림을 이기지 못해 동네를 돌면서 걸식하는 일이란 부모로서 참을 수 없는 처절한 절망이다. 걸식하는 아이들이 밥은커녕 오히려 매를 맞고 돌아오는 상황이라든지, 우는 아이 달래려고 밥이나 고기를 주겠다고 속임수를 써서 부모가 거짓말로 울음을 달래는 것은 참을 수 없는 서러움의 극한상황이다.

'매터를 만지면서 매 맞으면 쉬 큰단다/ 우지마라 지발 덕분 우지마라 / 밥을 주마 우지마라 고기주마 우지마라'는 극단적인 가난의 고통을 표현하는 패러그래프paragraph이다. 부모 자신의 고통쯤이야 스스로 견뎌낼 수 있지만, 분신 같은 자식의 고통과 쓰라림은 참고 견딜 수 없는 게 이 세상 부모들의 공통된 심정이다. 오죽했으면 밥을 주고 고기를 줄 테니 우지마라고 거짓으로 달래었을까 말이다. 이런 처절한 고통은 치산治産하지 못한 자신의 탓이라고 스스로를 자책하면서 치산의 방법을 구체화

한다.

첫째, 제초와 시비로 농사에 힘을 기울이면 산상 육등부의 박토薄土일 망정 수확이 가능하고, 특히 농사란 절대 때를 놓치면 안 된다고 강조하고 있다. 위 뜰의 상평전이나 아래 뜰의 하평전이라도 농사하기에 재미를 붙이고, 모맥과 서숙, 두태豆太밭에도 제초하기를 힘쓴다면 가을 수확은 '양양만가揚揚滿家일 것이니 이 아니 좋은 일인가'라고 서술하고 있다.

둘째, 농사일뿐만이 아니라 양잠과 길쌈에도 힘을 써야 한다고 강조한다. 봄, 여름 두 계절에는 마포麻布와 저포紵布를 힘써 낫고, 석 달 농사가 양잠이므로 누에치기에 힘을 써야 한다는 것이다. 의식衣食이 일체이니 농사만이 아니라, 의복에도 힘을 써서 거느리고 있는 종에게도 옷을 만들어 입힌 후에 남는 것을 내다 팔면 그것 또한 재물이 된다는 것이다.

1925년에 창작된 것으로 보이는 경북대학교 도서관 소장所藏인 「계녀사」의 치산도 이 「치산가」의 경우처럼 소작과 방적, 직면을 밤낮없이 계속하고 삶 바느질까지 하여 재산을 모으는 것으로 구체화되고 있다. '이리 벌고 저리 벌어 푼푼이 모아놓고/ 냥냥兩兩이 쾌를 지어 관돈모아 백냥되고/ 백냥이 천냥되고 천냥이 만냥되니/ 앞들에는 논을 사고 뒤들에는 밭을 사며/ 이엉 걷고 기와이고 울을 뜯어 담을 싸며/ 안팎중문重門 소슬대문 동편으로 유기鍮器고왕/ 서편으로 전곡田穀고왕 실과實果 해물海物고왕/ 간간이 채워놓고'는 작자인 어머니의 실제 체험담이다.

재물이 많아지면 자연히 귀한 손님도 많이 드나들게 되고 판서 자제, 참판, 수령 방백들도 모여드는 법이라 하였다. 그러므로 「치산가」는 재물이 있어야만 집안이 흥성할 수 있다는 생각 끝에 적극적으로 치산에 힘을 써야 한다고 강조하는 교술敎述적인 가사이다.

셋째, 소나 말, 닭과 돼지 등은 암컷을 잘 가려서 번식시켜야 재물이 된다는 것이다. 이러한 짐승들은 사람이 어떻게 양축養畜하는가에 달려 있는 법이라고 강조하고 있다.

넷째, 채소를 잘 가꾸어서 반찬을 마련해야 한다는 것이다. 옛날 우리나라의 경제 구조는 순연히 자급자족의 방식에 의해 이루어졌는데, 이러한 과정 중에 남은 것은 내다 팔아 재물로 만든다는 것이 주된 치산의 방편이다. 채소와 같은 좋은 반찬을 놓아두고 값진 고기를 사지 말 것이며, 삼시 세 때 정성으로 반찬을 마련하되 쓰지도 맵지도 않게 알맞게 장만해야 한다는 것이다. 특히 음식이란 그 집안의 흥망성쇠를 가늠하는 척도가 된다고 경계하는 것도 주목된다.

다섯째, 청결과 불조심을 해야 한다는 것이다. 자고 나면 뜰을 쓸고 상 밑과 그릇까지 정성스럽게 닦아 청결을 유지하여 가족의 건강을 돌봐야 하며, 자칫 부엌에서 불조심을 게을리 하여 화재를 만난다면 모든 게 헛수고가 된다는 걸 경고하고 있다.

여섯째, 송죽의 임산 관리로 재물을 늘려 가야 한다는 것이다. 송죽이라는 것은 여염가에 흔히 있는 것이므로 쓰고 남는 것들을 베어서 장에 내다 팔아 논과 밭을 사게 되면 가세가 자연 요부饒富하게 된다는 것이다. 양반가에는 울창한 산이 많으므로 나무를 베어 내어 팔아다가 전답을 사서 농사를 짓게 되면 앞뜰과 뒤뜰에 노적가리가 가득하여 진나라 때 부호인 석숭石崇이 부럽지 않다는 용사用事까지 하고 있다.

이렇듯 「치산가」에서 가장 중요한 덕목은 역시 치산의 방법이다. 일반 규방 가사에선 이 치산조가 얼마 되지 않지만 이 작품은 47행 96구로 전문의 1/5이 넘는 큰 비중을 두고 있음을 알 수 있다. 대부분의 내훈조의 규방 가사들은 근려勤勵와 절검節儉의 덕목으로 입치레, 곧 군음식 금지, 몸치레의 의복치레 금지, 헌옷 기워 입기, 잡음식도 버리지 말 것과 집안 청소, 기명器皿 간수를 잘하여 그릇이 깨지지 않게 해야 한다[12]는 것 등으로 되어 있는 게 일반적이다. 그런데 이 「치산가」는 그 보다도 재산 관리에 실질적이고 구체적인 방법까지 제시하고 있다는데 그 특성이 있다.

옛적의 해임태사　　임태姙胎하여 태교胎敎 하네
태교란 뜻 들어 보소　　낳기 전에 가르치소
궂은 빛과 음탕소리　　보고 듣지 아니하네
이렇듯 십삭만에　　탄생하매 옥동자라
(중략)
어진 스승 맞아다가　　글공부를 가르치소
사서삼경 백가어를　　무불통리無不通理 가르치소
근본재주 있는 고로　　수용산출受容算出 기지로다
문장탁월 무슨 일고　　태교 덕이로다

태교는 『여훈女訓』 속에 ‘임자姙子’로 나와 있는데 특히 소학 『성학십도聖學十圖』 입교 편의 입태육보양지교立胎育保養之敎 조를 근저로 하고 있다. 치산가의 ‘궂은 빛과 음탕소리 보고 듣지 아니하네’는 『소학』 권 1

12 이재수, 앞의 책, p.73.

입교 편의 '목불시사색 이불청음성目不視邪色 耳不聽淫聲'을 그대로 옮겨 놓은 것이다.

다른 규방 가사의 경우도 소학의 입교 편을 국문으로 그대로 옮겨 놓았다고 말할 정도로 너무 혹사하다. 자식을 가르치는 것도 소학의 맹모삼천지교의 전범을 그대로 따르고 있다. '맹자의 어머님은 세 번 옮겨 가르칠 제/ 처음으로는 장가이요 두 번째는 묏가이요/ 세 번째는 학당이라'라는 여느 규방 가사와 같이, 『소학』 권 4 계고稽古 조[13]를 그대로 용사한 것에 불과하다. '어진 스승 찾아 가르치니 천고의 맹자로다'는 『성학십도』의 입교 가운데 '입사제수수지교立師弟授受之敎'로, '어진 스승 맞아다가 글공부를 가르치소'에 그대로 연결된다.

향시장원鄕試壯元 득첩得帖하여	회시장원會試壯元 년중年中하고
춘당대春塘臺 알성장원謁聖壯元	장원급제壯元及第 좋을시고
인성만성人姓萬姓 만장滿場중에	즉일중방卽日中榜 더욱 좋다
머리 위에 어사화御史花요	손에 쥔 옥홀玉笏이라
천리준총千里駿驄 대마상大馬上에	두렷이 앉았으니
(중략)	
인재人材를 뽑으려고	춘당대과春堂大科 보였더니
장원급제壯元及第 징을 보고	충신인재忠臣人材 분명하다
진심갈충盡心竭忠 아름답다	국가태평國家太平 하여서라
아름답다 장원급제壯元及第	장하도다 내의충신

13 孟軻之母 其舍近墓 孟子之少也 其戲嬉爲墓間之事 踊躍築埋 孟母曰 此非所以居子也. 乃居舍市 其戲嬉 爲賣衒 孟母曰 此非所以居子也 乃從舍學宮之旁 其戲嬉 乃設俎斗 揖讓進退孟母曰 此眞可以居子也

하늘이 도우사 고굉지신股肱之臣 얻었도다
(중략)
무슨 벼슬 제수除授할고 한림급제翰林及第 영화榮華로다
지평장령持平掌令 승지정언承旨正言 차례로 다 지내고
각읍수령各邑首領 각도방백各道方伯 차례로서 지낼 적에
북당부모北堂父母 거동擧動보소 쌍교雙轎타고 독교獨轎타고
호사好事로다 만두일산滿頭日傘 호사好事로다 만두일산滿頭日傘
십리十里오리五里 전마성前馬聲은 내의 호강好康 아닐런가

「치산가」가 아니더라도 집안을 잘 다스려서 부자로 만들고 자식을 잘 기르고 가르쳐서 과거에 급제하고 영달榮達하게 되는 것은 규방 가사의 일반적 내용이며, 이 또한 여인네들의 한결같은 꿈이요, 소망이었다. 그러므로 과거는 거의 모두가 장원급제로 과장되는 게 일반적이다. 과거급제하고 도문到門차 금의환향하는 자식의 모습이 너무도 의젓하고 장하다 못해 당나라 때 시인이며 호걸인 두목지杜牧之의 '만성견자수불애滿城見者誰不愛요, 취과양귤만거이醉過楊橘滿車耳'의 용사用事로 과장되고 있다.

치산을 잘해 자식이 장원급제까지 하였으므로 '도문到門절차 차려낼제 전곡錢穀없어 못할소냐'라 의기양양할 수가 있다. 또한 '도문到門잔치 차려낼 제 육산肉山포림脯林 삼아놓고 병풍屛風 차일遮日 둘러치고/ 대년 석산의 제제적적濟濟跡跡 열사할제/ 굿 보자고 오는 사람 남녀노소 할 것 없이/ 불원천리不遠千里 오는 거동擧動 용문산에 안개 못듯'할 수밖에 없을 것이다. 의젓한 자식의 모습도 '어사화御史花를 빗기 꼽고 백옥홀白玉笏을 손에 쥐고/ 청포靑袍옥대玉帶 저 신원身元이 큰 말위에 앉았으니/ 쌍쌍雙雙 나열羅列하고 각색各色풍류風流 진동震動할제/ 주순朱脣반개半開 미소하고 늠연凜然히 들어오네'로 묘사되는 게 오히려 당연하다.

사당고사와 영친榮親은 자식으로서 최대의 효孝요, 부모로서도 선영先塋에 대한 최대한의 도道인 셈이다. 이러한 모든 영화의 근원은 치산 잘한 작중화자의 탓이라는 자랑과 자부自負는 일반 규방 가사의 범주를 벗어나 대단히 노골적으로 나타나고 있는 것도 이 작품의 특성이다.

'저 양반 무엇한고 자식영화 내덕이제/ 글공부 잘하기도 내 치산 잘한 덕이요/ 저 양반은 무엇한고 치산 잘한 내덕이제/ 초시初試 진사進士 급제하기 치산 잘한 내덕이제'를 연발한 걸 보면 흉에 겨운 나머지 우리 고유의 겸양의 미덕을 찾아보기 힘든 즐거움의 절정이 아닐 수 없다. 이 같은 자식의 글공부 잘한 것과 초시와 대과급제의 자식영화는 남편의 덕분이 아니라 순전히 치산 잘한 자신의 덕이라고 강조하고 있다.

도문到門과 영친의 절차가 끝난 다음, 서울로 올라가 임금을 배알하니 하늘이 도와서 고굉지신股肱之臣을 보냈다고 즐거워하고 있다. '은나라 은왕 성탕이 윤允을 얻어 성군되고/ 주나라 주무왕도 여상呂尙얻어 성군되고/ 장야 한신 등은 한고조의 고굉股肱이요/ 당나라 위증이도 택조의 주석柱石이라'라고 전고용사되었다. 정5품 사헌부 지평과 정4품 장령, 정3품 승정원의 승지, 정3품 돈녕부의 정의 벼슬을 다 거쳐 현달顯達했다는 진술로 보면 마치 고대소설적인 서사성이 엿보이는 규방 가사라고도 할 수가 있다.

「치산가」와 같은 규방 가사에서 엿볼 수 있듯이 조선조의 여인들은 온갖 어려움을 극복하고 치산에 힘을 쏟아 집안 살림을 일으켜서 자식들을 올바로 기르고 가르치는 데 심혈을 쏟았다. 이러한 조선조 여인들의 열정적인 치산과 교육력에 의해 자식들이 잘 배우고 자라나서 가정을 번창하게 하였고, 나라가 잘 지켜져 오늘의 부강한 국가가 되었을 것으로 보인다.

4. 신랑 신부 서로 만나

「상사별곡」은 규방閨房 가사이다. 내방內房 가사, 부녀 가사라고도 명명된 이런 가사들은 여탄형女嘆型[14]이 주종을 이루지만, 이 외에 계녀형誡女型, 야유형野遊, 기행형紀行型 등의 유형으로도 대별된다. 특히 「상사별곡」이라는 명칭의 규방 가사들이 많고 필사 과정에서 조금씩 변이된 이본異本성의 가사들이 있기도 하지만, 이 작품처럼 전혀 별개의 「상사별곡」들도 많다. 이 가사는 필자에게 수강을 했던 익산군 함열읍 석매리에 사는 정대위 군으로부터 영인하여 받은 것으로 증조모가 소장해 오던 것인데 작자는 확실치 않다고 했다.

규방 가사의 창작과 수용, 향유의 분포가 영남에 국한되었다고 보는 견해가 지배적인데, 이 「상사별곡」은 전북 완주군 봉동면에서 발견된 「홍규권장가」와 더불어 호남의 규방 가사라는 점에서 큰 의의를 찾을 수 있다. 사용된 어휘가 전라 방언이 많고, 특히 'ㄱ'의 'ㅈ'화 구개음화현상이 뚜렷하며 'ㅎ'도 'ㅅ'이나 'ㅆ'으로 바뀌는 음운변화를 보더라도 그렇다.

14 이재수의 『내방 가사 연구』에서는 여탄형 등 6유형類型으로 나누었고, 권영철의 『규방 가사 연구』에서는 계녀교훈류, 상사소회류 등 21유형으로 분류하였다.

본문 중 '한국충신 손중낭께 전하야다고'라는 가사구로 보아 창작한 시기는 서기 1897년 광무 1년 이후일 것으로 보인다. 이해는 고종 34년으로 그해 10월 일제에 의해 황제즉위식을 갖고 국호를 대한제국이라 했기 때문이다.

이 가사는 사별한 남편에 대한 연모의 정이 곡진할 뿐만 아니라, 상사相思의 한을 극복하기 위한 방법으로 산천을 유람하는 기행형을 취하고 있다는 데 그 특성이 있다. 조선조 여인네들에게 있어 남편이란 하늘과 같았고 또 그렇게 믿고 살아왔다. 그런 남편이 갑자기 득병하여 횡사하는 건 하늘 무너지는 슬픔이며 극복할 수 없는 괴로움이다. 더불어 뼈속 깊이 파고드는 상사의 그리움은 치유할 길 없는 절망이었다. 그러나 이 작품에서는 산천을 유람하면서 그러한 고독과 괴로움을 극복한다는 것으로 일관한다는 다소 허구성까지 내포하고 있다.

구성을 보면 여자로 태어나 부덕을 닦은 숙녀로 성장한 후, 정혼에 따른 교배례交拜禮, 초야정사와 신행新行, 득병得病과 망부亡夫의 한 등 4단락으로 이루어진 상사相思의 정과 명산대천과 무변창해無邊滄海 유람, 악양루와 고소대의 승경勝景, 봉황대와 강동의 범주泛舟 등 3단락의 유람기행, 1단락의 과부의 애소哀訴와 경계警戒 등 4부문으로 되어 있다. 어찌보면 「상사별곡」과 기행 가사 두 편을 묶어 놓은 듯 보이는 이러한 구성은 조선 말기 개화하는 과정에서 이루어진 규방 가사의 변이형태라 할 수 있을 것 같다.

그렁저렁 성인하여　　　　십오 세가 당도하니

옥안운발玉顔雲髮 고운 얼굴　　만인 중에 빼어나매
우리 부모 이르기를
당 명황 시절의　　양귀비楊貴妃가 갱생한 듯
한나라 시절의　　왕소군王昭君이 갱생한 듯
아무도 우리 천하는　　우리 딸이 무쌍無雙이라
인근 읍의 유명하기로　　구혼하는 매파媒婆들이
만수산의 구름이요
영주의 호걸 뫼듯　　사방으로 오고갈 제
우리 부모 나를 두고　　이아니 고를소냐
직서直書하기 일을 삼아　　각별히 가릴 적에
영웅군자 얻으려고　　주사야택晝捨夜擇 하건마는
천생만민天生萬民 하올 적에　　각각 짝이 있는지라
하늘이 정한 배필配匹　　인력으로 어찌할까[15]

「상사별곡」의 허두虛頭는 하늘과 땅, 해와 달이 차고 기울면서 우주 만물이 생성하는 운행의 법칙에 따라 각기 남자와 여자로 태어난다는 철학적 해석으로 시작된다. 주로 남자의 몸으로 태어나지 않고 여자로 태어남이 분하다는 게 아니라, 인간으로 태어남을 기뻐하는 것으로 그려졌다. 즉 남자나 여자로 태어나는 데에 초점이 있는 게 아니라, 짐승이 아닌 인간으로 태어나는 것에 오히려 관심이 더 큰 것으로 보인다는 것이다.

그러므로 이재수는 남자에겐 요조숙녀가 필요하고, 여자면 군자호구君子好逑가 짝이 되어야 하는데 이 양성의 화합으로만 인간의 행복을 추구할 수 있다고 하였다. 앞에서 말한 바와 같이 「상사별곡」에서도 이와

15 「상사별곡」(사본).

유사한 경향을 취하여 여자로 태어난 것을 한탄하거나 강한 불만을 토로하는 그런 일반적인 여탄류의 패턴으로 흐르지 않았다. 2~3세에 아버지와 어머니라는 말을 배우기 시작하여 7~8세에 이르러서 공자, 맹자, 안자, 증자의 가르침을 받고 부모에게 효도와 형제간의 우애를 익힌다.

그리고 여자의 덕목의 하나인 침선針線과 자수刺繡와 방적紡績을 배운 후, 나이 15세 꽃다운 나이에 들면 각별히 배필의 취택 과정을 밟게 되는 순서가 상세하게 진술되고 있다. 부모의 눈에는 자신의 딸이, 당나라 때 절세미인이라던 현종의 비인 양귀비보다도 아름답고, 한나라 원제元帝의 궁녀였으나 흉노와의 친화 정책으로 흉노 족장에게 시집간 왕소군보다 더 예쁘고 아름답다고 비유하며 '우리 천하는 우리 딸이 무쌍無雙이라'라고 기염을 토하고 있다.

그런 보옥寶玉 같은 딸이었기 때문에 '구혼하는 매파들이 만수산에 구름이요'라 자랑하지만 인간의 뜻이라기 보다 오히려 하늘의 뜻에 따라 이뤄진 운명을 어찌할 수 없다는 기박한 운명론이 바탕에 깔려 있다. 궁합을 보고 길일을 택한 후 다시 중단中段[16]을 보아 각종 옥살獄煞을 피하도록 완벽을 기했던 혼사였지만, 종국에 가서는 그것도 무용지물이었다는 허망함을 노래한 규방 여인의 한 맺힌 외침이다.

신랑 신부 서로 만나　　　여군동침與君同寢 하올 적에
섬섬옥수纖纖玉手 마주잡고　　　사랑으로 노닐 적에

16　역술가가 음역의 曆 가운데 段에 기입되어 있는 建, 除, 滿, 平, 定, 執, 破, 危, 成, 納, 開, 閉의 12글자를 가지고 말 속에서 길흉을 판단하는 일을 가리키는 말임.

옥안玉顔을 상대하니 여운간지如雲間之 명월明月이라
마음이 호탕浩蕩하여 다야담화多夜談話 즐길 적에
주순朱脣을 반개半開하니 약수중지弱水中之 연화蓮花로다
은은한 둘의 정情을 게 뉘라서 다 알소냐
동영東影의 비친 달이 서창西窓에 다지도록
연연戀戀한 둘의 심사 파정罷情을 못 다하고

신혼 초야인데도 신랑 신부의 사랑이 무르녹아 내린다. 마치 고려 속요 「만전춘별사」의 정조情調와 흡사하다. 동쪽 창가에 비친 달이 긴 밤을 지나 서창에 다지도록 사랑하는 마음을 다할 수 없음이 얼음 위에 댓잎자리를 보아 사랑하는 두 사람이 함께 얼어 죽을망정 이 밤이 더디 새었으면 좋겠다는 「만전춘별사」 속요의 정조와도 동질적이다. 옥 같은 얼굴은 구름 사이로 보이는 밝은 달처럼 예쁘고, 붉은 입술 방긋이 웃는 모습은 신선이 노닐었다던 중국 서부의 전설적인 강물 약수弱水에 떠 있는 연꽃처럼 아름답다고 용사用事하였다.

그러나 다른 상사가相思歌나 여탄女嘆류에서는 이보다 훨씬 더 노골적이고도 육정肉情적인 표현들이 많다. '원앙금침鴛鴦衾寢 잔 이불이 운우지정雲雨之情 깊이 든 잠'이라 표현된 「망부가望夫歌」의 경우를 보더라도 운우지정의 '운우雲雨'는 대담하고도 육정적인 성행위의 상징이며, '금침衾寢에 누었으니 이성지합異性之合 분명하다/ 부끄러움 멀어지고 인정人情은 깊어온다'라는 「여자자탄가女子自嘆歌」에서도, 부끄러움 멀어지고 인정은 깊어온다는 초야정사初夜情事 장면이 혼인 첫날 치고는 상당히 과장적이고도 대담한 표현으로 나타나기도 한다는 것이다.

부창부수夫唱婦隨 예를 좇아
시가媤家로 다려갈제
그 아니 좋을시고
부모전에 뵈올적에
산천초목山川草木 다 알거든
형우제공兄友弟恭 오죽할가
남노여비男奴女婢 다스릴 제
인의仁義를 가르치니
수신제가修身齊家 하는 법이
더할 사람 뉘 있는가
부부금슬夫婦琴瑟 각별할 제
주야晝夜로 즐거하니
비할 곳이 전혀 없다

혼례婚禮의 초야정사가 끝나면 으레 시가媤家의 신행新行길이 이어진다. 이날이 가까워 오면 시집살이의 두려움과 초조함이 한꺼번에 밀려드는 게 규방 가사의 공통적인 성격이겠지만, 이 작품은 그러한 정조를 찾아볼 수가 없다. 두려움이나 초조함보다 오히려 시댁 형제간 우애와 비복婢僕을 다스리는 데 있어 인의仁義가 제일임을 교훈적으로 강조하고 있다는 것이다.

신행길이야말로 응당 여자가 행해야 할 부창부수夫唱婦隨의 어려운 길일 터인데 오히려 즐거움과 행복으로 묘사되고 있는 점도 허구적이다. 더구나 시집은 시집살이의 고통이나 한이 있는 게 아니라, 금실 좋은 부부가 밤낮으로 즐겁게 살아가는 것이라고 그려지고 있다. 이는 남녀의 결합으로 인생의 가장 큰 행복이 됨을 강조하면 할수록 망부亡夫의 슬픔이 더욱 고조되는 그런 대조적인 효과를 노리기 위한 것으로 보인다.

천지조화로 이뤄진 혼인이었지만 밤낮없이 즐거웠던 신혼의 행복이 갑작스러운 남편의 불치병으로 이어져 죽음의 나락으로 떨어지는 건 하늘이 무너지는 슬픔이다. 부부간의 이 같은 깊은 사랑을 천지가 미워한 것인가, 아니면 귀신이 작해作害한 것인지, 부부는 천만년 같이 살아갈 것이라 믿어 왔는데 백약이 무효라고 한탄을 한다.

이렇듯이 짚은 정을 천지가 미워한가
귀신이 작해作害한지 어여쁠사 우리 낭군
천만세나 믿었더니 우연히 득병得病하야
백약이 무효로다 의약이 분주奔走하야
아무리 치료하되 살릴 길이 전혀 없다
인하여 별세別世하니 청강淸江에 노던 원앙
녹수綠水로 날아나고 단사丹沙에 노던 봉황
짝을 잃은 정리定離로다 어찌 아니 불쌍할까
신체身體를 붙들고서 천호만호千乎萬乎 불러본들
눈이나 떠서 볼까 대답이나 하여볼까

(중략)

금풍琴風이 소슬蕭瑟하야 오동잎은 떨어지고
오곡이 성실成實하야 사계梭鷄는 슬피울제
동방의 실솔성蟋蟀聲은 나의 수심愁心 자아내고
추야장秋夜長 긴긴 밤에 어찌 아니 한심할까
가을이 돌아가도 우리임은 아니 온다
그렁저렁 동절冬節이 돌아오니 백설白雪이
분분紛紛하니 만건곤滿乾坤이라
궁항窮巷 적막寂寞의 비금飛禽주수走獸는 깊이 들고
산천 초목山川草木이 백발白髮 세계世界로다

고칠 수 없는 병을 얻어 불귀不歸의 객客이 된 남편에 대한 그리움과 가눌 길 없는 슬픔의 독수공방은 이 「상사별곡」의 클라이맥스에 해당한다. 망부의 한과 독수공방의 슬픔의 단락이 이 가사 가운데 가장 많은 부분을 차지하면서 극적 전환을 이루기도 한다.

독수공방의 한과 설움을 더해주는 요소로 등장하는 소재는 예나 지금이나 바람, 비, 오동잎, 베짱이와 귀뚜라미들이다. 밤이 깊어갈수록 울어대는 이런 풀벌레들의 구슬픈 울음소리는 상사相思의 그리움의 정을 더 깊게 만드는 관례적인 소재들이다. 그리고 사별한 남편에 대한 그리움의 정은 계절의 변화에 따라 더욱 상승하여 나타난다. 동지섣달 긴긴 밤이면 그리움에 비례하여 슬픔이 고조되기 마련이고 과세過歲하기 더욱 어려울 수밖에 없다.

봄이 오면 잎이 떨어진 나무마다 새잎이 돋아나고 다시 꽃이 피어 나비나 벌들이 날아들며, 쌍쌍이 나는 새들은 춘흥春興을 못 이기어 화류경花柳景을 즐긴다. 그런데 한번 간 우리임은 왜 돌아올 줄 모르는 것이냐며 자연의 회귀성과는 달리 일회성의 인생을 화자는 한탄하고 있다. 자연경물의 변화 따라 더욱 임 생각이 간절히 묘사되는 건 속요 「동동動動」과 같은 달거리 노래들처럼 우리 고전시가에서 볼 수 있는 공통적인 요소다.

봄이 가고 사오월이 오면 녹음이 산야에 가득 펼쳐지고 황금 같은 꾀꼬리는 쌍쌍이 날아 들어 환우성喚吁聲을 즐기는데 한번 간 우리임은 어찌하여 날 찾거나 부를 줄 모르는 거냐며 안타까워하고 있다. 그러면서 먼 산만 바라보아도 눈물이 나고 긴 한숨 자진 강탄하여 끝내 잊을 수 없다고 절절히 하소연하는 모습이 애처롭다.

오지 않는 임에 대한 한탄은 「수양가首陽歌」처럼 유명한 당나라 시인들의 시구 가운데 좋은 글들만 취사하여 선행구先行句를 삼은 다음에 설명적 형태expositive form를 취함으로써 작자의 정서를 직서적直敍的으로 표출하여 구체화하는 시작태도[17]를 보이는 것은 규방 가사에서 흔히 볼 수 있는 창작태도이다.

> 춘수春水는 만사택滿四澤하니　　물이 짚어 못 오던가
> 하운夏雲은 다기봉多奇峰하니　　봉이 높아 못 오던가
> 추월秋月은 양명휘揚明輝하니　　달이 없어 못 오는가
> 산외山外에 산부진山不盡 하니　　노중路中에 노무궁路無窮이라
> 길이 없어 못 오는가
> 천산千山에 조비절鳥飛絶이오　　만경萬徑의 인종멸人蹤滅하니
> 벗 없어 못 오던가　　어이 그리 못 오던가

이상에서 보듯이 「수양가」에서는 한시구를 선행구로 하고 설명적 형태를 후행구조로 하는 정연미가 있는데 비해 「상사별곡」은 당唐 시인 유종원의 「강설江雪」의 시구를 선행구와 후행구로 중첩시킴으로써 오지 못하는 사연을 더 절절하게 구체화하고 있음을 알 수 있다. 독수공방 홀로 앉아 가슴만 두드리다가 사창紗窓을 열고 뜰앞을 바라보다가 매화가 난만한 곳에 사랑하는 임이 서 있는 환상幻想 속에서 바로 현실로 돌아와 '허사虛事로다'라 자탄하는 작중화자의 모습에서 더욱 상사고相思苦를 절

17　졸저, 『朝鮮歌辭文學論』, 啓明文化社, 1990, p.38.

감케 한다.

공산야월空山夜月 밝은 밤에　슬피우는 두견새야
네 심사心事 생각하니　날과 같이 불여귀不如歸라
너도 본시 촉국새로　만리타국 나왔다가
외로이 죽은 후에　불쌍한 그 혼백魂魄이
돌아갈 줄 모르고서　고국소식이 망연하다
지금 몇 해 지내도록　좌촉강산 보기 싫어
주야晝夜로 슬피 울어　불여귀不如歸를 일삼으며
네 목궁기로 피를 내어　그 놈 먹고 살아나니
어찌 아니 가련可憐하리

불쌍하다 우리 님도　황천객黃泉客되어
험악한 지부地府에서　무엇 먹고 지내는고

차라리 모진 목숨　세상을 아주 잊고
물에 빠져 죽자하니　그것도 천명天命이요
목을 매어 죽자하니　차마 아파 못 죽겠네
절절개탄 이 내몸이　어찌하여 죽거드면
십왕전十王殿에 들어가서　청춘원혼靑春冤魂우리낭군
무슨 죄가 지중至重하여　이다지 조사早死한지
횡사橫死가 아닐런가　이 내 심중心中 쌓인 원정怨情
구구句句이 다 써 올려　자상仔詳이 알려마는

억울함이나 한탄의 소리가 정한情恨의 상징인 두견杜鵑새에 이입移入하여 강조되는 것은 전통적 관례인데, 이 문단에서는 훨씬 더 구상화되어 나타난다. 귀촉도歸蜀道, 촉혼蜀魂, 불여귀不如歸라 했던 촉나라 때 망제望帝

의 죽은 넋의 서사적 내용에 대입시켜서 망부亡夫의 한을 승화하고 있다. 목구멍으로 토해낸 피를 다시 먹고 산다는 원怨과 한恨의 극한적 상황을 열거함으로써 작중화자의 상사相思의 정을 절절하게 노정露呈한다.

또한 죽음의 인식도 매우 사실적으로 묘사되고 있다. 죽은 남편이 지부地府에서 무얼 먹고 어찌 지내며, 자신은 스스로 목숨을 끊어보려 하지만, 물에 빠져 죽는 것도 천명天命으로 그것도 허락되지 않는다. 목을 매어 죽어볼까도 생각해 보지만, 그마저도 사람의 힘으로 어찌할 수 없음을 처절하게 절감한다.

이 「상사별곡」은 1897년쯤 창작된 규방 가사로, 거의 호남에 분포되지 않았다는 종래의 관점에서 벗어나 「홍규권장가」, 「치산가」와 더불어 전북 지방의 규방 가사라는 점에서 큰 의의가 있다. 전라 방언인 'ㄱ'의 'ㅈ'화인 구개음화 현상이 뚜렷하고, 'ㅎ'의 음운변화가 표준음 'ㅋ'이 아닌 'ㅅ'이나 'ㅆ'으로 일어났다는 점과 '네 목궁기로 피를 내어 그놈 먹고 살아나니'와 같이 지시대명사 '그놈' 등의 용법을 보더라도 이 「상사별곡」이 전라도에서 창작되고 수용, 향유되었다고 볼 수 있다.

다음으로 이 작품은 일반 규방 가사와 같이 출생으로부터 성장, 출가出嫁 등 시간적 순서를 따라 서사적으로 서술되었고, 남편의 갑작스런 병사도 일반적인 상사류相思類의 가사와 대동소이하다. 하지만 남편의 사별에 따른 상사의 고통은 이런 류의 작품이 따를 수 없는 특수한 수사법이 동원되었다.

특히 임에 대한 그리움이 달거리로 노래된 속요 「동동動動」처럼 2, 3월 자연 풍광에 따른 그리움을 노래하였고, 4, 5월에는 쌍쌍이 노니는 꾀꼬리의 환우성喚吽聲에 그리움이 절절이 녹아나고 있는 것도 특이하다. 또한 상사相思의 아픔을 극복하기 위해 베틀에 앉아 베를 짜면서 그 시름을 잊으려 하지만 짝짝이 나는 베틀소리에 더 임을 잊을 수 없다는 육정肉情적인 표현은 청상과부 앞에서는 방아를 찧지 않는다든가, 방앗간에 보내지 않는다는 그런 관례적인 심사와도 동질적으로 묘사된 것을 알 수 있다.

이외에도 이 작품은 총 590행 1,042구의 장형 규방 가사이지만, 구조상 「상사별곡」과 기행형의 다른 가사가 교합膠合된 형식을 취한 특성을 지니고 있다. 전자는 상사지정을 노래한 규방 가사로 출생과 성장, 정혼定婚에 따른 교배례交拜禮, 초야정사初夜情事와 신행新行, 득병得病으로 인한 망부亡夫의 한恨으로 나누어졌다. 후자는 유람기행의 서정으로 명산대천과 무변창해의 유람遊覽, 고소대의 승경勝景, 봉황대와 강동의 범주泛舟로 나누어져 있고, 결말 구조로 호소 및 후세경계로 짜인 특이한 상사相思 가사라 할 수가 있다.

5. 원앙금침 홍규紅閨 중에

이 가사는 전북 완주 봉동에서 살아온 소두영蘇斗永 씨의 부인인 광산김씨光山金氏가 소장해 오던 규방 가사를 전북대학교의 김준영 교수가 수집한 것으로, 자신이 1983년에 편찬한 『고전문학집성古典文學集成』[18]에 소개한 가사 작품이다. 그는 김씨 부인의 말에 따라 시집 오기 전 익산

왕궁에서 외조부가 「홍규권장가」를 필사筆寫해 주었다고 그 내력을 밝히고 있지만 작자는 미상未詳이다.

그러나 이 작품은 김익주의 손녀라는 구체적 진술과 배행陪行 온 오라비조차 돌아가자 할 정도로 어려운 시집살이 등이 나타나는데, 이는 「괴똥어미전」과 너무도 혹사酷似한 규방 가사로, 「복선화음가福善禍淫歌」와도 상통된 부분이 많은 부녀 가사이다. 「복선화음가」는 조선조 말, 김한림의 종손 부인이 지은 규방 가사로 이 「홍규권장가」와도 유사한 작품이다.

규방閨房 가사는 내방內房 가사, 부녀婦女 가사 등으로 불리워 왔는데, 주로 시집가는 딸에게 어머니가 자기 친정의 문벌門閥이나 혼전 생활을 말하고 출가한 시가媤家의 어려운 가정 형편 속에서도 자신의 처신處身, 치산治産, 태교胎敎, 교육 등을 훈계하는 것을 목적으로 창작 유전되어 온 여류 작품이다. 주로 부부 생활과 시부모 모시기事舅姑, 제사 받들기奉祭祀, 손님 접대接賓客, 태교胎敎, 육아育兒, 교육, 치산治山, 행동거지行身, 항심恒心 등을 중요 덕목으로 삼고 있어 현대 여성들에게도 귀감이 될 만한 온고지신의 귀중한 자료라 할 수 있다.

이러한 가사들은 주로 여성을 가르치기 위한 계녀誡女형이 주종을 이루고 있지만, 과부가 되어 독수공방의 외로움을 한탄한 상사형相思型, 화전花煎놀이 같은 야유형野遊型, 남편을 따라 바깥세상을 유람하는 기행형紀行型 등으로 대별된다. 본디 규방 가사는 국문학계에선 영남 지방 양반가에서 시작되고 분포된 문학 장르로 알려져 왔지만, 호남에서도 창작,

18 김준영·최삼룡, 『고전문학집성』, 형설출판사, 1983.

유전되고 있는 작품들이 근년에 발굴됨에 따라 그러한 주장만을 인정하기 어렵게 되었다. 김준영 교수의 「홍규권장가」를 비롯해 필자가 졸저 「옛시 옛노래의 이해」(2008)에 소개한 고창 지역의 「상사별곡相思別曲」, 동명이작同名異作의 「치산가治産歌」 1, 2가 그것이다.

어화 세상 사람들아	이 내 말씀 들어 보오
불행하다 이 내 몸이	여자가 되어나서
김익주의 손녀 되어	반벌班閥도 좋거니와
금옥金玉같이 귀히 길러	오륙 세 자란 후에
여공女工을 배워내니	재주도 비범하다
월하月下에 수繡놓기는	항아姮娥의 수법手法이오
월지예의 깁 짜기는	직녀織女의 솜씨로다
열녀전烈女傳효경편孝經篇을	십세十歲에 외와내니
행동거지 처신범절處身凡節	이 아니 칭찬하리
금의옥식錦衣玉食 쌓였으니	기한飢寒을 어찌 알며
백화百花방초芳草 화원상花園上에	춘경春景도 구경하고
청풍명월 옥규玉閨중에	달빛도 구경하고
신신新新별미 다담상茶啖床도	입맛 없어 못 다 먹고
원앙금침 홍규 중에	책자도 구경하고
세시歲時복랍伏臘 좋은 때에	쌍륙雙六도 던져 보고
설앙 옥비 시비侍婢들과	투호投壺도 던져 보고
즐거이 지내더니	십 오세라 연광年光차니
고르고 다시 골라	강호江湖에 출가하니
가산家産이 영체零替하여	수간두옥數間斗屋 청강상에
사벽四壁이 공허하니	우린들 있을 손가

(중략)

견구고見舅姑 삼일 후에	주하廚下로 들어가니
은죽절銀竹節 전당 잡혀	쌀을 팔고 반찬사고
사오일四五日 지낸 후에	의식이 장식이라
혼수婚需한 것 많건마는	글로 어이 지탱하며
친가親家의 약간 구제救濟	글로 어이 지탱하리
천황天皇씨 서방님은	글 외에 무얼 알며
연만年晩하신 시부모는	다만 망녕妄佞 뿐이로다
암상暗相한 시누이는	없는 모해謀害 무삼 일고
듣고도 못 들은 체	보고도 못 본 체
말 못하는 벙어린 체	노염 없는 병신인 체
무죄無罪코 애매한 말	고개 숙여 잠잠 들어
연만年晩하신 부모 마음	행여 혹시 거스릴까
친정생각 하는 마음	어디가 사색辭色하며
구고舅姑 앞에 웃는 낯이	제 즐거워 그리할까

「홍규권장가」는 모두 252행 504구의 장형 규방 가사이다. 서사와 본사 결사의 3단 구조를 이루고 있는데, 서사엔 여자로 태어난 한 많은 자신의 삶의 사연을 들어 보고 후세에 경계 삼기를 바라는 내용으로 되어 있다. 방년 15세가 될 때까지 반벌班閥 좋은 김익주의 손녀로 태어나서 금옥같이 귀하게 자라나서 5~6세에 수놓기와 비단 짜기를 배우기 시작하였다. 10세에 열녀전과 효경편孝經編을 익히니 행동거지와 처신 범절을 칭찬하지 않는 자가 없는 아름다운 규수, 즉 어엿한 아름다운 아가씨가 거처하는 방인 홍규紅閨의 여인에게 권장함을 발단으로 하였다.

비단 옷과 좋은 음식이 많으니 굶주림을 어찌 알며, 온갖 꽃들이 가득한 화원花園에서 봄날을 마음껏 즐기고, 청풍명월 아름다운 규방에서 달빛을 맞으며 그림처럼 아름답게 살아가는 규방 여인의 모습이 더욱 선연하다. 새롭고 맛있는 다담상茶啖床도 맛보고 원앙 비단금침 규수 방에서 서책도 읽어가며 섣달 제야除夜엔 쌍륙雙六도 던지며 즐겼다. 설앙과 옥비같은 계집종들과 투호投壺도 던져가며 즐거이 보내다 보니 어언 15세 성년이 되어 출가할 때가 당도했다는 것이다.

친정의 부모들이 고르고 또 골라서 출가하여 반벌班閥 좋은 강절강의 손부孫婦가 됐지만 시가媤家는 한두 칸 밖에 안 되는 가난하고 초라한 집이었다. 배행陪行 온 오라비조차 눈물을 흘리며 되돌아가자고 할 정도였으나, 누이 동생은 마땅히 남편을 좇아야 한다는 여자의 운명적인 삼종지의三從之義를 말하며 그건 오라비의 실언失言이라 강변强辯하는 아름다운 여인의 미덕이 이 작품 내면에 흘러내린다.

한심하다 이 내 몸이
전곡田穀을 몰랐더니
이대도록 되었는가
수족이 성성하니
어느 누가 시비하리
분한 마음 깨쳐 먹고
김 부자 이 부자는
밤낮없이 힘써 벌면
오색 당계唐系 오색실을

금의옥식錦衣玉食 쌓였을 제
일조一朝에 빈천貧賤하니
이목구비 같이 있고
제 힘써 치산治産하면
저런 욕辱을 면하리라
치산범절治産凡節 힘쓰리라
씨가 근본 부자리오
낸들 아니 그러할까
줄줄이 자아내어

육황기 큰 베틀에	필필匹匹이 끊어내니
한림翰林 주서注書 조복朝服이며	병사兵使 수사水使 융복戎服이며
녹의홍상綠衣紅裳 처녀치장	청사복건靑絲幅巾 소년의복
원앙금 수繡 놓기와	봉황단 문채文采 놓기
(중략)	
딸아 딸아 아기 딸아	시집살이 조심하라
어미 행실 본을 받아	괴똥어미 경계警戒하라
딸아 딸아 아기 딸아	어미 마음 심란하다
여자의 유행有行에	부모 형제 멀었으니
명춘明春 3월 봄이 되면	너를 다시 만나리라

나이 15세가 되자 고르고 또 골라서 강 절강의 반가班家 손부孫婦로 출가를 하게 되지만, 끼니를 이을 수 없는 가난의 극한상황에 처한다. 매파의 말이나 집안만을 보고 혼인한 경우, 민요나 규방 가사에서 흔히 대할 수 있는 상황이다. 가난의 어려움을 겪어보지 못한 화자는 난생처음 배고픔의 고통이나 슬픔을 몸소 겪으며 극복할 수 없는 절망에 갇혀 어찌할 바를 모르지만, 이내 슬기롭게 이를 극복하기 위한 적극적인 방편을 제시한다. 이것은 인고忍苦와 인종忍從을 바탕으로 하여 어려운 현실을 타개해 왔던 조선조 여인들에게서 찾아볼 수 있는 미덕이요, 슬기였다.

이 단락에선 비단 옷과 기름진 밥을 먹으며 유복하게 살아 왔던 화자는 거친 밭곡식의 음식이 어떤 것인지 꿈에서라도 몰랐는데, 하루아침에 가난에 처한 자신을 보며 '한심하다 이 내 몸이 금의錦衣 옥식玉食 쌓였을 제/ 전곡田穀을 몰랐더니 일조一朝에 빈천貧賤하니'라며 가난의 서러움을 절절히 토해 낸다. 가난의 극한상황에 처하지 않았던 사람들은 그 서러움이 어떤 것인지 알지 못하는 법이다. 그러나 작중 화자는 이런 가난에 머무르거나 절망을 하지 않고 적극적으로 이를 극복하는 방편으로 치산의 방법을 선택한다.

즉 '수족手足이 성성하니 제 힘써 치산治産하면/ 어느 누가 시비是非하리'라며 극한의 가난을 탈출하기 위한 피땀 어린 고된 살림살이를 꾸려나감으로써 집안을 일으켜 치부致富할 수 있다는 여장부의 모습으로 등장한다는 것이다. 베를 한 필 두 필 짜서 팔며, 관복官服이나 여성의 녹의홍상綠衣紅裳 옷 짓기, 소년 의복과 노인 핫옷 만들기, 원앙금침 수놓기를 하되, 낮엔 육행기肉杏機 베틀에서 두 필匹의 베를 짜고 밤엔 바느질 다섯 가지를 해서 돈을 모은다. 이외에도 누에치기와 닭이나 개, 돼지 기르기 등 육축六畜짐승을 길러내어 장에 내다 팔아 돈을 번다.

그리고 전답을 사들여 농사짓기로 부富를 일구어서 시집온 지 10년 만에 가산이 10만에 이르는 큰 부자가 된다. 치부한 재산으로 훌륭한 스승을 모셔다가 아들 형제 잘 가르쳐서 과거에 급제시킴으로써 '내외 해로偕老 부귀富貴하니 팔자도 거룩하다'라 만족해 한다. 시집가는 딸에게는 아름다운 부부 금슬과 바른 행동거지, 처신 범절과 칠거지악七去之惡을 조심해야 하고 가산을 탕진해 거지 신세를 면치 못한 괴똥어미를 언제나 경계 삼으라고 훈계하고 있다.

'내 나이 쉰 살이나 남편에게 조심하기 화촉동방華燭洞房 첫날밤과 일분一分인들 다를소냐'라며 지천명의 나이에도 부부는 언제나 신혼 첫날밤처럼 살아야 한다고 초심初心을 강조한다. 정성스런 손님맞이接賓客와 절약·

검소를 바탕으로 한 올바른 세간살이 방법을 이르며 무당 같은 미신에 빠져서도 안 된다고 가르치고 있다. 그리고 다시 한 번 하루아침에 가산을 탕진하고 거지로 전락해 버린 괴똥어미를 상기시키며 착하게 살면 복을 받고 음란하면 재앙이 온다는 복선화음福善禍淫을 경계하고 있다.

결사에 이르러 금지옥엽金枝玉葉 같은 딸을 연이어 안타깝게 부르며 시집살이 조심하고 어미의 행실을 본받아야 한다고 강조한다. 그래도 마음이 놓이지 않은 어머니는 또 한 번 괴똥어미와 같은 나태하고 허랑한 여자가 되어서는 안 된다고, 시집가는 딸에게 간곡하게 호소하며 심란한 어미의 심사를 술회한다. 여자의 행실 여하에 따라 부모 형제간의 정의情誼가 달렸음을 경계하고 내년 봄이 되면 다시 딸을 만나기 위해 올 것이라 위로하면서 자신과 시집가는 딸의 위안의 방편으로 장형의 「홍규권장가」를 맺고 있다.

제5장

조선말 새 소리판

1. 판소리 6마당

판소리는 소리를 하는 소리꾼 창자唱者와 북을 치는 고수鼓手, 보고 듣는 청중 등, 3자가 한데 어우러져 하나의 '판'을 이루어서 실행되는 예술 행위를 일컫는 장르이다. 판소리란 소리꾼의 소리를 남에게 들려주기 위한 예술 형식이기 때문에 많은 청중이 있어야 하며, 흔히들 '일고수一鼓手 이명창二名唱'이라 이르듯이 소리에는 반드시 고수의 장단과 추임새가 필수적이다. 판소리의 연행演行은 창자의 소리와 말인 '아니리', 몸짓인 '발림(너름새)', 고수의 북소리와 흥을 돋우는 '추임새(보비위)'가 기본이 된다. 여기에 청중들의 추임새가 어우러지면 판소리는 이런 요소들이 한데 어울려 하나의 '소리판'이 이루어짐으로써 신명나는 예술 행위로 태어난다.

우리나라의 판소리는 대개 조선 숙종조(1675~1720) 전후인 18세기 초에 형성된 것으로 보는 게 학계의 통설이다. 왜냐하면 현존하는 가장 오래된 판소리의 기록물로서 1754년 유진한이 한문으로 쓴 「춘향가」와 남원의 양주익이 한문으로 쓴 「춘몽연春夢緣」이 전해오기 때문이다. 그리고 일부 「배뱅이굿」과 「변강쇠가」 등의 예를 든 북방계설이 있기도 하지만, 판소리는 전라도를 중심으로 무당들의 무가巫歌를 근간으로 하여 비롯되었다는 남방계설이 통설이다.

신재효申在孝(1812~1884)는 전북 고창에서 아버지 광흡과 절충장군 상려常礪의 딸인 경주 김씨 어머니 슬하에서 태어나 35세 이후에 이방이 되었다. 후에 호장戶長이 되었다가 1876년 기전삼남畿甸三南의 한재민旱災民을 구제한 공으로 정3품 통정대부가 되었고, 절충장군을 거쳐 가선 대부에 오르고, 이어 호조참판으로 동지중추부사에 올랐다. 그는 꾸준히 신분 상승을 꾀하면서 한시 문학보다 판소리의 정신 세계에 몰입하여 즐기는 한편, 넉넉한 재정을 바탕으로 판소리 광대들을 모아 그들의 생활을 도와가며 판소리를 가르쳤다.

진채선陳彩仙, 허금파許錦波 등의 여성 광대를 최초로 발탁하여 길러냄으로써 여성도 판소리를 할 수 있는 길을 처음으로 열었고, 김세종·전해종 등의 명창들을 길러내기도 하였다. 가람 이병기는 그가 지은 『국문학개론 1965』에서 판소리는 그 내용에 극적劇的 요소가 많고, 체제가 소설적이라기보다 희곡적戲曲的이며, 문체가 산문체가 아니고 시가체詩歌體적인 것이라 하여 '극가劇歌'의 장르라고 최초로 정의하기도 하였다.

신재효는 특히 고졸古拙한 소리와 직선적인 성음을 갖추고 박자가 빨라서 너름새를 하기 어려운 '동편제東便制'와, 화려하고 부드러운 소리를 갖추면서 느린 박자로 쉽게 너름새가 이루어지는 '서편제西便制'의 장점을 조화시키면서 '듣는 판소리'에서 '보는 판소리'의 묘미를 더해 드라마틱한 면모를 살려낸 판소리 제작자이다. 그리고 「춘향가」를 남창男唱과 동창童唱으로 구분하고 어린 광대가 수련할 수 있는 대본을 마련하여 판소리의 다양성에도 기여하였다.

또 창 형식을 빌어 판소리의 이론을 처음으로 정립하는 「광대가」를

▲ 동리 신재효 선생 유품

창작하여 판소리의 이론적 바탕을 마련하기도 하였다. 그는 여기에 해박한 지식을 바탕으로 이 판소리에서 소리꾼인 광대가 갖추어야 할 조건들, 예컨대 판소리는 반드시 인물, 사설辭說, 득음得音, 너름새라는 네 가지 조건을 갖추어져야 한다는 법도를 가사 장르에 맞춰 다음과 같이 논리적으로 정리 제시하였다.

고금古今에 호걸豪傑문장文章　　절창絶唱으로 지어
후세後世에 유전遺傳하니　　다 모두 허사虛事로다
송옥宋玉의 고당부古唐賦와　　조자건의 낙신부洛神賦는
그 말이 정녕한지　　뉘 눈으로 보았으며
와룡臥龍선생 양보음은　　삼장사三壯士의 탄식이요
정절靖節선생 귀거래사歸去來辭　　처사處士의 한정閑情이라
이청련의 원별리原別離와　　백락천白樂天의 장한가長恨歌며
원진의 연창궁사　　이교의 분음행이
다 쓸어 처량사설凄凉辭說　　차마 어찌 듣것더냐

인간의 부귀영화富貴榮華	일장춘몽一場春夢 가소롭고
유유한 생리사별生離死別	뉘 아니 한탄하리
거려居廬천지 우리 행락	광대행세 좋을시고
그러나 광대행세廣大行勢	어렵고 또 어렵다
광대라 하난 것은	제일은 인물치레
둘째난 사설辭說치레	그 즉차 득음得音이오
그 즉차 너름새라	너름새라 하난 것이
귀성지고 맵시 있고	경각頃刻의 천태만상
위선위귀爲仙爲鬼 천만변화	좌상座上의 풍류호걸
귀경하는 남녀노소	울게 하고 웃게 하는
이 귀성 이 맵시가	엇지 아니 어려우며
득음이라 하난 것은	오음五音을 분별하고
육율六律을 변화하야	오장五臟에서 나는 소리
농락하여 자아낼 제	그도 또한 에렵구나
사설辭說이라 하난 것은	정금미옥精金美玉 좋은 말로
분명하고 완연하게	색색이 금상첨화
칠보단 미부인이	병풍되어 나셔난 듯
삼오야三五夜 밝은 달이	구름 밖의 나오난 듯
세細눈뜨고 웃게 하기	대단히 에렵구나
인물은 천생이라	변통할 수 없거니와
원원한 이 속판이	소리하는 법레로다

(중략)[1]

이와 같이 광대가 반드시 지녀야 할 조건의 세부적인 설명 속에는 판소리에 대한 신재효의 해박한 경지를 보여주고도 남음이 있다. 즉 너름

1 全圭泰 編,『韓國古典文學大系』7권, 明文堂, 1991.

새는 구성지면서 맵시가 있어야 하며, 때론 귀신도 되고 신선도 되어야 하는 변화무쌍한 연기력으로 청중들을 사로잡아 일희일비하도록 하는 천부적인 재능을 가져야 한다는 것이다.

득음得音은 오음五音(궁, 상, 각, 치, 우의 5음)을 분별하고 육률六律(12율 중 양성에 해당하는 태주, 고선, 황종, 이칙, 무역, 유빈 등의 6소리)을 변화시켜 오장과 육부에서 나오는 소리로 만들어져 청중들을 농락할 수 있어야 하며, 깨끗하게 정련된 금과 아름다운 옥같이 곱디고운 말로서 칠보단을 두른 선녀가 병풍에서 나오듯 하거나, 삼오야 밝은 달이 구름 속에서 얼굴을 내밀듯 해야만 한다고 하였다.

판소리는 먼저 우아한 표현의 사설이 기본이 되어야 하고 음악적 기교가 뛰어나야 하며, 청중을 사로잡을 수 있는 연기력도 중요하다고 강조하면서 이러한 요건을 갖춘다면 반드시 한시 문학과 어깨를 겨눌 수 있다는 자부심도 가져야 한다고도 하였다. 그간 전해오던 송만재의 1910년대 『관우희觀優戱』에 의하면 판소리는 본디 「춘향전」, 「심청가」, 「홍보가」, 「수궁가」, 「적벽가」, 「변강쇠타령」, 「배비장타령」, 「장끼타령」, 「옹고집타령」, 「왈자타령」, 「강릉매화타령」, 「가짜신선타령」 등 12마당이 있었다. 1940년대의 『조선창극사』에도 송만재의 12마당 가운데 「왈자타령」을 「무숙이타령」으로, 「가짜신선타령」 대신에 「숙영낭자전」으로 대체되었지만 12마당은 변함이 없었다.

그런데 1933년 이선유가 발간한 『오가선집』에는 「춘향가」, 「심청가」, 「박타령」, 「수궁가」, 「화용도(적벽가)」의 5편만 실려 전해 왔다. 신재효는 종래의 12마당의 판소리 가운데 이선유의 5마당 외에 「변강쇠타령 –

가루지기타령」을 넣어 「춘향가」, 「심청가」, 「박타령」, 「토별가」, 「적벽가」, 「변강쇠가」 등 6마당으로 개작하였는데, 여기에 사설을 개작하여 작품 전체가 체계적이고도 합리적인 구성을 갖추게 함으로써 그가 지향했던 상층 취향의 전아한 의취를 살려냈다. 기존의 12마당 판소리들 가운데 청중들의 호응을 받은 작품들은 살아났지만 그렇지 못한 작품들은 문장체 고소설로 그 흔적을 남기었다.

기왕의 소박하고 산만한 사설들을 천재적인 문장력으로 바르고 아름답게 개사改詞함으로써 양반층을 끌어들이는 계기를 만들었으나, 구비문학의 역동성을 깨뜨렸다는 비판을 받음과 동시에 당대 공연되었던 판소리 대본을 살려냈다는 예찬을 아울러 받기도 했다. 그러나 판소리의 창법을 분류하고 개발하여 전수한 신재효의 공은 판소리사에서 역사적이라 할 수 있고, 판소리가 상하층 계급의 관심을 아울러 불러일으키게 됨으로써 신분을 초월하여 민족문학예술로 승화시키는데 크게 공헌을 하였다.

신재효는 판소리 외에도 30여 편이 넘는 허두가虛頭歌라는 단가를 지었는데, 규방 여인들이 재산 모으는 자신의 경험을 바탕으로 지은 「치산가治産歌」, 외국의 침략으로 인한 시련을 걱정하는 「십보가十步歌」, 「괫심한 西洋되놈」, 경복궁 낙성을 기리는 「방아타령」, 「오섬가烏蟾歌」, 「도리화가桃李花歌」 등을 창작하여 판소리문학 예술의 차원을 드높이기도 했다. 판소리 가집으로 『신오위장본申五衛將本』이 전해 온다.

2. 마이산 구곡의 노래

「이산구곡가」는 1925년경 후산 이도복李道復이 마이산 아래 이산정사駬山精舍를 낙성한 후, 주자의 「무이구곡가」, 율곡의 「고산구곡가」를 전범으로 하여 창작한 조선 후기 가사 형식의 은일 가사이다. 이 작품은 진안군 문화원장 안일이 1985년 『마이산』이라 한 소책자에 약간의 해설을 붙여 소개한 바가 있고, 1987년 유재영 교수에 의해 이 작품의 양식, 작자, 창작 연대 등이 밝혀졌으며, 1992년 진안군에서 발행한 『진안군사』에도 소개되었다.

「이산구곡가」는 이산정사 미간楣間에 음각하여 걸어두었으나 필자 역시 지나친 작품으로 학계에 지금까지 소개되지 않았다. 1996년 여름 '문화의 해' 사업의 일환으로 필자가 『한국 문학지도』의 원고 청탁을 받고 무주, 장수, 진안을 기행 하던 중에 발견되어 학계에 소개하게 되었다.

작자 이도복(철종 13년, 1862~1938)은 연재 송병선과 면암 최익현 선생의 문하에서 수학한 우국충절의 조선조 말의 유학자다. 그의 가사 작품 「이산구곡가」를 이들 계통의 9곡류의 작품, 즉 주자의 「무이구곡가」, 율곡의 「고산구곡가」의 구성과 형식, 내면의 정조를 비교해 보면 많은 영향을 받았음을 알 수 있다. 지금도 진안군 마령면 사곡리에 면암과 연재와 더불어 배향된 영곡사에서 후산 이도복의 선비 정신과 그의 족적을 엿볼 수가 있고, 인근의 마이산 이산묘駬山廟에 가보면 그가 남긴 「이산구곡가」를 대할 수가 있다.

「이산구곡가」는 「마이산기」와 더불어 후산 이도복이 1925년 봄 마령면 동촌리 이산정사駬山精舍에서 마이산의 마이동천의 구곡 승경을 음미하며 지은 가사다. '이산'의 '이駬'는 마이산의 말 마馬와 귀 이耳자를 합자한 글자인데 '마이馬耳'의 준말인 셈으로 마이산의 다른 이칭이다. 이도복은 3·1운동의 좌절과 망국의 한을 달래며 영호남을 전전하면서 500여 문하생들에게 민족혼을 불러 일으켰다. 그가 29세 때인 1891년에는 면암 최익현을 찾아가 문하생이 되었고, 면암으로부터 '수신사명修信俟命'이란 글도 받았다. 면암의 제자였으나 그의 학맥은 연재로부터 벗어나지 않았음으로 면암이 구국의병을 일으켰을 때에도 이에 가담하지 않았다.

그러나 1905년 12월에 나라를 팔아넘긴 매국노 이지용, 박제순, 이근택, 이완용, 권중현의 목을 베고 이등박문을 온 세상의 법에 의해 처단해야 한다는 「청토오적소請討五賊疏」[2]를 올려 선비의 기상을 다한 분이다. 우리나라가 조선조에 이르기까지 빛나는 문화를 일구어서 세계에 우뚝 설 수 있었던 것은 올바른 세상을 만들기 위해 힘과 맞서 싸우고 때론 의병봉기를 하여 분연히 일어선 우리 선인들의 이러한 희생정신이 있었기 때문이었다.

「마이산기」와 「이산구곡가」는 이러한 면에서 우리 민족의 정기를 고취시키기 위해 창작한 작품이다. 『후산집厚山集』 권 1에 전해지는 「자규사子規詞」는 이러한 정신이 승화된 작품이 아닐 수 없다. 1926년 3월 순종 황제가 승하하자 후산은 오령鼇靈에게 쫓겨난 망제望帝의 원혼이 되었다는 소쩍새에 비유하여 지은 작품이기 때문이다.

2 厚山文集. 卷之四. 疏. 請斬賣國賊 李址容 朴齊純 李根澤 李完用 權重顯之首 竿之藁街以絶 伊藤之籍口 以亦爲聲明 天下列國 斷之以公法也

「마이산기」는 조선을 개국한 태조 이성계와 깊은 관련이 있는 마이산 곳곳의 유적들을 노래함과 동시에 연재 송병선 선생과 면암 최익현 선생의 유사와 유적들을 부각시켰다. 「이산구곡가」 역시 마이산 구곡九谷의 승경을 노래하는 가운데 민족정기를 고취시키기 위해 창작된 가사로 이산정사의 낙성과 더불어 널리 배포된 목적적인 가사이다.

구곡가류의 시원은 아무래도 주자의 「무이구곡가」라고 보아야 할 것 같다. 이 작품은 남송 효종 11년 순희(1184) 봄 주희가 무이구곡 중 5곡에 있는 무이정사(자양서원)에서 후진들을 강학하면서 지은 뱃노래다. 7언시로서 서사와 구곡의 노래로 모두 10연으로 구성되었다.

〈서곡〉 무이산상에 신선이 살고
산 아래 시원한 물이 굽이굽이 맑구나
그 중에 기절처를 알고자 하나
뱃노래 두어 소리만 한가로이 들리네
武夷山上有仙靈 山下寒流曲曲淸
欲識箇中奇絶處 櫂歌閑聽兩三聲

〈1곡〉 1곡 시냇가 낚싯배에 오르니
만정봉 그림자는 강가에 잠겼어라
무지개 다리 끊어지니 소식이 없어
만학천봉이 숲속 안개에 갇혀 있네

一曲溪邊上釣船 慢亭峰影醮晴川
虹橋一斷無消息 萬壑千岩鎖翠烟

〈2곡〉 2곡 정정한 옥녀봉
물가에 꽃 꽂고 누굴 위해 단장했나
도인은 황대의 꿈을 찾지 아니하고
일어나 앞산에 드니 안개가 몇겹인가
二曲亭亭玉女峰 插花臨水爲誰客
道人不復荒臺夢 興入前山翠幾重

〈3곡〉 3곡 그대는 신선암에 걸려있는 배를 보았는가
뱃노래 그친지 몇 년인지 모르겠네
뽕밭이 바다됨이 이와 같으니
포말 풍등 같은 인생 가련해지네
三曲君看架壑船 不知停櫂幾何年
桑田碧水今如許 泡沫風燈敢自憐

〈4곡〉 4곡은 동서 두 바위로세
바위에 핀 꽃이슬 떨어지고 길게 늘어선 풀 푸르도다
금계닭이 울지 않으니 사람도 볼 수 없고
공산에 달빛만 가득 못에는 물만 가득하구나
四曲東西兩石岩 岩花垂露碧監毛
金鷄呌罷無人見 月滿空山水滿潭
(중략)

〈7곡〉 7곡 푸른 여울 위로 배 저어가며
은병산 선장봉을 되돌아보네

도리어 어젯밤 봉우리에 내린 비로
폭포 물 불어 몇 줄기 차가운 물 쏟아져 내리네
七曲移船上碧灘 隱屛仙掌更回看
却憐昨夜峯頭雨 添得飛泉幾道寒

〈8곡〉 8곡 바람으로 안개가 걷히려 하니
고루암 아래 물이 휘돌아가네
이곳에 가경이 없다고 말하지 말라
사람들은 이곳을 몰라 오지 않는구료
八曲風烟勢欲開 鼓樓岩 下水縈洄
莫言此處無佳景 自是遊人不上來

〈9곡〉 9곡 끝 눈앞에 넓게 열리니
뽕나무 삼대 비이슬에 평평한 냇물 같네
어부가 다시 무릉도원 가는 길 찾으니
여기가 바로 세상이 아닌 별천지구료
九曲將窮眼豁然 桑麻雨露見平川
漁郎更覓桃源路 除是人間別有天[3]

중국 복건성 숭안현에 있는 무이산 위에 신선이 살고 있다는 건 노장사상에서 연유된 것으로 보인다. 인생이란 본디 공을 세우고 자취 없이 사라지는 것功成自退이라 하여 세상의 명리名利를 백안시하고 산간에 은둔하여 양생하는 길이 참다운 도인이라 했던 도가적 은자의 은둔사상이 이 서곡에 깔려 있다. 도가적 은둔은 『장자莊子』의 각의편에서, '연못이

3 雅頌, 淳熙甲辰中春精舍閑居 戱作武夷棹歌

나 골짜기, 산곡의 소沼 등에 한가하게 낚시질을 하거나 소요逍遙로 무위無爲의 자연을 즐기는 해강지인海江之人 또는 피세지인避世之人으로 스스로 양생하고 보명保命하는 가운데 도를 닦는다고 했는데, 주자는 그런 도인으로서 이 서곡이 도의 전체言道之全體'라고 하였다.

1곡은 서곡과 같이 산곡의 강가에 낚싯배를 띄워 놓고 낚시질을 하며 한가로이 지내는 해강지인의 도가적인 은자의 모습을 노래하였다. 공자와 맹자 사후 도통道統이 오래도록 끊어졌음을 무지개나 짙은 안개가 가로 막았다고 비유하고 있다.

2곡도 1곡과 같이 옥녀봉이 아름다운 강가에 피어있는 자연의 꽃을 보면서 안개가 자욱한 산곡山谷에 사는 즐거움을 노래하고 있다. 인간 세상사가 덧없는 것으로 생각하여 대자연의 산수에 묻혀 사는 것을 즐기는 은자의 모습이 잘 드러난다.

3곡~9곡의 노래는 신선이 산다는 선선암과 선장봉, 고루암의 가경佳景, 뱃노래가 들리는 무릉도원의 신선경을 노래하고 있다. 8곡의 전, 결구 '이곳에 가경이 없다고 하지마라 사람들은 이곳을 몰라 오지 않는 것이니莫言此處無佳景 自是遊人不上來'는 9곡의 무릉도원인 '별유천別有天'에 귀결됨을 노래하기 위한 것이다.

「고산구곡가」는 율곡 이이가 42세 때 황해도 해주 석담에서 제자들의 교육에 힘쓰면서 그곳 수양산에 들어가 아름다운 자연 풍광을 읊은 연시조이다. 서곡 1수, 본곡 9수로 모두 10수다. 1184년 봄 남송의 주희朱熹가 무이정사에서 후진들을 가르치면서 읊은 뱃노래 형식의 「무이구곡가」를 전범으로 하여 지은 연첩형의 시조 작품이다. 이 작품 역시 조선조 사대부들에게서 많이 보듯이 전고용사의 수사 기교가 주종을 이루고 있음을 알 수가 있다.

우선 구성 형식이 서곡 1수와 본곡 9수, 전 10연으로 「무이구곡가」의 구성과 똑같다. 무이정사가 있는 무이구곡의 승경과 해주 석담의 자연을 대조시킨 것이나 양곡에 두루 쓰이는 용어 등에서도 공통적이거나 유사한 것들이 많아 깊은 영향 관계가 있음을 알 수가 있다.

〈서곡〉 고산구곡담을 사람이 모르더니
주모복거誅茅卜居하니 벗님네 다 오신다
어즈버 무이상상武夷想想하고 학주자學朱子를 하리라

고산은 황해도 해주에 있는 산으로, 이 산의 구곡담을 사람들이 모르고 있다고 노래한 것은 주자의 「무이구곡가」의 서곡 전구轉句 '그 가운데 기절처를 알고자 하나欲識箇中奇絶處'를 번안한 시상이다. 작자는 남송 때 주자가 복건성 무이산 구곡담의 승경을 읊었던 경지에 점입漸入하여 '어즈버 무이상상武夷想想하고 학주자學朱子를 하리라'라 읊었다.

〈8곡〉 팔곡은 어디메오 금탄琴灘에 달이 밝다
옥진금휘玉軫錦徽로 수삼곡數三曲을 부를 말이
고조古調를 알 이 없으니 혼자 즐겨 하노라

8곡은 옥 같은 물이 소沼를 이루어 마치 거문고 소리처럼 아름답게 흐른다 하여 금탄琴灘이라 한 것을 노래한 것이다. 옥으로 만든 진軫과 금박으로 박은 휘徽가 좋은 거문고로 몇 곡을 부르면서 진락眞樂에 젖어듦을 읊고 있다.

'고조古調를 알 이 없으니 혼자 즐겨 하노라'는 조선조 사대부들이 흔히 즐겨 쓰는 일종의 관형구이다. 이는 춘추전국시대 거문고의 명수 백아伯牙가 자신을 알아주었던 유일한 벗인 종자기鍾子期가 죽자, 이를 한탄하고 거문고 줄을 끊었다는 고사를 번안한 것에 불과하다. 이런 정조는 고산 윤선도의 산중신곡 「고금영古琴詠」에서도 '이 곡조 알 이 없으니 집겨 놓아 두어라'로 이어졌고, 현종 대 장복겸의 「고산별곡」 10곡 중 9곡 '종기鍾期를 못 만나니 이 곡조 게 뉘 알리'로 이어졌다.

〈9곡〉 구곡은 어디메오 문산文山에 세모歲暮커다
기암괴석奇巖怪石이 눈속에 무쳐셰라
유인遊人은 오지아니코 볼것업다 하더라[4]

9곡은 기암괴석奇巖怪石이 아름다운 문산文山을 노래하였다. 문산의 문文이란 글월이라는 의미 외에도 미美, 화華, 식飾 등의 뜻이 있음으로 지명이라기보다 아름다운 산을 일컬은 것으로 보아야 한다. 이 아름다운 산 문산은 「무이구곡가」의 9곡 전결구 '어부가 다시 무릉도원 길 찾으니 여기가 바로 세상이 아닌 별천지구료'의 별천지와 대비된 자연이다. 종장 '유인遊人은 오지아니코 볼것업다 하더라'라 한 것은 「무이구곡가」의 8곡 결구 '자시유인불상래自是遊人不上來'를 그대로 번안해낸 수사라고 할 수 있다.

4 임기중, 『한국의 고전시가』, 圖書出版 泰東, 1989, p.282.

이도복의 「이산구곡가」는 1919년 3·1운동의 좌절과 일제에 의한 망국의 한을 달래고 조선의 개국과 깊은 관련이 있는 마이산 기슭의 승경 속에 우리 민족의 꿋꿋한 기상을 불러일으키기 위하여 창작된 가사라는 데 중요한 의미를 갖는다.[5] 이는 「마이산기」나 「자규사」에 잘 나타나 있다. 그러면서 이이의 「고산구곡가」나 주희의 「무이구곡가」와 구성이나 그 내면에 흐르는 은자隱者들의 정조가 동질적이다.

즉 모두 서곡 1수, 본곡 9수로 총 10연의 형식을 취하고 있고, 배경도 각각 마이산, 고산구곡담, 무이구곡의 절승이 되고 있지만, 그들 모두가 은자의 자세에서 자연을 노래하고 있는 것이다. 「무이구곡가」는 7언 절구의 형식을, 「고산구곡가」는 연시조 형식을 취하고 있지만, 「이산구곡가」는 전형적인 조선조 은일 가사의 형식을 취하고 있음도 특이하다.

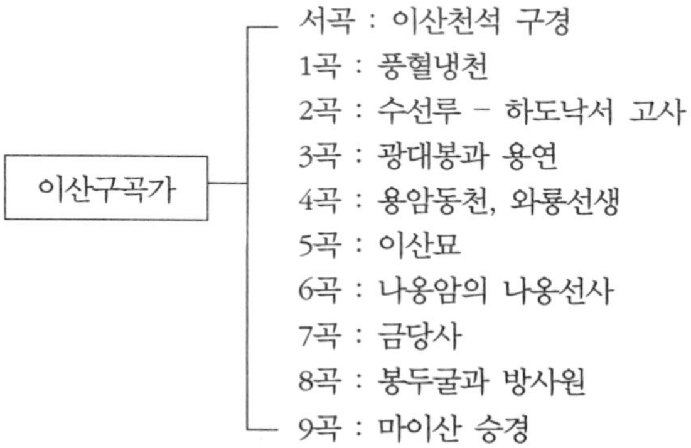

이산구곡가
- 서곡 : 이산천석 구경
- 1곡 : 풍혈냉천
- 2곡 : 수선루 - 하도낙서 고사
- 3곡 : 광대봉과 용연
- 4곡 : 용암동천, 와룡선생
- 5곡 : 이산묘
- 6곡 : 나옹암의 나옹선사
- 7곡 : 금당사
- 8곡 : 봉두굴과 방사원
- 9곡 : 마이산 승경

5 졸저, 앞의 책, p.195.

〈서곡〉 어와 우리 벗님네야 젊었을 제 구경가세
봉래방장蓬萊方丈 구경 말고 이산천석駬山泉石 찾아가자
무이구곡武夷九曲 귀로 듣고 고산구곡高山九曲 가서보며
파곶구곡巴串九曲 역람歷覽하니 이문목도耳聞目睹 하던 중에
이런 명승도 있으랴 이 내잔 정지하고 구곡가를 들어 보소

이 서곡은 작자가 유자로서 주자의 무이구곡과 이이의 고산구곡을 흠모하고 또 그 곳에서 읊은 작품들이 전범이 되고 있음을 서술하고 있다. 그러면서 이곳 진안 마이산의 9곡이 무이구곡이나 고산구곡에 뒤지지 않음을 내포하기도 한다.

〈4곡〉 4곡은 어데 인고 만학천봉 깊은 곳에
용바위가 이 아닌가 와룡선생 영웅남자
용마 그림 알아내어 8진도八陣圖를 벌여 놓고 한실부흥漢室興復하였어라

4곡은 삼국지의 제갈량이 용바위에 새겨진 용마 그림을 알아낸 뒤 팔진도의 전법을 벌여 나라를 부흥시킨 것을 마이산 이산정사에 창의한 의병장 이석용 장군의 거병에 빗대어 상징적으로 노래하였다. 1907년 8월 이산묘에서 면암이 의병봉기를 선창함에 따라 이 고장 의병장 이석용과 전기홍을 중심으로 경남 안의의 의병장 전성범全聖範, 문태수文泰守 등 300여 명의 우국동지들이 의병을 일으키기 위해 동맹단을 조직했다. 이들은 이산묘 앞 바위 '용암'에 제단을 설치하고 소를 잡아 천지신명께 제를 올린 뒤 거병하여 진안읍으로 진격한 것이 호남 의병운동의 효시가

되었는데, 4곡은 왜놈들과 맞선 거룩한 창의倡義를 노래한 것이다.

〈5곡〉 5곡은 어데 인고 이산정사駬山精舍 여기 있네
태조태종 주필駐蹕한데 연면양옹淵勉兩翁 애국사상
7분상七分像에 나타나니 조석담배朝夕膽拜하는 제자
강한추양江漢秋陽 회포 깊다

5곡은 이산정사를 노래하였는데 이 이산묘는 친친親親, 현현賢賢의 양계兩契가 '황단치성黃壇致誠'의 정신을 이어가는 중심이 됨으로 고종이 '예가 아니면 움직이지 말라 덕수궁주인非禮勿動 德壽宮主人'라는 어필을 하사한 곳이다. 이산묘의 오른쪽 바위 옆에는 '주필대駐蹕臺'라 음각한 글씨가 있고, 바로 옆에 허준이 쓴 '마이동천馬耳洞天'의 글씨가 선명하게 드러난다.

주필대는 이성계가 고려 우왕 6년(1380) 7월에 왜장 아지발도를 남원 운봉 황산에서 물리친 뒤, 꿈속에 하늘의 신선으로부터 금척金尺을 받은 산이 이 마이산과 흡사했으므로 이곳을 찾아 머물렀다고 전하는 곳이다. 이곳에서 읊었다던 「속금산束金山」과 「몽금척요夢金尺謠」가 태조 실기에 전하고 있는데 이것은 조선 개국의 꿈을 상징적으로 드러낸 것일 뿐만 아니라, 왜놈에게 짓밟힐 수 없는 조선임을 비유한 것이다. 그러한 민족혼은 '연면양옹淵勉兩翁 애국사상 7분상七分像에 나타나니'에 그대로 드러난다.

연면양옹은 연재 송병선과 면암 최익현 선생을 말하는데 백범 김구가 '영광사永光祠'라 휘호한 사당에 송병선과 최익현 등 조국 광복을 위해 충절을 바친 27위를 배향하였고, 해공 신익희가 '영모사永慕祠'라 쓴 사당에는 전문부, 정희계, 남재, 하연 등 역대 청백리와 충신, 효자, 열사 등 32위를 모시고 있다. 또 이산묘 뒤에는 이승만 전 대통령이 '대한광복기념비大韓光復記念碑'라 쓴 친필휘호의 비각이 있는데 이곳엔 모두 조선의 건국이나 광복과 관련된 것들이 산재해 있다.

〈9곡〉 9곡은 어데 인고 마이산 기절형상奇絶形狀
금으로 묶으고 돍으로 솟은 봉이
말귀 같고 동불童佛같이 중중重重이 나열하니
채필彩筆로 그려내도 형용치 못하겠다
이 경치를 못 다보면 平生 유한遺恨 되오리라[6]

9곡은 마이산의 신기한 형상을 노래한 것으로 이 산은 금강산과 같이 4계절에 따라 그 이름이 다르다. 즉 봄철엔 주위 산들이 마치 바닷물과 같이 초록빛처럼 바람에 흔들리는데 마이산은 그 위에 돛대처럼 우뚝 솟았다 해서 '돛대봉', 여름엔 잡목이 우거져서 마치 녹용뿔 같다 해서 '용각봉', 가을엔 말귀와 같다 하여 '마이봉', 겨울엔 하얀 눈 위에 먹물을 묻힌 붓처럼 생겼다 하여 '문필봉'이라 칭하고 있다. 또 신라 때는 '솟다'가 '섰다'라

6 安鎰, 『馬耳山』, 天地玄黃, 1985, p.95.

는 뜻의 한자음을 딴 '서다산西多山'이라 했고, 고려 때는 '솟는다'는 뜻의 '용출산' 혹은 '솟금산'이라 했는데, 이 솟금산을 태조의 '몽금척'과 관련하여 금척金尺을 묶었다는 뜻으로 '속금산束金山'이라고도 하였다.

즉 '속금산'이란 태조 이성계의 꿈에 나라 다스림의 상징인 '금척' 여러 개를 묶어 하늘의 신선에게서 받았다는 의미를 지니고 있으므로 조선 개국을 상징적으로 보여주는 명칭인 셈이다. 또 어떤 때는 말귀와 같이 신기한 형상을 띠기도 하고, 또 어느 때는 아기 부처와 같이 소담스럽게 보이기 때문에 '동불童佛같이'라고 표현되기도 했다.

'마이산기절형상馬耳山奇絶形狀'은 무이구곡을 주자가 쓴 '욕식개중기절처欲識箇中奇絶處'라는 「무이구곡가」 서곡에서 따온 것으로 보인다. 그러므로 이곳 지명을 말귀의 형상으로 신령스럽다는 뜻을 가진 '마령馬靈'이라 칭하고 있는 소이연도 여기에 있지 않을까 한다. 그러기에 「이산구곡가」의 낙구에서 이러한 '성지聖地'를 보지 못한다면 평생에 한이 될 것이라는 기행 가사의 형식을 빌어 노래하고 있다.

「이산구곡가」는 「마이산기」와 더불어 후산 이도복이 1925년 봄 마령면 동촌리에 이산정사를 낙성하고 1919년 3·1운동의 좌절과 일제에 의한 망국의 한을 달래며 조선조의 개국과 깊은 관련이 있는 마이산 기슭의 승경 속에 우리 민족의 기상을 불러일으키기 위해 창작한 가사이다. 이러한 정신은 그가 남긴 「마이산기」(『후산집』 권 10)와 「자규사」(『후산집』 권 1)에 잘 나타나 있다.

이 작품은 4곡에서 삼국지의 와룡선생 제갈량을 용사用事하여 진안 지방에서 창의한 의병장 이석용 장군의 거병을 상징적으로 노래하였다는 점이 특이하다. 이러한 정조는 5곡에서 충신열사 연재 송병선과 면암 최익현의 애국사상과 조선을 건국한 태조 이성계, 태종 이방원이 머물렀다는 주필대의 유적, 조선 개국을 상징적으로 나타내는 몽금척과 관련이 있는 속금산의 승경을 노래한 9곡에서 잘 나타난다.

다음으로 이 작품은 서곡에서 읊는 바와 같이 「무이구곡가」와 「고산구곡가」를 원형으로 삼아 가사 형식을 빌어 읊조렸다는 점이다. 각각 행수나 음보수가 고르지 않지만 조선 전기가사의 주음수율인 3·4조보다 4·4조를 주음수율로 하고 4음보구 율조를 간혹 깨뜨린 6음보구의 변격을 취하고 있는 것으로 보아 조선조 후기 가사의 특성을 보인 기행 가사라는 것이다.

끝으로 이이의 「고산구곡가」는 주자의 「무이구곡가」를 전고용사하고 있으나, 후산 이도복의 「이산구곡가」는 이들 작품의 구성 형식을 빌면서도 서사와 9곡을 제외하고는 그들의 전범에서 벗어나 마이산 승경의 묘사 속에 망국의 한과 구국의 의지를 구상화하고 있다는 것이다. 또한 이 작품의 서곡에 무이구곡을 귀로 듣고 고산구곡을 가서 본다고 하였고, 이 셋의 구곡가 5곡에서는 모두 무이정사, 수변정사, 이산정사에서 성현의 심사에 젖거나 후진들의 강학講學에 힘써야 함을 노래하였다. 9곡에서는 별천지인 무릉도원 길, 기암괴석의 별천지, 기암괴석의 마이산 등 비경을 읊고 있음도 특이하다 할 수 있다.

「이산구곡가」는 이이의 「고산구곡가」나 주희의 「무이구곡가」와 구성이나 그 내면에 흐르는 은자隱者들의 정조가 동질적이다. 이산천석駬山泉石구경의 서곡 1수, 본곡 풍혈냉천, 수선루, 광대봉과 용연, 용암동천과 와룡선생, 이산묘, 나옹암의 나옹선사, 금당사, 봉두굴과 방사원, 마이산 승경 등 9수로 모두 10연의 형식을 취하였다. 「무이구곡가」는 7언 절구의 형식이지만 「고산구곡가」는 연시조이며, 「이산구곡가」는 전형적인 조선조 은일 가사의 형식에 연장체의 구조가 혁신적이다.

3. 가람의 시조 혁신

가람 이병기(1891~1968)는 전통적인 조선조의 시조 장르를 현대 시조로 계승 발전시킨 시조 시인이자, 국문학자다. 가람은 변호사 채保의 장자로 전북 익산에서 태어나 1898년부터 고향의 사숙에서 한학을 익히다가 중국의 량치차오梁啓超의 「음빙실문집飮氷室文集」을 읽은 후, 신학문에 뜻을 두고 1910년 전주공립보통학교를 마치고 1913년 관립 한성사범학교를 졸업하였다. 재학 시절인 1912년에는 조선어강습원에서 주시경에게 조선어 문법을 배웠고, 이듬해부터 전주 제2, 여산공립보통학교에서 교사로 봉직하며 국어국문학과 우리나라 역사에 관한 문헌을 수집하고 시조를 중심으로 우리 국문학에 관한 연구에 몰두하였다.

1921년에 권덕규, 임경재 등과 더불어 '조선어연구회'를 조직하여 우리 어문 연구에 심혈을 기울였고, 이듬해부터 동광고등학교, 휘문고등학교에서 교편을 잡으면서 시조에 많은 관심을 쏟았다. 1926년 '시조회'를 발기하고 시조 혁신을 제창하는 논문들, 「시조란 무엇인가」(동아일보, 1926.11.28~1926.12.13), 「율격과 시조」(동아일보, 1958.11.28~1958.12.1), 「시조원류론」(新生, 1929.1~1929.5), 「시조는 唱이냐 作이냐」(新民, 1930.1), 「시조를 혁신하자」(동아일보, 1932.1.23~1932.2.4), 「시조의 발생과 가곡과의 구분」(진단학보, 1934.11) 등 20여 편을 발표하면서 시조의 본질적 연구를 시도하였다.

그 결과 가람 이병기는 시조의 명칭은 본디 시절을 노래한다는 '시절가'로서 '시절가조時節歌調'를 줄인 말인 '시조時調'에서 나왔으며, 신광수(숙종 38년 1712~영조 51년 1775)의 「석북집」 관서악부 15장에 수록된 '일반적으로 시조는 장음과 단음을 늘어 놓은 것으로 장안의 가객 이세춘으로부터 나왔다'[7]라고 했던 가장 오래된 시조의 명칭을 소개하기도 하였다. 즉 시조는 당시에 유행했던 민요 창조唱調의 유행가였으며, 당대 유명한 대중가수였던 이세춘에서 비롯되었다는 것이다. 또한 시조는 민요에서 파생하여 시조 장르가 나왔다는 향가연원설을 주장하였고, 처음으로 시조를 평시조, 엇시조, 사설시조 등 세 종류로 분류하여 시조의 장르와 형태 연구에 심혈을 기울여 우리 국문학을 정립한 국문학자로, 양주동과 더불어 국문학의 태두로 불리고 있다.

1930년에 조선어철자법 제정위원이 되었고, 보성전문학교, 연희전문학교 강사를 겸하면서 1942년엔 장수 출신의 건재 정인승과 함께 조선어학회사건에 연루되어 국어사전 원고를 안고 옥고를 치루기도 했다. 출옥한 후, 익산 여산으로 귀향했다가 광복을 맞아 상경한 이후 군정청 편수관을 지냈고, 1946년 서울대학교 교수와 여러 대학의 강사를 역임했다.

7 이병기, 『국문학개론』, 일지사, 1973, p.114.

6·25동란 때인 1951년에는 전시연합대학 교수, 전북대학교 문리과대학장을 역임하다가 1956년에 정년을 하고 1957년 학술원 추천위원, 1960년 학술원 임명회원이 되었다.

가람은 그의 『국문학개론』(1965)에서 '시조는 가곡의 창조唱調로 민요에서 파생하여 향가와 병행하다가 고려 초에 향가가 소멸하면서 향가의 장점을 섭취하여 그 형태를 이루었다는 것'과 향가체인 백제의 「정읍사」가 시조의 원형이라고 처음으로 주장한 국문학자의 학술적 공과는 이후 학계의 주류를 형성하였다. 다음으로 현대 시조는 첫째, 실감실정實感實情을 표현하자, 둘째, 취재의 범위를 확장하자, 셋째, 용어의 수삼數三(선택), 넷째, 격조의 변화, 다섯째, 연작連作을 쓰자, 여섯째, 쓰는 법 읽는 법 등 6종의 혁신론을 주장하여 전통적인 옛 관점에서 벗어난 새로운 현대 시조의 정체성을 주장하였기 때문에 가사 장르와 달리 지금까지도 현대 시조시로서 향유되고 있다는 점도 주목된다.

그러므로 현대 시조는 정형시이면서 자유시이고 자유시이면서 정형시가 되어야 하며, 전통적인 시조와 다른 점이 정형이라는 틀에 구속되지 않으면서 자유시가 되지 않는 점이 묘미라 했다. 그런 점에서 시조가 정형定型이 아니라 정형整形이라고 역설한 가람 이병기는 현대 시조가 나아가야 할 올바른 좌표를 정립 제시해 주었다고 할 수 있다.

가람은 1939년부터 『문장』지에 김상옥, 이호우, 장응두, 조남령, 오신혜 등 신진 작가들을 발굴하여 시조 중흥의 기틀을 마련하는 한편, 시조와 현대시를 동질적인 것으로 보고 시조창에서 분리하여 시어의 조탁彫琢과 관념의 형상화, 연작連作 등을 주장하며 시조 혁신을 선도하였다. 1939

년에는 이러한 정신에 입각하여 창작한 작품들을 엮어 『가람 시조』를 발간한 이후 『국문학개론』, 『국문학전사』, 『가람문선』 등 한국 문학의 새 지평을 여는 역저를 출간하기도 했다.

가람의 대표적인 시조는 연시조로서 『가람시조』와 『가람문선』에 실려 전하는데 「별」, 「난초」, 「냉이꽃」, 「송별」 등이 유명하다. 그중 「별」의 연시조는 국정국어교과서에 실려 소개되었을 뿐만 아니라, 가곡으로도 작곡되어 인구에 회자되고 있다. 이토록 시조에 혁신 운동을 벌이며 생기를 불어넣고 노력한 나머지 조선의 2대 시가 장르 가운데 가사는 박물관화되었다 하더라도 시조만은 현대 시조시로서 우리 국문학 장르에 옹글게 자리매김했다고 할 수가 있다.

바람이 서슬도하여 뜰 앞에 나섰더니
서산머리에 하늘은 구름을 벗어나고
산뜻한 초사흗달이 별과 함께 나오더라

달은 넘어가고 별만 서로 반짝인다
저별은 뉘별이며 내별 또한 어느게오
잠자코 호올로서서 별을 헤어보노라

「별」

한손에 책을 들고 조오다 선뜻 깨니
드는 별 비껴가고 서늘바람 일어오고
난초는 두어 봉오리 바야흐로 벌어라

새로 난 난 잎을 바람이 휘젓는다
깊이든 잠이나 들어 모르면 모르려니와
눈뜨고 꺾이는 양을 차마 어찌 보리야

(중략)

본래 그 마음은 깨끗함을 즐겨하여
정淨한 모래 틈에 뿌리를 서려두고
미진微塵도 가까이 않고 우로雨露받아 사느니라

「난초」[8]

연시조 「별」은 가람의 고향 땅 익산 여산에서 늑대 눈 마냥 시퍼렇게 쏟아져 내리는 별이 가득한 밤하늘을 머리에 이고 보면서 읊은 시조다. 저녁밥을 먹고 바람을 쐬러 뜰 앞에 나서니 산바람 싸늘하게 옷깃에 젖어드는 정경을 '바람이 서슬도 하여'라 그린 것을 보면 시상도 그러려니와 맑고 청정한 가람의 서정이 흠뻑 배어난다. 초저녁 초사흘 달이 서산을 넘어가고 별들만 총총히 깊어가는 밤에 별을 세어 보면서 저 별은 누구의 별이며 내 별 또한 어느 것이냐는 동심 같은 청징한 시상에 멎으면 가람의 청초하고 담담하며 고아한 우아미가 온몸으로 번진다.

이러한 가람의 미학은 7연시조 '난초'에 수정처럼 알알이 맺혀 영롱한 빛을 더욱 발한다. 가람의 난은 술복, 글복, 제자복이라는 '삼복三福'에 버금가는 가람의 재산이며 제2의 가람이라고 할 수 있다.

8 李秉岐, 『가람文選』, 신구문화사, 1966.

새로 돋아난 난 잎을 거센 광풍이 꺾어버릴 듯 휘젓고 지나가는 순간 혹여 난 잎이 꺾이면 어찌할까 가슴 조아리는 것은 가람만이 지니고 있는 천진성이다. 마치 어린 아이 손처럼 여린 난 잎이 바람에 흩날리다 꺾여버리는 아픔을 차마 눈뜨고 어찌 보아 넘길 수 있느냐는 사려 깊은 통찰력과 완벽한 시상에 찬탄을 금할 수 없다. 참으로 가람 이병기 선생은 전북이 낳은 영롱한 별로, 청정한 한 포기 난초처럼 길이 남아 우리 한국 국문학의 지남指南이 되고도 남는 분이다.

티끌 한 점 없는 깨끗한 공기와 영양가 하나 없는 비나 이슬 같은 맑은 물을 머금고, 태양을 향하지 않고 살아가는 청정무구한 난초처럼 오로지 책과 제자와 술만을 가까이 하며 국문학을 연구해 온 가람은 그가 노래한 난초 7연시에 지금도 살아 숨 쉬고 있다. 그리고 전주 교동 한옥마을에는 말년에 그가 기거했던 양사재養士齋가 '가람다실嘉藍茶室'로 거듭 태어나 가람선생의 차와 난향을 찾는 방문객들을 맞이하고 있고, 다가공원엔 가람이 일제 강점기 때 조선어학회사건으로 함흥형무소에 갇혀 우리 민족의 망국의 한과 암울한 조국의 미래를 담아낸 듯한 「시름」이란 시제에 부쳐 읊은 연시조 3수가 가람시비에 담겨 공자의 '천상탄川上嘆'을 되뇌이듯 흘러가는 전주천을 굽어다 보고 있다.

▲ 가람 이병기의 양사재

▲ 다가공원의 가람시비

그대로 괴로운 숨지고 이어가랴하니
좁은 가슴 안에 나날이 돋는 시름
회도는 실꾸리 같이 감기기만 하여라

아 아 슬프단 말 차라리 말을 마라
물도 아니고 돌도 또한 아닌 몸이
웃음을 잊어버리고 눈물마저 모르겠다

쌀쌀한 되 바람이 이따금 불어온다
실낱만치도 볕은 아니 비쳐든다
친구들 외로이 앉아 못내 초조하여라

가람시비, 「시름」

그대로 괴로운 숨을 죽이고 이어가리라고 생각을 해도 인간의 좁은 가슴 안에는 나날이 돋아나는 시름이 감돌아가는 실꾸리처럼 감길수록 볼륨만 커져가니 차마 슬프다는 말도 할 수가 없는 일제 치하의 숨 막히는 지성인의 고뇌가 역연히 드러난다. 물도 아니고 돌멩이도 아닌 인간으로서 웃음도 눈물마저 잃은 지 오래이니 세상을 어떻게 살아가야 하는지 암담하기만 하다. 쌀쌀한 찬바람이 되 바람 되어 불어와 실낱만큼도 따뜻한 햇볕이 비춰주지 않을 것 같은 암흑의 땅에서 뜻을 같이 한 동지들 외로이 앉아 못내 절망하는 모습이 처연하다. 정말 우리 조국은 '실낱만치도 볕'이 들어오지 않는 감방처럼 광복光復은 아득하기만 현실이 어둡게 내비쳐져 안타깝다. 차디찬 감방에 갇혀 있는 '친구들 외로이 앉아 못내 초조'하게 미래가 없는 나날을 기다리고 있건만, 밝은 내일을 기약할 수 없다는 절망이 이 연시조 3수에 그대로 배어난다.

조선어학회사건은 조선총독부가 조선의 완전정복을 위한 문화말살정책의 일환으로 조선어가 교과과정에서 사라질 것을 예단하고 1921년 12월 3일 휘문학교장 임경재, 중앙학교장 최두선, 보성학교장 이규방, 휘문학교 권덕규, 조선일보 장지영, 보성중학교 이승규, 한성사범 출신의 심명균 등 7인의 발기로 가람 이병기, 김윤경, 박순장 등이 합세하여 총 15인으로 창립된 '조선어연구회'로부터 시작되었다. 이후 1931년 1월 10일에 '조선어학회'로 이름을 바꾸었다가 해방 후인 1946년 9월 5일 '한글학회'로 개명을 하면서 오늘에 이르고 있다.

이 사건은 1942년 10월 1일 새벽 종로경찰서에서 나온 왜경에 의해 전북 장수 출신의 건재 정인승을 연행하면서부터 조선말 사전 편찬에 관여한 11명을 검거하고, 조선어학회 회원 최현배, 이병기, 이극로, 이윤재,

정태진, 장지영, 안재홍, 이은상, 이희승, 이우식, 한징, 권승욱, 이강로, 유제한 등 33인 등 국어학자들이 피체被逮된 일제의 무자비한 탄압의 침략사이다. 온갖 잔인무도한 고문과 압박으로 이윤재와 한징은 옥사하고, 이극로 6년, 최현배 4년, 이희승 2년 6월, 정인승과 정태진 2년의 실형선고를 받았으며, 이우식 등 7명은 집행유예로 출옥이 되었다. 일제의 경찰들은 조선말 사전편찬이 한낱 허울 좋은 핑계에 불과할 뿐, 한글 강습을 한답시고 전국을 돌며 민족사상을 고취하고 민족의식을 불어넣어 독립운동을 하려했다고 온갖 고문을 자행하였다. 그 결과로 이 사건에 연루된 국어학자들은 옥사와 병사자들이 속출했다고 전해진다.

이후 1945년 광복과 더불어 감옥에 갇혔던 국어학자들이 함흥형무소를 출소하였고, 그해 9월 8일 서울역 창고에서 왜놈들이 미쳐 일본으로 가져가지 못한 『조선말 큰사전』의 원고가 발견되었다. 천신만고 끝에 원고를 되찾은 이들 국어학자들에 의해 사전편찬 작업을 착수한지 12년 만인 1947년 10월 9일 역사적인 『조선말 큰사전』 1권을 발행하였다.

이어서 1949년 5월 5일 2권을, 1950년 6월 1일 3권, 1957년 10월 9일에 4, 5, 6권이 큰사전이라는 이름으로 출간되었다. 이런 선각자들의 집념과 피나는 투쟁으로 이들과 옥고를 함께 치른 조선말대사전의 원고가 16만 4,125개 어휘의 큰사전으로 을유문화사에서 발간됨으로써 햇빛을 보게 되었다. 실제 겨울의 함흥형무소는 추위를 막을 옷과 이불이 없어 형언할 수 없는 추위와 굶주림, 고문 등으로 각기병이 걸리고 살길은 막연했다는 권승욱의 증언을 '큰사전 편찬을 끝내고(1957.2.6)'라는 글에서 술회하였다. 건재 정인승 선생 등 이러한 국어학자들이 없었다면 한글연구와 큰사전 편찬과 발행이 지난至難한 일이었음에 틀림이 없다.

외솔 최현배도 '큰사전의 완성을 보고서'라는 글에서 '이러한 거친 세파 속에서 이 편찬 사업에 관여한 여러 사람들 가운데 천우天佑의 건재健在로써 가장 오랫동안 중심적으로 각고면려하여 오늘의 성과를 이룬 이는 정인승 님이요, 일제 강점기 때부터 한결같이 일한 이는 권승욱 님이요, 해방 후로 오늘까지 편찬에 힘쓴 이는 이강로 님이요, 주장사무를 맡아본 이는 유제한 님이다'라고 술회했던 것으로 보인다. 그리고 정인승 선생의 호 역시 일제의 온갖 고문과 박해에도 굴함이 없이 건재했다는 뜻으로 외솔이 말한 '천우天佑의 건재健在'가 그 단초가 되었을 것으로 생각된다.

제6장

조선의 서사 문학

1. 「만복사저포기」

계유정란을 일으켜 세조가 왕위를 찬탈하자, 김시습金時習(세종 17년 1435~성종 24년 1493)은 삭발하고 중이 되어 북으로 안시향령, 동으로 금강오대, 남으로 다도해에 이르기까지 전국을 방랑하면서 「탕유관서록」, 「관동록」, 「호남록」을 썼고, 그때 읊은 시들을 정리하여 『매월당시사유록梅月堂詩四遊錄』을 남겼다. 그리고 누차 세조의 소명召命도 뿌리치고 31세(세조 11년)때에 경주 남산 금오산 자락에 금오산실을 짓고 들어앉아 저술한 우리나라 최초의 몽유록계 한문 소설 「만복사저포기萬福寺樗蒲記」, 「이생규장전李生窺牆傳」, 「취유부벽정기醉遊浮碧亭記」, 「남염부주지南炎浮洲志」, 「용궁부연록龍宮赴筵錄」 등 5편이 『금오신화』에 실려 전한다.

『금오신화』는 김시습이 지은 우리나라 최초의 한문 소설집으로 완본은 전해 오지 않으나 육당 최남선이 일본에서 전해 오던 목판본을 발견하여 1927년 『계명』 19호에 실어서 우리나라에 처음으로 소개되었다. 이 책은 고종 21년(1884) 동경에서 발간된 것으로 상, 하 2권이다. 상권은 32장으로 서序와 「매월당소전」, 「만복사저포기」, 「이생규장전」, 「취유부벽정기」 등이 실려 있고, 하권은 24장으로 「남염부주지」, 「용궁부연록」, 발문, 평評 등으로 되어 있다. 본디 이 목판본은 효종 4년(1653) 일본에서 초간되었던 것을 중간한 것으로 초간본은 오쓰카大塚彦太郎의 가문에서 대대로 전해져 내려온 자료

였다. 국내에서도 1952년에 정병욱 교수가 필사본 「만복사저포기」와 「이생규장전」을 발견하고 세상에 내놓아 소개하였다.

「이생규장전」은 개성의 이생李生과 최소저崔小姐와 사랑을 나누었는데 후반에 가서 홍건적의 난에 죽은 아내 최소저와 부부의 연을 다시 이어가다가 영영 헤어졌다는 이야기다. 이생은 학당을 오가다가 근처에 사는 양반집 규수인 최소저와 눈이 맞아 밤마다 담을 넘어다니며 사랑을 나누었지만, 결국 이를 알게 된 이생의 부모가 이생을 먼 울주로 떠나보내 이들의 애정행각을 끊어 놓았다. 하지만 최소저의 끈질긴 노력 끝에 양가부모의 허락을 받아서 종국에는 혼인하였다.

이후 이생은 열심히 공부하여 과거에 급제하고 행복한 부부 생활을 하게 되지만, 얼마 지나지 않아 홍건적의 난이 일어나자 최소저와 양가의 가족이 모두 희생되고 이생 혼자만 남게 되는 비극적 상황에 처하게 된다. 그러나 부인을 잃은 슬픔에 젖어 있는 이생에게 최씨 부인이 다시 나타나서 수년간 아름다운 사랑을 이어가다가 어느 날 이승의 인연이 끝났다고 홀연히 떠나버리자, 이생도 마침내 아내를 그리워하다가 죽게 된다는 결말의 구조를 지닌 이야기다. 「이생규장전」은 일종의 산자와 죽은 자가 사랑을 나누었다는 시애屍愛 설화라 할 수 있다.

「취유부벽정기」는 개성에 사는 홍생洪生이 평양으로 장사를 나갔다가 대동강 부벽루에서 술을 마시며 놀게 되었는데 수천 년 전 선녀가 된 기씨를 만나 아름다운 사랑을 나누었다는 이야기다. 본디 개성에서 장사를 하며 살던 홍생이 달 밝은 어느 날 밤에 부벽루에 올라갔다가 우연히 아름다운 처녀를 만나게 되어 사랑을 하게 된다. 그 처녀는 그 옛날 위만에게 나라를 빼앗긴 기자의 후예였는데 고국을 너무 그리워하다가 결국 하늘에서 내려온 선녀라는 사실을 알게 된다. 그리고 서로 꿈같은 아름다운 사랑을 나누다가 어느 날 하늘의 천명을 어길 수 없다며 승천을 하자, 양생梁生도 병이 들어 죽게 된다는 이야기로 「이생규장전」과 같은 시애 소설의 공통적인 설화 구조를 지닌다.

「남염부주지」는 미신과 불교를 배척하는 선비인 박생朴生이 경주에 살고 있었는데 그가 꿈속에 저승에서 염라대왕과 토론을 하고 돌아왔다는 내용이다. 그리고 「용궁부연록」은 개성에 살고 있었던 한생韓生이 꿈속에서 용왕의 잔치에 초대되어 시를 지으며 즐겼다는 이야기다.

「만복사저포기」는 전북 남원에 사는 노총각 양생梁生이 부처와 저포놀이(윷놀이내기)를 하여 승리한 대가로 부처가 수년전 왜구들에게 죽은 처녀귀신과 만나게 해줌으로써 이들은 꿈같은 부부 생활을 하다가 헤어졌다는, 산자와 죽은 자와의 사랑을 다룬 설화이다. 양생은 일찍 부모를 여읜 후 혼인을 못하고 홀로 살아가는데 부처의 도움으로 왜구의 난에 부모와 생이별을 하고 혼자 정절을 지키며 살다 죽은 원혼을 만나게 되어 며칠간 뜨거운 사랑을 나누다가 다시 만날 것을 약속하고 헤어졌다.

재회를 기약한 날 양생은 딸의 대상을 치루는 양반집 행차를 목격하고 자신과 사랑을 나눈 처녀가 3년 전에 죽은 그 양반댁의 망자임을 알게 된다. 이 두 사람은 부모가 베풀어준 음식을 먹었다. 그 뒤 처녀는 저승의 명을 더 이상 거스를 수 없다며 홀연히 사라졌고, 양생도 집으로 돌아 왔다. 그런데 그 처녀가 다시 나타나서 자신은 죽어서 다른 나라로 가 남자로 태어났다고 말하였다. 이에 양생은 장가를 들지 않고 지리산

속으로 들어가 평생 약초를 캐며 살았다는 이야기로, 「이생규장전」과 같이 산자와 죽은 자의 이야기 구조를 지닌 설화다.

이들 한문 소설의 주인공들은 모두 그 지방에 많이 살고 있는 대표적인 토속적 성씨들로서 재자가인들이며, 아름다운 문언문文言文의 한문으로 현실과 동떨어진 신비로운 설화를 옮긴 점 등이 전기소설傳奇小說의 성격을 공통적으로 띠고 있는 특성을 보인다. 금오신화의 이야기들은 조선 초에 이르기까지 계속적으로 서사 문학의 원초 형태인 설화로 이루어져 전승 변이되면서 소설이 발생될 수 있는 문학사적 기저를 마련했다고 할 수가 있다.

설화나 소설은 동질의 서사 문학이기 때문에 이러한 설화의 발달이 한문 소설의 발전을 가져온 동인動因이 되었다는 것이다. 실제 박인량의 『수이전』과 『삼국사기』와 『삼국유사』에 있는 수많은 설화들이나 임춘의 「국순전」과 이규보의 「국선생전」이나 「청강사자현부전」 같은 고려의 가전체 소설 등이 금오신화에 내면적 영향을 주었고, 외적으로는 명나라 초 구우瞿佑의 『전등신화剪燈新話』와 같은 전기체 소설의 영향을 비교문학적으로 받아 이루어진 것이라 생각된다.

최남선은 「금오신화 해제」(『계명』 19호)에 『금오신화』와 『전등신화』를 비교하여 김시습의 「만복사저포기」는 「월맥목취유취경원기」와 「부귀발적사지」에, 「이생규장전」은 「위당기우기」에, 「취유부벽정기」는 「감호야핍기」에, 「남염부주지」는 「금고생명몽록」, 「태어사법전」에, 「용궁부연록」은 「수궁경회록」, 「용당영회록」에 영향을 받았다고 하였다. 이러한 육당의 비교 연구에 박성의 교수[1]는 「만복사저포기」에 「목단등기」,

「녹의인전」, 「애경전」과, 「이생규장전」에 「취취전」, 「김봉서전」, 「연방루기」, 「추음정기」, 「남염부주지」에 「영주야묘기」를 추가하였다. 이재수[2] 교수는 「만복사저포기」에 「슬목취유취경원기」, 「이생규장전」에 「연방루기」, 「애경전」, 「취유부벽정기」에 「감호야핍기」, 「남염부주지」에 「금고생명몽록」, 「용궁부연록」에 「수궁경회록」 등 구우의 『전등신화』의 영향을 받은 것이라 분석하였다.

『금오신화』는 김시습이 세조 찬탈이라는 부조리한 정국의 소용돌이 속에서 현실을 극복하기 위한 관북, 관서, 호남, 영남의 방랑 생활에서 얻은 소산이라 할 수 있다. 이 가운데 「만복사저포기」는 전북 남원 지방에 있는 만복사를 배경으로, 남원 양씨 성을 가진 노총각과 왜구의 출몰로 희생된 처녀귀신과의 이야기 구조를 이룬 설화를 수집하여 재구성했다는데 의미를 둘 수 있다. 그리고 국문학상 고려대의 가전체 소설을 이은 최초의 한문 소설의 첫 작품 「만복사저포기」가 남원 만복사를 배경으로 하여 이루어졌다는 역사적 의의를 갖는다.

또한 임진왜란을 배경으로 남원에서 살다간 최척이란 소년을 주인공으로 한 조위한의 한문 소설 「최척전」을 낳는 계기가 되는 동시에 가사 「유민탄流民嘆」이 지어졌다는 국문학적 의미가 크다. 그리고 훗날 남원 광한루를 배경으로 전승되는 남원 여인을 중심으로 민간설화를 소설화한 우리나라의 러브스토리 「춘향전」이 조선 후기의 주요한 국문학 작품이라는 데 큰 의의를 찾을 수가 있다.

1 「한국소설에 나타난 중국소설의 영향」, 『고대문리대논문집』 3, 1966.
2 「금오신화논고」, 『이병기박사송수논문집』, 1966.

「만복사저포기」와 「춘향전」 이 두 작품은 환상이나 몽상의 공간과 현실 공간이라는 배경만 다를 뿐, 주자학적 이데올로기에 반기를 들고 일어난 이념이나 철학에서 벗어나 인간 중심적으로 중심축이 이동하는 경향을 보인다는 특성이 있다. 또한 남성종속적인 여성관에서 여성의 독자적 존재 가치가 부각된다는 점에서 상당한 근대적 가치를 부여할 수가 있다.

이는 사람이 인간답게 살고자 했던 남원 지방 민중들의 인간 중심적인 휴머니티humanity의 승리라고도 할 수 있다. 한문 소설의 효시작인 김시습의 「만복사저포기」와 광해군이 암행조사를 할 만큼 사회 국가적 문제가 된 가사 「유민탄」과 임진란 때 실제 남원에 살았던 최척이란 소년을 주인공으로 한 한문 소설 「최척전」이 조위한에 의해 이 지방 남원에서 생산되었다는 사실은 전라 문학이 우리나라 산문 문학의 원천이라는 국문학적 의미를 갖게 하고도 남음이 있다.

2. 소설 「최척전」과 가사 「유민탄流民嘆」

남원 만복사 동쪽에 모친을 일찍이 여의고 부친과 함께 살았던 최척이란 소년이 옥영이란 처자와 임, 병 양란을 겪으며 중국, 일본을 무대로, 사랑과 이별의 이야기를 다룬 조위한의 「최척전崔陟傳」도 남원에서 창작된 한문 소설이다. 이 소설의 주인공 최척은 임진왜란 때 남원에서 의병을 일으킨 변사정의 막하에 들어가 활약했던 실존인물이었다는 역

사적 사실이 주목된다. 조위한趙緯韓은 82세의 삶을 사는 동안 민족과 나라를 위해 헌신하였고, 일생동안 사회 현실과 관련된 문학 활동을 해왔다. 이미 김시습의 『금오신화』가 남원의 만복사를 배경으로 하여 창작되었을 뿐만 아니라, 임제의 「원생몽유록」, 「화사」, 「수성지」 등 한문계 고소설에 이어 그러한 문학적 환경을 이루어 왔다는 데도 의의가 있다.

「최척전」은 임진왜란 때 우리 민족이 받아야 했던 수난은 말할 것도 없으려니와 왜구나 구원병으로 온 명군들에게까지도 당한 치욕과 전쟁으로 인한 이산가족들의 아픔들까지 다루었고, 실제 역사적인 실존인물이 등장을 하면서 중국이나 일본 등 세 나라를 무대로 이야기를 전개해 나간 다큐멘터리적인 작품이다. 특히 작자 자신의 체험을 바탕으로 하여 건전한 의식을 고취시키고 싶은 작자 정신이 깊게 배어난다는 점에서 기존 소설이 따를 수 없는 차별적인 작품이다. 유몽인의 『어우야담』에 있는 홍도와도 유사한 내용으로, 임진란 때 있었던 최척과 옥영의 이야기를 중심으로 하여 광해군 13년(1631)에 조위한이 지은 소설로서 현재 한문본 필사본이 서울대 도서관에 소장되어 전한다.

조위한趙緯韓은 명종 22년(1567)에 출생하여 인조 27년(1649)에 세상을 떠날 때까지 82년간의 그의 삶 자체가 임진란, 정유재란, 정묘 병자호란 등의 외침과 계축옥사, 인조반정, 이괄의 난 등 내적 난리로 어지러운 세상을 어렵게 살아온 거친 풍운 그대로였다. 그는 인조반정으로 인해 벼슬길에 오른 이후에도 과감하게 종실宗室인 인성군의 만행을 비판하는 '위인성군소척인피계爲仁城君所斥避啓'의 상소를 올림과 동시에 왕실인 정백창을 논죄하라는 상소도 올렸다. 이러한 죄목으로 인조의 미움을 사서 한때 양양 부사로 좌천이 되었지만, 인조 2년 이괄의 난이 일어나자 왕의 안위를 걱정한 나머지 군사를 거느리고 상경하여 왕을 보호할 만큼 임금에 대한 충성은 변함이 없었다.

그는 광해군 10년(1618) 나이 52세 때 벼슬을 버리고 남원 주포로 이주하면서 도연명의 「귀거래사」를 생각하며 그 운韻을 빌어 '차귀거래사次歸去來辭'를 짓고 전란으로 황폐된 강산과 세상의 인연을 끊고 살았다. 두 차례의 왜란과 정묘, 병자호란으로 피폐된 강토와 유랑민들의 참상을 보며 사대부로서 백성들을 보살펴야 하는 일마저 버려둔 채 살아가는 한심한 자신을 이 한시에 담았고, 또 광해군 13년 55세 때 가사 「유민탄流民嘆」을 지어 유랑하던 백성들의 처절한 한과 아픔을 담아내었다.

선조를 비롯한 사대부들의 무능과 부패로 두 차례의 왜란을 겪었고, 도탄에 빠진 백성들의 참혹한 상황을 보면서 조위한은 잘못된 현실을 묵과하지 않고 작품 속에 반영하였기 때문에 나라 안에 이 작품이 크게 유행하여 광풍이 일었다. 그런 이유로 광해군은 이를 알아보라고 궁중 밖으로 암행조사의 명을 내린 일도 있었다고 전한다.

그런 까닭으로 가사 「유민탄」은 그 작품이 불태워졌거나 유실되어 전해질 수 없었던 것으로 추정된다. 이로 인해 한낱 왜놈이라 비하하고 업신여겼던 왜군에게 쫓겨 하늘같은 왕을 비롯한 지배계급들이 궁궐과 백성들을 버리고 도망가는 한심한 작태를 보면서, 꿈에서 깨어나지 못했던 민중들은 선조와 지배계급들의 무능과 무대책의 결과로 왜란을 맞았다는 개안開眼의 깨달음이 되었던 것으로 보인다.

조억趙億이 찬한 '현곡조공행장玄谷趙公行狀'에는 장종 천계원년, 즉 신유년(광해군 13년 1621년) 현곡 조위한이 55세 때 「유민가」를 지었는데 그 당시 부역에 시달리고 굶주림으로 죽어가는 사람들이 길거리에 즐비한 참상을 우리말로 지었다. 노래 가사가 슬프고 곡진하니 많은 사람들이 이를 보고 슬퍼 눈물을 흘리지 않은 사람이 없었다고 하였다. 홍만종은 『순오지』에 홍섬이 지은 「원분가」부터 송순의 「면앙정가」, 백광홍의 「관서별곡」, 정철의 「관동별곡」과 「사미인곡」, 「속미인곡」, 「장진주」, 차천로의 「강촌별곡」, 허균의 첩 무옥의 「원부사」, 조위한의 「유민탄」, 임휴우의 「목동가」, 무명씨가 지은 「맹상군가」 등 당대 굴지의 12가사를 소개하면서 조위한의 가사 작품을 열 번째로 실어 놓았다.

그리고 이들 작품 가운데 「유민탄」은 '현곡 조위한이 지은 것으로, 어두운 조정 정령政令의 번거로움과 열읍列邑들의 세금징수의 가혹함을 자세히 서술했으니 정협의 「유민도」와 서로 표리表裏가 됨직하다'라고 평설하였다. 본디 정협鄭俠의 「유민도流民圖」는 송나라 신종 때, 정협이 극심한 가뭄으로 인한 참담한 기근饑饉과 왕의 잘못된 폭정에 시달리는 백성들이 유리걸식하며 떠도는 참상을 그림으로 그려 상소한 중국고사에서 유래된다.

왕안석이 사회개혁법안으로 마련한 신법新法이 1069년부터 1076년까지 5년간 시행될 때 백성들의 삶이 더욱 피폐되고 나라가 혼란에 빠지자,

여러 신하들이 빗발치듯 신법의 문제점 등을 상소했음에도 신종은 자신의 통치책을 바꾸지 않았다. 정협도 영종 치평治平 4년(1067) 진사가 되어 광주사법참군으로 있다가 신종 7년(1074) 입경하여 왕안석의 신법의 문제점을 지적했으나, 오히려 그로 인해 정주편관汀州編官으로 좌천되기도 하였다. 그러나 끝내 그 뜻을 굽히지 않고 굶주려 죽어가는 백성들의 비참한 참상을 마침내 그림으로 그려 상소한 정협의 「유민도」를 보고서야 신종은 왕안석의 신법을 철회하고 자신의 잘못된 정책을 바로 잡았다는 사실이다.

이후 1943년 장자오허蔣兆和(1904~1986)란 여류 화가가 중일전쟁 당시 일어난 난징 학살과 전쟁으로 유리걸식하는 난민들의 참상을 낱낱이 고발하고 규탄하듯 사실적으로 그린 수묵담채화인 「유민도」가 역사적으로 유명하다. 쉬베이훙徐悲鴻(1895~1953)의 「우공이산愚公移山」의 작품처럼 12m에 이르는 대작으로 이 그림을 그리는데 만 4년 이상의 세월이 소요되었다고 전한다. 작가는 '진실된 마음으로 비분강개함을 사실적으로 표현하려 했다'라고 작자의 창작의도를 밝히고 있다. 장자오허는 청나라 말 혼란기에 상하이에서 태어나 13세에 부모를 여의고 어렵게 살아왔고, 몸소 유민流民의 생활을 체험했기 때문에 그런 대작을 남길 수 있었던 것으로 보인다.

그는 정규 미술 교육을 받지 못하고 독학으로 중국화를 공부하였고, 1920년대에 쉬베이훙을 만나 교유하며 인정을 받기 시작하면서 난징대학의 도안과 교수가 되었다. 중국 전통의 수묵화 기법에 서양 기법을 접목시킨 작품으로 중국 근대미술 작품 중 걸작으로 꼽히는 역사적인 작품이다. 이 「유민도」는 100여 명이 넘는 다양한 인물들과 가축들이 조화롭게 배치되고 정처 없이 떠도는 유랑민들의 참혹한 삶이 조금도 여과되지 않고 생생하게 담겨, 참담한 현실이 리얼하게 폭로된 섬뜩한 그림이다. 칼이나 총이 아닌 붓으로서 지배자들에게 항전해야 한다는 강한 메시지와 철학이 관철된 걸작이 아닐 수 없다.

조선 선조 9년(1576)에 김성일이 「어미가 자식과 이별하다」라는 시에서 '그 누가 유민도를 다시 베껴서 임금께 바쳐 촛불이 되게 하라'라 하였고, 다산 정약용도 어사가 되어 정조 18년(1794) 11월 경기도 파주와 연천 일대 고을을 암행순찰하면서 그가 손수 쓴 「적성촌」이라는 시 속에 '그 옛날 정협의 유민도를 흉내 내어 우리 백성 실상을 시라도 옮겨놓아 궁궐로 가져갈거나'라 탄식한 시구[3]가 『목민심서』에 전한다. 이어 다산은 '시대를 아파하고 세속에 분개하는 마음이 없는 것은 시가 아니요不傷時憤俗非詩也'라 했던 사대부였고, 음풍농월이나 바둑을 두며 술이나 마시는 이야기譚棋說酒를 시로 읊는 것도 아무런 의미가 없다는 시론을 폈다.

실제로 백성들의 굶주림의 참상을 노래한 다산의 「기민시飢民詩」를 읽은 어떤 평자評者가 굶주림에 허덕이는 모습에 참으로 아픔을 느끼지 않을 수 없는데, 이 시야말로 '조선의 유민도'라 말했다는 이야기가 전해지

3 시냇가 다 허물어진 집 마치 뚝배기를 엎어 놓은 듯/ 북풍에 이엉이 날아가 서까래만 앙상하네/…구리수저는 오래 전 이정이 에게 빼앗겼고/ 가마솥은 이웃 토호가 가져가버렸네/ 다 헤진 파란 이불 달랑 한 채 뿐이니/ 부부유별이란 말이 이 집에는 통하지 않네/ 어린 아이 적삼은 다 헤져 어깨나 팔꿈치가 다 드러나네/…직지사直指使는 한나라 때 관리라지/ 모든 고을 현령들 마음대로 내치고 벌주었는데도 / 온갖 병폐 어지러워 바로 잡지 못하였으니/ 옛날 정협의 유민도를 흉내라도 내어 우리 백성 실상을 시라도 옮겨 써서 궁궐로 돌아갈거나 「적성촌 한집에서」

기도 한다. 임진왜란이 일어난 선조 25년(1592) 이후 2~3년간 조선에는 백성들 가운데 실제로 인육을 먹는 극심한 기근이 이어졌고, 굶주림에 시달린 참상을 그린 「유민도」를 임금께 그려 올린 사람이 있었다고도 한다.

그 그림 속에는 죽은 어미의 젖을 물고 우는 어린애나 자식을 나무뿌리에 묶어 버린 비정한 어미, 마른 해골을 씹는 사람들 등등의 참담한 모습이 차마 눈 뜨고 볼 수 없게 사실적으로 그려졌었다고 전해진다. 이후 숙종 32년(1706) 강원도 감진어사 오명준이 「기민도飢民圖」를 그려 임금께 올린 일이 있었고, 영조는 지방 관아에 「유민도」를 본받아 백성들의 어려운 삶을 그림으로 그려서 올리게 했다는 기록이 전해 온다.

홍만종은 송시열이 찬한 조위한의 '신도비명'에도 조위한이 지은 「유민탄」이란 가사에는 백성들의 고통과 집안이 무너지는 슬픔을 그대로 기술했는데, 임금이 이를 찾아내라 했으나 찾아내지 못했고 훗날 광해실록을 수찬할 때 자신이 그것을 보고 사실로 믿었다는 기록도 남아 있다. 이로 보면 조위한과 같은 조선조 사대부들은 불쌍한 백성들을 걱정하며 그들을 보살피지 못해 안타까워하는 애민사상의 소유자들이었고, 부조리한 정국을 고발하며 이를 광정해야 한다는 비판적 지성들이었다고 할 수 있다. 그런 사대부들이 많았기 때문에 조선조의 사회문화가 세계적이었다는 문화사가들의 평가가 나올 수 있었던 것으로 보인다.

더구나 전북 지방에서 그러한 훌륭한 사대부들 예컨대 신경준, 장복겸, 조위한, 이도복 등이 가렴주구의 무자비한 세곡징수과 부조리한 정정政情을 바로 잡아야 하고, 나라를 팔아넘긴 오적을 토벌해야만 백성들이 살아갈 수 있는 좋은 나라가 된다는 상소를 하는 한편, 이를 자신의 작품에 담아 많은 저술 활동을 하며 살아왔다는 사실이 자랑스럽다. 다만 조위한의 가사 「유민탄」이 실전되어 안타깝지만, 어무적魚無迹이란 사람이 지은 동명이작의 「유민탄」이란 한시를 보면 이 작품의 대강을 짐작할 수 있을 것으로 보인다.

창생들 어렵네	蒼生難
창생들 살기 어렵네	蒼生難
나는 너희를 구제할 마음 있어도	我有濟爾心
너희를 구제할 힘은 없다네	而無濟爾力

창생들 피나는 고통	蒼生苦
창생들 피 토하는 고통	蒼生苦
추위에도 덮을 이불 하나 없는데	天寒爾無衾
저들은 구제할 힘은 있어도	彼有濟爾力
구제할 마음은 없다네	而無濟爾心

원컨대 소인의 마음 돌려서	願回小人腹
잠시 군자를 위해 걱정하노니	暫爲君子慮
잠시라도 군자의 귀를 빌어서	暫借君子耳
시험 삼아 백성의 말 들어보아라	試聽小民語

백성들은 말을 해도 그대들은 알아듣지 못하고	小民有語君不知
지금 백성들은 살 곳을 잃어 버렸네	今歲蒼生皆失所
비록 대궐에서 임금이 근심하는 백성에게 조서를 내려도	北闕雖下憂民詔

자방관청이 받아 보는 건 쓸데없는 종이 한 조각이네 州縣傳看一虛紙[4]

(후략)

억만창생들은 입을 옷가지 하나 없이 헐벗고, 아무리 추워도 덮을 이불 하나 없이 힘들게 살아가는데 구제할 힘이 있는 나라의 관료들은 탐관오리들뿐이라는 부조리한 참상을 신랄하게 비판하고 고발한 시이다. 어무적魚無迹이라는 작자도 실명을 은닉한 사대부일 것으로 보이기도 한다. 행동이 기민하지 못한 '어물쩍거리는 사람'이라는 뜻에서 '어무적'이라고 지은 필명으로 보이기 때문이다. 그러나 홍길동처럼 연산군 때 실재한 인물이라고 전해 오기도 한다. 아버지는 사대부였지만 어머니가 노비였기 때문에 모계母系 따라 노비가 되어야 할 신분이었으나, 아버지의 덕으로 글공부도 하여 노비의 신세는 면했던 것 같다.

어찌했든 이러한 비판적 안목을 지닌 사대부들의 작품들, 예컨대 장복겸이 임금께 올린 「구폐소」와 연시조 「고산별곡」, 장현경의 가사 「사미인가」, 조위한의 한문 소설 「최척전」과 가사 「유민탄」, 신경준의 『시칙』, 이도복의 「청토오적소」와 「이산구곡가」 등은 우리 한국 문학 사상 보배로운 국문학적 자료가 아닐 수 없다. 그리고 이러한 조선조 사대부들의 비판적 지성의 사회 문화로 인해 조선의 문화가 세계적으로 상위 그룹에 오를 수 있었다는 측면에서도 더욱 자랑스럽다. 그리고 이토록 훌륭한 사대부들을 전북이 낳고 또 그런 사대부들이 이곳에서 살아 왔다는 역사적 사실에도 자부심을 느끼지 않을 수 없다.

4 許筠, 『國朝詩刪』(寫本).

3. 「춘향전」, 「흥부전」과 「콩쥐팥쥐전」, 「홍길동전」

「춘향전」은 작자, 창작 연대 미상의 고전 소설이다. 숙종조나 영조 초에 판소리로 불리어오다 소설로 정착된 것으로 보이는 장르로, 문장체 한글 소설과 한문본 소설 등이 있다. 그 종류만 해도 120여 종이 넘고 제목도 이본에 따라 다르므로 하나의 작품이라기보다 「춘향전」 작품군으로 보는 게 옳을 것 같다.

「춘향전」의 모태가 된 근원설화를 보면 남원에 살았던 춘향이라는 기생이 이부사 자제의 도령을 홀로 사모하다 죽은 후에 원귀가 되어서 남원에 많은 재앙을 가져다주기 때문에 액풀이로서 양진사가 제문으로 창작했다는 제의祭儀설에 근원을 두고 시작된 것으로 보인다. 그리고 노진, 조식, 성이성, 박문수 등 야담에서 전해지는 암행어사 출두설화가 「춘향전」에 부합되었다는 설과 조선조에 비롯된 기생과 양반도령의 애련설화 등의 야담이 바탕이 되었다는 다양한 견해들이 많다.

「춘향전」의 연구는 1930년대와 1940년대 조윤제의 『교주춘향전』이 나오면서부터 시작된 이래, 1965년 김동욱에 의해 발표된 「판소리발생고」로 본격화되었다. 이 논문에서는 판소리 춘향가와 소설 춘향가의 관계를 근원설화에서 판소리 한마당으로, 이후 판소리 대본 및 판소리계 소설로의 정착이라는 전개도식을 실증적으로 제시하였다. 이로써 「춘향전」의 소설이 판소리 춘향가보다 앞섰다는 선행先行설을 극복하고 판소리 춘향가의 선행설을 정립하는 계기가 되었다.

근원설화에 관한 연구도 도미설화의 변이형인 구례현에 살았던 부인의 「지리산가」 백제오가 열녀설화와 남원에서 노진, 김우항, 박문수, 성이성 어사와 기녀가 사랑했다는 설화들이 있고, 신임 부사 생일 잔치에서 지은 7언시 설화인 암행어사설화, 남원 지방의 추녀기생 춘향과 이도령의 이야기 등 5종이 전해 오고 있다. 이외에도 유사한 연애설화와 아랑설화, 심수경 설화에 얽힌 신원설화伸寃說話, 성현의 아들 성세창이 평양기생 자란과의 애련설화 등의 염정설화와 허현의 아들이 혼례식 날 부친의 급서로 초야정사를 치르지 못하고 여묘廬墓살이 하다가 정사를 치러 자식을 낳았지만, 신랑이 죽자 신랑이 주었던 신표로 친자 위기를 모면했다는 수기설화手記說話 등이 복합적으로 작용하여 춘향과 이도령의 사랑이야기로 발전한 것으로 귀결되어 왔다.

어쨌건 우리나라 최고最古의 인간 중심의 사랑이야기인 「춘향전」은 남원 광한루와 춘향사당, 춘향묘, 성안의成安義부사의 기적비, 이도령이 다니던 박색치薄色峙고개, 춘향이 버선발로 이도령을 따라갔다는 버선밭과 오리정五里亭 등의 배경과 소재들이 남원 지방에 실제 산재해 있다. 또 남원에서 매년 시행되는 춘향제 등 민간설화와 더불어 전해지는 유형무형의 춘향의 문화재가 많은 남원은 조선조 판소리계 소설 「춘향전」의 본향임에 틀림이 없다.

1949년 80세 된 조성국 노인담에 의하면 박색 춘향이 이도령을 위해 수절하다가 옥사한 뒤 남원에 가뭄이 들자, 양진사가 백지 3장에 춘향의 해원解冤을 담아 기우제를 지낸 뒤 흉년을 면했는데 그것이 훗날 「춘향전」으로 발전되었고, 자신이 70년 전(고종 16년(1879)) 이용준 남원부사 시절에 남원 광대기생들이 춘향계를 만들어서 춘향의 제사를 춘추에 두 번 지내는 걸 보았다는 목격담이 전해 온다고도 하였다. 「춘향전」은 18세기 영국의 새뮤얼 리처드슨Samuel Richardson(1689~1761)이, 귀족의 아들 백작 미스터 비Mr.B와 그 집의 하녀 파멜라Pamela가 신분적 차이를 극복하고 정식으로 결혼하게 되는 애틋한 사랑을 편지체 소설로 완성한 서구 근대소설의 효시인 『파멜라』와도 유사한 이야기 구조를 보이는데, 이 소설에 견주어 보아도 손색이 없는 고전 소설이라고 할 수 있다.

춘향전 외에도 남원군 인월면 성산리나 아영면 성리를 중심으로 이루어진 판소리계 소설 「흥부전」과 전북 완주군 이서면을 배경으로 한 「콩쥐팥쥐전」 등의 한글 소설이 전북을 배경으로 하여 창작되었다. 이는 조선 세조 조에 김시습이 남원에서 전해 오는 양생과 처녀귀신과의 사랑을 엮은 한문 소설 「만복사저포기」와 광해군 때 실제 남원에 살았던 최척이 임병양란을 겪으며 옥영과 사랑과 이별의 이야기를 엮은 조위한의 「최척전」이 남원의 이러한 산문문학을 낳는 중요한 터전이 되었다고 보인다.

「콩쥐팥쥐전」은 서구의 신데렐라Cinderella 소설과도 이야기 줄거리가 유사하고, 더욱이 중국의 옛 문헌에도 실려 전승되고 있는 이야기와 거의 동일하다는 점으로 보면 이 이야기는 세계 각국에 공통적으로 분포되어 전승되고 있는 것으로 알려져 있다. 이는 인간 본연의 신분 상승 욕구의 분출과 동경이 낳은 소산의 결과가 아닐까 생각된다.

사실 전북에는 이러한 소설을 뒷받침하는 지명이나 설화들이 산재해 있다. 예컨대 흥부 태생 마을인 남원 인월면 성산리와 흥부 발복 마을인 아영면 성리에는 흥부가 놀부에게 쫓겨 짚신을 털며 신세 한탄을 했다는 신털바위와 박첨지 놀부묘가 실재하고, 박춘보 흥부가 허기져 쓰러졌다는 허기재와 놀부가 흥부에게서 화초장을 얻어 돌아가 쉬었다는 화초장바위 외에도 연하다리, 연비봉, 흰죽배미, 새금모퉁이, 박놀보설화 등이 실제로 유전되고 있다.

또 완주군 이서면과 은교리 앵곡 마을에는 애통리 두월천 빨래터와 콩쥐가 은혜를 입은 산이라는 두은斗恩산, 팥쥐가 콩쥐를 빠뜨려 죽였다는 팥쥐기방죽, 팥쥐가 넘어가 건넜다는 두월천, 아버지 최만춘이 딸 콩쥐가 억울하게 죽었다는 애통한 소식을 처음 듣고 통한의 눈물을 흘렸다는 애통리, 계모 배씨와 팥쥐가 짜고 콩쥐를 죽였다는 분통터진 소식을 들었다는 분통리(일명 분토리), 앵곡 역참驛站의 마방자리, 콩쥐를 도와

준 두꺼비가 살았다는 두죽제豆鬻堤 등 「콩쥐팥쥐전」에 등장하는 인물과 사건 전개에 따른 지명들이 산재해 있다.

실제 이곳은 「콩쥐팥쥐전」의 배경을 놓고 김제시와 완주군이 경쟁적으로 서로 다투고 있는 지역이다. 우리나라를 강제 합병한 일제가 1914년 행정구역을 개편하면서 김제 금구에 속해 있던 은교리와 앵곡마을을 완주군 이서마을로 귀속시켰기 때문이다. 그리고 이서면은 이 소설에서 그리고 있는 것처럼 '젼쥬 셔문밧 삼십리허'에 있다고 했는데 『신증동국여지승람』 권 33 전라도 전주부조에도 '이서伊西는 전주 서쪽 30리에서 35리 사이에 있다'라고 한 기록과 부합된다.

또 앵곡마을에는 전주에 예속된 역참이 있었던 것으로 알려진 곳이며, 이 역참은 그 옛날 남북을 오가는 주요한 길목이었다. 그러므로 여러 지역색을 가진 사람들의 왕래가 잦았기 때문에 다양한 이야기가 수집되고 혼합 재생산되어 구전되었을 것이며, 이러한 과정에서 자연스레 「콩쥐팥쥐전」이 생산되었을 것으로 보인다.

이외에도 우리나라 최초의 한글 고전 소설 「홍길동전」도 전북 부안과 위도와도 긴밀한 관련을 맺고 있다. 홍길동이 이상국으로 건설한 율도국이 부안 위도라는 사실이 민간 전승되어 왔을 뿐만 아니라, 학계에서도 상당한 근거를 갖고 논의되고 있음도 주지의 사실이다. 인근인 영광과 장성에는 홍길동 마을에 관한 전설이 전해 오고 있고, 실제 연산군 6년(1500)엔 가평, 홍천을 중심으로 활약했던 소설 속의 홍길동洪吉童과 끝자만 다른 명화적明火賊 홍길동洪吉同[5]이 존재했었다는 역사적 사실이 『연산군 일기』에 남아 있다. 또한 조선 중기 여류 시인이자 부안 기생으로 개성의 황진이와 쌍벽을 이루었던 매창이 당대의 문사인 유희경, 허균, 이귀 등과도 깊은 관계를 맺고 왕래하며 교유가 있었던 것으로 보임으로써 「홍길동전」의 율도국이 전북 위도일 수 있다는 가능성을 더욱 높이고 있다고 할 수 있다.

허균은 오랫동안 부안 기생 매창과 왕래하며 시로 교유했고, 실제 부안 우반동 선계안골엔 「홍길동전」을 집필했던 장소가 정사암이라고 전해내려 온다. 그 당시 허균의 장형 허성은 전라관찰사였고, 허균은 충청, 전라도 지방의 세곡을 거둬들이는 수운판관이었기 때문에 부안을 자주 드나들었다. 선조 34년(1601)에는 수운판관의 벼슬마저 사임하고 부안을 자주 내방하면서 매창과 시로서 절친하게 사귀었으므로 「홍길동전」을 부안에서 지었을 가능성이 아주 높을 수밖에 없다. 그리고 조선조 실학자이자 많은 한문 소설을 남긴 박지원의 「허생전」에서도 부안 변산이 도적 소굴의 배경으로 나오는 것을 보더라도 허균의 「홍길동전」의 창작이 전북 부안에서 이루어졌다는 가능성이 높다고 할 수 있다.

5 燕山君日記 三十九卷 六年 庚申 十월 領議政韓致亨 左議政成俊 右議政李克均啓聞捕得强盜洪吉同 不勝欣抃 爲民除害 莫大於此 請許此時 窮捕其黨 從之

나가며

『고려사』 악지에 전해 오는 백제오가 중 태평가 격인 「무등산가」를 제외한 「정읍사」와 「선운산가」, 「지리산가」, 「방등산가」 등의 망부가류와 조선조 가사 문학의 효시작인 정극인의 「상춘곡」, 경기체가 형식의 「불우헌곡」과 단가형의 「불우헌가」는 조선 시가의 남상濫觴이 되어 오늘에 이르고 있다. 백제권의 시가 작품들은 한결같이 여성의 정절을 테마로 한 망부가望夫歌류로, 오로지 사랑하는 임을 기다리고 인내하는 망부의 미학을 주조로 하고 있다. 이들 작품 속엔 오지 않는 임에 대한 원怨이나 한恨을 찾아볼 수 없고, 오로지 남편만을 믿고 따르는 아름다운 사랑만이 관류하는 여필종부의 유교 철학을 바탕으로 하고 있다.

다음으로 불우헌 정극인의 작품은 모두 군신 간의 전통적인 유교철학을 배경으로 하고 있음을 알 수 있다. 「불우헌가」나 「불우헌곡」은 성종이 내린 삼품산관의 성은에 감읍感泣하는 것을 주된 내용으로, 세상사에 근심하지 않고 자연과 하나 되는 가운데 즐거움을 찾는 낙이망우樂以忘憂의 미학을 노래하였다. 조선 성종조 정극인의 「상춘곡」도 그러한 정조

속에 인간이 자연과 하나가 되는 물아일체物我一體의 미학을 바탕으로 세상의 걱정과 근심에서 벗어나 자연처럼 청정하게 살아가는 불우헌의 모습이 투영된 작품이라고 할 수 있다.

전북 정읍의 칠보 동진강가에서 창작된 불우헌 정극인의 가사 「상춘곡」은 전남 담양의 송순, 정철 등으로 이어져 '면앙정가단'을 형성함으로써 조선조 가사 문학권의 산실이 되었다. 남원에서 창작된 현곡 조위한의 가사 「유민탄流民嘆」은 무능한 조정과 사대부들로 인해 왜란을 막지 못하고 나라가 초토화됨으로써 뿔뿔이 흩어져 유랑하는 백성들의 한탄을 담은 작품이다. 광해군의 탄압이 극에 달한 탓으로 작품이 전해 오지 않지만, 홍만종의 『순오지』에는 혼탁한 조정과 탐관오리들의 가혹한 폭정을 고발한 것이라고 한 뒤, 정협의 「유민도」와 쌍벽을 이룬다고 하였다.

임란 이후에는 사대부들의 전유물 같았던 가사 문학이 시조 장르와 더불어 평민, 부녀자 등으로 확대되면서 국민 장르로 자리를 잡아 오늘에 이르고 있다. 시조는 고산 윤선도에 의해 전남 해남과 보길도에서 연시조라는 장르로 「산중신곡」과 「산중속신곡」, 「어부사시사」로 꽃을 피워냄으로써 가사와 더불어 조선조 2대 시가 장르가 되었고, 고산은 송강 정철에 버금가는 굴지의 시가객이 되었다.

고려조 가전체 소설에 이은 조선조 김시습의 몽유록계 소설 『금오신화』는 조위한의 한문 소설 「최척전」으로 발전하여 「춘향전」과 허균의 「홍길동전」 등 고소설을 낳았고, 「흥부전」, 「콩쥐팥쥐전」 등으로 이어졌는데 이들 작품들이 전북을 중심으로 창작되었다는 사실을 주목해야 한다. 「홍길동전」은 부안 우반동 선계안골 정사암에서 허균이 집필했는데,

소설 속의 율도국은 전북 위도라고 전해 오기도 한다. 금오신화 속의 「만복사저포기」는 남원의 만복사를 배경으로 남원에 사는 양생이 처녀귀신과 결혼하여 살았다는 몽유세계를 그린 소설이다. 이는 부조리한 현실을 극복하고 초극하는 방법으로 꿈속 세계만이 유일무이한 수단일 수밖에 없다는 것을 반영한 결과로 보인다.

또 향가 「서동요」는 익산금마 미륵사를 배경으로 서동과 선화공주의 사랑으로 이루어진 노래다. 최근 미륵사 서탑의 복원 과정에서 삼국유사의 이러한 설화가 허구라는 사실이 금제사리봉안기의 기록으로 드러났지만, 문학적으로 화석화된 일연의 삼국유사의 기록도 부정할 길이 없다. 더구나 사학자들은 이 봉안기의 사탁왕후는 선화왕후가 죽은 뒤 맞이한 계비나 빈이었으므로 선화공주가 무왕의 왕비가 틀림없다는 주장을 하여 유사의 기록을 뒷받침하고 있다. 고려 고종조 이규보(1168~1241)는 최충헌의 인정을 받아 전주목에 부임한 뒤 전북을 일순하는 가운데 쓴 기행 수필 「남행월일기」를 남겼고, 전북을 배경으로 한 60여 수의 자연 경물 한시가 『동국이상국집』과 『백운소설』에 실려 유전되고 있다.

영조 대 신경준(1712~1787)은 『여암유고』 권 1 시 62제하에 145수의 시를 남겼는데 여암의 『시칙詩則』은 백성들의 어려운 삶 속에서 우러난 민은시民隱詩 10장, 자연의 미물을 현미경적 관찰을 통한 「야충野蟲」과 「소충小蟲」 10장, 전통적인 한시의 형식을 깨뜨리면서 실질을 추구한 고체시 65수 등 세 가지로 대별된다. 즉 신경준의 시칙은 구시대의 전통적인 시작을 답습하지 않고 규칙에 얽매이지 않는 가운데 개성을 중시하였고, 하찮은 미물 속에서도 문학적 의미를 캐낸 시의 철학을 지니고 있었다. 이 유고를 처음 발견한 정인보는 만약 박학博學 무실務實의 선견을 지닌 신경준이 조정에서 귀히 등용되었다면 일찍이 왜란 같은 치욕이 없었을 것이며 조선이 일본보다 더 훌륭한 선진국이 되었을 것이라고 한탄한 바도 있다.

이외에도 전북 임실군 지사면 영천에 불고정不孤亭을 짓고 '가사 10장'이라는 제하에 강호한정을 노래한 장복겸(1617~1703)의 연시조 「고산별곡」, 정조 20년 삼례역승으로 좌천됐으나 임금을 그리며 지은 장현경(1730~1806)의 가사 「사미인가」, 선조 대 부안 매창(1573~1610)의 한시와 시조, 영조 대 남편 담락당 하립과의 이별과 해후 속에 빚어진 사랑과 그리움을 전통적 시형을 깨뜨리고 생산한 삼의당 김씨의 200여 수의 한시, 고종조 진안 마이산의 아홉 절경을 주자의 「무이구곡가」나 율곡의 「고산구곡가」의 형식을 빌어 지은 이도복(1882~1938)의 가사 「이산구곡가駬山九曲歌」와 완주군 봉동면의 규방 가사 「홍규권장가」, 「상사별곡」 고창군 대산면의 「치산가」 등 한국 문학의 질량을 한층 끌어올린 한시, 시조, 가사 등이 모두 전북에서 지어졌다.

고종조 신재효는 광대가를 창작하며 소릿꾼인 광대가 갖추어야 할 인물치레, 사설, 득음, 너름새 등의 네 가지 요소를 정립하고 종래의 12마당의 판소리 가운데 이선유의 5마당에 「변강쇠타령」을 넣어 를 6마당으로 개작하여 상층 취향의 전아한 의취를 살려 판소리를 민족문학예술로 승화시켰다. 익산군 여산에서 태어난 가람 이병기(1891~1968)는 전통적 시조 장르에서 벗어나 실감실정을 표현하고 격조를 변화시키는 등 6가지 시조 혁신론을 제시함으로써 그 정체성을 확립한 현대 시조로 계승 발전시킨 공로자다. 그리하여 현대 시조는 정형시이면서 자유시이며, 자유시면서 정형시이어야 하고, 전통적인 틀에 구속되지 않으면서 자유시가 되지 않는 점이 묘미라고 정의하였다. 그 결과 조선조의 2대 장르 가운데 가사는 박물관화되었더라도 시조 장르만은 지금까지 현대 시조시로서 발전해 온 것으로 보인다.

이런 결과로 보면 시조와 가사 장르, 한시, 몽유록계와 판소리계 소설, 현대 시조에 이르기까지 우리 문학 전반에 걸쳐 문학 이론을 정립하면서 호남을 배경으로 많은 작품들을 배태하거나 생산해 왔다고 할 수 있다. 그리고 광해군 때 왜란의 참상이 선조와 지배계층의 무능과 무대책의 결과이며, 그로 인해 힘없는 백성들이 유랑할 수밖에 없다는 것을 고발한 가사 「유민탄流民嘆」과, 일본과 중국 등을 배경 삼은 한문 소설 「최척전」을 지은 현곡 조위한, 연시조 「고산별곡」을 짓고 환곡제도를 통해 가렴주구를 일삼는 지방 관리들을 고발하며 무위도식하는 유학자들을 각각 업유業儒와 업무業武, 업농業農으로 나누어 유의유식遊衣遊食하는 무리들을 없애야 한다는 「구폐소」를 올린 장복겸과 같은 도학자들이 있었다.

하찮은 곤충 등 미물들에게도 확대경을 들이대고 『시칙詩則』을 정립하며 지은 미물微物시와 백성들의 어려운 삶을 대변한 민은民隱시를 쓰고, 민중을 위해 지리地理며 실용적인 기계와 기구를 만들고 박학과 무실을 실천했던 여암 신경준, 면암 최익현과 연재 송병선 선생에 힘입어 이석용 장군이 의병을 일으킨 조선의 민족 정기의 발원인 마이산을 배경으로 지은 이도복의 「이산구곡가」와 을사오적을 처단해야 한다는 「청토오적소請討五賊疏」 등을 보더라도 이러한 인간 중심의 휴머니스트들의 실천적 정신으로 인해, 조선조의 문화가 세계적이라는 평가를 받았던 나라일 것이라는 사실은 지나칠 수 없는 역사적 진실이 아닐 수 없다. 또한 가람이 분류한 시가와 산문이라는 2대 분류의 국문학 장르론의 입장에서 보더라도 한국 문학의 원천은 모두 호남을 중심으로 한 전라 문학이 한국 문학의 남상濫觴이 되었거나, 한국 문학의 중심축 기능을 감당해 왔다고 해도 지나침이 없을 것으로 보인다.

▼ 참고문헌

『歌曲源流』

『遣閑雜錄(沈守慶)』

『高麗史 樂志』

『高麗史節要』

『孤山遺稿(尹善道)』

『國朝詩刪(許筠)』

『東文選』

『馬耳山(安鎰)』, 진안문화원, 1985

『梅窓集』, 부안문화원, 2010

『牧民心書(丁若鏞)』

『不憂軒集(丁克仁)』

『三國史記』

『三國遺事』

『惺所覆瓿藁(許筠)』

『小學』

『松江別集(鄭澈)』

『신재효 판소리전집』

『新增 東國輿地勝覽』

『旅菴全書 (鄭寅普)』

『玉鏡軒遺稿 上下』(전주대학교 소장본)
『止浦集(金坵)』
『鎭安郡史』, 1992
『村隱集(劉希慶)』
『한국 문학지도 하』(동국대 편), 계몽사, 1996
『厚山集(李道復)』

權寧徹, 『閨房歌辭硏究』, 二友出版社, 1980
김대행, 『노래와 시의 세계』, 도서출판 亦樂, 1999
김학성・권두환, 『신편 조선시가론』, 새문사, 2002
박명희, 『旅菴 申景濬의 務實精神과 文學的 實踐』, 국제학술대회논문집, 2012
李秉岐, 『가람文選』, 新丘文化社, 1966
李相寶, 『韓國歌辭文學의 硏究』, 螢雪出版社, 1974
李在秀, 『內房歌辭 硏究』, 螢雪出版社, 1976
林鍾贊, 『時調文學의 本質』, 大邦出版社, 1986
임기중, 『한국의 고전시가』, 도서출판 泰東, 1989
______, 『朝鮮朝의 歌辭』, 成文閣, 1979
全圭泰, 『韓國古典文學大系』, 明文堂, 1991
전일환, 『옛시 옛노래의 이해』, 제이앤씨, 2008
______, 『相思別曲 硏究』, 全州大 論文集, 1991
程千帆・吳新雷, 『兩宋文學史』, 上海出版社, 1998
千二斗, 『綜合에의 意志』, 一志社, 1974
黃安雄, 『金三宜堂 詩文集』, 도서출판 제일사, 1982

▶ ㄱ

▶ ㅅ

▶ ㅇ

▶ ㅊ

▶ ㅌ